教育部人文社会科学重点研究基地重大项目

"中国诗歌研究史"(05JJD750.11-44011) 成果

首都师范大学中国诗歌研究中心规划项目成果

中国诗歌研究史

清代卷

左东岭 主编

王小舒 著

人民文学出版社

图书在版编目（CIP）数据

中国诗歌研究史. 清代卷/左东岭主编；王小舒著. —北京：人民文学出版社，2020
ISBN 978-7-02-015812-6

I.①中⋯ Ⅱ.①左⋯ ②王⋯ Ⅲ.①诗歌研究—历史—中国—清代 Ⅳ.①I207.22

中国版本图书馆CIP数据核字（2019）第250825号

责任编辑　徐文凯
装帧设计　陶　雷
责任印制　王重艺

出版发行　人民文学出版社
社　　址　北京市朝内大街166号
邮政编码　100705
网　　址　http://www.rw-cn.com

印　　刷　三河市中晟雅豪印务有限公司
经　　销　全国新华书店等

字　　数　330千字
开　　本　880毫米×1230毫米　1/32
印　　张　9.125　插页2
版　　次　2020年4月北京第1版
印　　次　2020年4月第1次印刷

书　　号　978-7-02-015812-6
定　　价　75.00元

如有印装质量问题，请与本社图书销售中心调换。电话:010-65233595

总　　序

　　处于世纪之交的中国学术界,编写各种各样的学术史成为近二十年来的流行学术操作。自20世纪初以来,中国的各种学科由于受到西方学术理念与研究方法的影响,纷纷建立起自己的研究范式,并运行了近百年,其中取得了巨大的学术成就,也存在着种种的问题与缺陷,因此有必要对其进行总结与检讨,以便完善学科的建设与提升研究的水平。从此一角度看,学术史写作的流行便是可以理解的一种学术选择。然而,在这二十多年的学术史编写中,到底对于学术的研究提供了何种帮助,又存在着哪些问题,或者说我们到底需要什么样的学术史,似乎还较少有人关注。我认为,总结学术史的写作就像学术史的写作一样重要,因为及时检讨我们所从事的学术工作,会使后来者少走弯路而提升学术史的研究水平。

一、近二十年学术史写作的检讨

　　学术史的清理其实是学术研究的常规工作,任何一个领域的问题研究,都必须首先从学术史的清理做起,否则便无法展开自己的研究。但中国学术界大规模、有意识的专门学术史研究,是从20世纪80年代末开始的,其标志性的成果是天津教育出版社组织编辑出版的"学术研究指南丛书",从20世纪80年代末至90年代中期,该丛书出版了数十种各学科的学术史"概述"类著作,其中不少著作至今仍是所在学科研究的必读书。现在回头来看这套大型研究史丛书，我们依然应该对其表示敬意，因为它的确对当时及后来的学术研究具有重要的贡献与推进。总结起来说，它具有下面几方面的主要特点：

一是起点较高。作为一套大型的研究指南丛书，其着眼点主要是为研究者提供入门的方法以便能够把握本领域的基本学术状况及研究方法，因此该丛书的"出版说明"就开宗明义地指出：

> 这套丛书将分门别类介绍哲学和社会科学各分支的研究沿革，对各学科的研究成果进行归纳和分析；对各学派或不同观点进行评介；对当前的研究动态及对未来研究趋势进行预测；还要介绍各学科特有的研究方法和手段。为了便于研究者检索，书后还附上该学科的基本资料书目及其提要和重要论文索引。这样，本书便是集学术性、资料性和工具性于一身，一册在手，即可对某一学科研究的基本情况一览无遗，足供学人参考、咨询、备览，对需要深入研究的内容，也可按图索骥，省却"踏破铁鞋无觅处"的烦恼。

从此一说明中不难看出，该丛书还不是纯粹意义上的学术史著作，其主要宗旨是作为研究的入门书，也就是所谓的"指南"性质，学术史研究当然是其重要组成部分，但不是其全部内容，这不仅从其书后附录的"基本资料书目"这些非学术史的板块可以看出，更可以从其撰写的方式显示出来。比如关于近代史的研究，该丛书既包括学术史性质的《中国近代史研究述要》[1]，同时也收进去了《习史启示录》[2]

---

① 陈振江：《中国近代史研究述要》，天津教育出版社，1997年版。
② 中国史学学会《中国历史年鉴》编辑组：《习史启示录：专家谈如何学习近代史》，天津教育出版社，1988年版。

这类谈治学经验的著作。而且在体例上也还存在一些问题,比如在中国古代文学学科,该丛书共收了9种著作:赵霈霖的《诗经研究反思》和《屈赋研究论衡》、刘扬忠的《宋词研究之路》、宁宗一的《元杂剧研究概述》和《明代戏剧研究概述》、金宁芬的《南戏研究变迁》、李汉秋的《儒林外史研究纵览》、罗宗强的《古代文学理论研究概述》、袁健的《晚清小说研究概说》等。将作为学科的古代文学理论和作为文体的诗、词、小说、戏剧以及古典名著的《儒林外史》并列,颇显体例的凌乱。尽管存在这些不足,但其中有两点是应该引起足够重视的。这就是一方面要"对各学科的研究成果进行归纳和分析;对各学派或不同学术观点进行评介"的学术史清理,另一方面还要"对当前的研究动态及未来研究趋势进行预测"的研究瞻望。这两方面的要求应该说是很高的,尤其是对于研究趋势的预测就绝非一般学者所能轻易做到。

二是作者队伍选择比较严格。从该丛书呈现的实际成果来看,其作者一般都具备两个条件:在某领域已经具有较大成就的学者和当时依然处于研究状态的学者。仍以古代文学为例,其中的六位学者都在各自的领域取得了较为突出的研究业绩,但在当时又都还是中年学者,正处于学术生命的旺盛期。这或许和这套丛书的"指南"性质相关,因为刚入门者缺乏研究经验,而已经退出研究前沿的年长学者又难以跟上学术发展潮流。这种选择其实也反映在上述所言的体例凌乱上,因为是以有成就的中年学者为选择对象,当然就不能追求体例的统一与均衡,可以说这是牺牲了体例的完整性而保证了丛书的质量。当然,从8种学术史著作居然有两位作者一人呈现两种的情况看,还是包含着地域性的局限与丛书组织者学术界统合力的不足。

三是丛书质量较高。由于具有较高的立意与作者队伍选择的严格,从而在总体上保障了丛书的基本质量,其中有不少成为本领域的必读著作。比如在罗宗强的《古代文学理论研究概述》的第一编,分四个小节对古代文学理论的"研究对象""研究目的""研究历史"和"资料载籍"进行系统的介绍,使读者完整地了解该学科的基本性质与历史发展,同时还提出了自己的独立见解,认为"弄清古代文学理论的历史面貌本身,也可说就是研究的目的"[①]。自建国以来,古代文论的研究一直追求"古为今用"的实用目的,从而严重影响了对于其真实内涵的发掘,当时提出弄清历史面貌的研究目的,可以说是一种拨乱反正的主张。正是由于拥有这样的眼光,也就保证了学术史清理中的学术判断,从而保证了该书的质量。

自此套丛书出版之后,便持续掀起了学术史写作的热潮,仅以中国古代文学学科为例,其中冠以20世纪学术史名称的便有:赵敏俐、杨树增的《20世纪中国古典文学研究史》[②],张燕瑾、吕薇芬主编的《20世纪中国文学研究》[③],蒋述卓等人主编的《20世纪中国古代文论学术研究史》[④],黄霖主编的《20世纪中国古代文学研究史》[⑤],傅璇琮主编的《20世纪中国人文学科学术研究史丛书文学专辑》[⑥],李春青主编的《20世纪中国古代文论研究史》[⑦],等等。有的著作虽未

[①] 罗宗强等:《古代文学理论研究概述》,天津教育出版社,1991年版,第7页。
[②] 陕西人民教育出版社,1997年版。
[③] 北京出版社,2001年版。
[④] 北京大学出版社,2005年版。
[⑤] 东方出版中心,2006年版。
[⑥] 福建人民出版社,2006年版。
[⑦] 山东教育出版社,2008年版。

以此为名,其实亦属于同类性质的著作,如:董乃斌等人主编的《中国文学史学史》[①],傅璇琮、蒋寅主编的《中国古代文学通论》[②]等,均包含有对20世纪学术史梳理的内容。还有以经典作家作品为对象的专门研究史,如以《文心雕龙》研究为题的张少康等《文心雕龙研究史》[③]、张文勋《文心雕龙研究史》[④]、李平《文心雕龙研究史论》[⑤]等,以杜甫为题的吴中胜《杜诗批评史》[⑥],以苏轼为题的曾枣庄《苏轼研究史》[⑦],以《红楼梦》为题的白盾《红楼梦研究史论》[⑧]、陈维昭《红学通史》[⑨]等。至于在此期间以综述文章形式发表的学术史研究成果,更是难以一一列举。

与"学术研究指南丛书"相比,后来的学术史的研究无疑有了长足的进展,这表现在以下几个方面:

一是更加系统而规范。比如张燕瑾等的《20世纪中国文学研究》共10卷,不仅包括了古代文学的各个朝代,而且还增添了近代、现代和当代,应该说这才是真正完整的学术史;又如傅璇琮主编的《20世纪中国人文学科学术研究史丛书文学专辑》内容更为完整丰富,共由8种构成:《中国古代小说研究》《中国戏剧研究》《中国词学研究》《中国诗学研究》《中国古代散文研究》《中国文学批评史研

[①] 河北人民出版社,2003年版。
[②] 辽宁人民出版社,2005年版。
[③] 北京大学出版社,2001年版。
[④] 云南大学出版社,2001年版。
[⑤] 黄山书社,2009年版。
[⑥] 中国社会科学出版社,2012年版。
[⑦] 江苏教育出版社,2001年版。
[⑧] 天津人民出版社,1997年版。
[⑨] 上海人民出版社,2005年版。

究》《西方文学研究》《比较文学研究》,应该说文学研究的主要内容全都囊括进来了,而且分类也比较合理;再如黄霖主编的《20世纪中国古代文学研究史》共7卷,除了以分体所构成的"诗歌卷""小说卷""戏曲卷""散文卷""词学卷""文论卷"外,还由主编黄霖执笔撰写了"总论卷",对20世纪古代文学研究的总体状况与重要理论问题进行归纳与评述,从而与其他分卷一起构成了一个立体的系统。这些大型的学术史丛书,较之以前那些零打碎敲而互不统属的研究已经显示出明确的优势。

二是体例多样而各显特色。就本时期的学术著作的整体情况看,大致显示出三种体例。有的以介绍研究成果为主要目的而较少做理论的总结与评判,如张燕瑾等的《20世纪中国文学研究》、张文勋的《文心雕龙研究史》等,张文勋在绪论中就说:"对于入史的资料,采取实录的方法,保存其历史原貌。对当时的历史情况和资料的优劣,尽量做到述而不评,以便使读者进一步研究,评价其优劣,判断其是非。"[1]当然,并非所有的成果都是有意保持实录的特色而是缺乏判断的能力,但结果都是以介绍成果为主的写法。有的以问题为中心进行理论的总结,如赵敏俐等的《20世纪中国古典文学研究史》和韩经太的《中国文学批评史研究》等。赵敏俐以"时代变革与学术演进""文化思潮与理论思考""格局改变与领域拓展"和"文学史的研究与撰写"[2]来概括其著作内容,体现出明确的问题意识。韩经太则直接说:"如今已是电子信息时代,相关资料的检索汇集,实际上

---

[1] 张文勋:《文心雕龙研究史》,云南大学出版社,2001年版,第11页。
[2] 赵敏俐等:《20世纪中国古典文学研究史》,陕西教育出版社,1997年版,第1—13页。

已不再成为学术总结的难题。关键还在'问题意识'的确立。"①既然具有如此的指导原则,其著作也就理所当然地采取了以问题为章节设计的基本格局。有的则以深层理论探索为学术目的,如董乃斌等人的《中国文学史学史》并不是去介绍评判各种文学史编撰的优劣短长,而是要通过对前人经验的总结,建立自己的文学史学史,因而其关注的焦点就是:"细心地考察文学史学演进中诸种内部与外部的交互作用,实事求是地估量各种理论观念、史料工作和史纂形式的历史成因及其利弊得失,认真地探索与总结其发展规律。"②在此基础上,董乃斌还主编了另一本理论性更强的《文学史学原理研究》③的著作,显示了其重理论总结的学术路径。

三是对于学术史认识的深化。学术史的研究对象是相当驳杂凌乱的,如何选择与评价取决于研究者的知识构成与学术素养,即使面对相同的研究对象,由于研究者不同的学术背景,也会具有较大的差异。比如对于"新红学"的态度,早期的学术史多从政治的角度采取批判的态度,而近来的学术史则更多从学理的层面进行清理。比如郭豫适在评价胡适《红楼梦考证》的研究方法时说:"胡适虽然在具体进行作者、版本问题的考证中,得出了一些比较合乎实际的、可取的看法,但是我们不能因此而肯定他那实验主义的真理论和实用主义的研究方法。"④很明显,这是当时对胡适"大胆假设,小心求证"方法的关注与批判。而陈维昭在评价胡适时也说:"以胡适为代表的'新红学'的最本质的错误在于无视文本的创造过程和文本的阅读的不可

---

① 韩经太:《中国文学批评史研究》,福建人民出版社,2006年版,第10页。
② 董乃斌等:《中国文学史学史》,河北人民出版,2003年版,第26页。
③ 董乃斌等:《文学史学原理研究》,河北人民出版社,2008年版。
④ 郭豫适:《红楼梦研究小史续稿》,上海文艺出版社,1981年版,第44页。

逆性,无视叙述行为和阅读行为的解释性。"①如果没有接触过新批评的文本理论与接受美学等开放性阐释新理论,作者不可能对胡适的新红学进行此种学理性的批评。从知识构成角度看,郭豫适依然在传统理论的层面研究胡适,而陈维昭则是用新的理论视角在审视胡适,尽管二人的评价有深浅的差异,但并无高低的可比性,因为那是处于不同时代的学术研究,只存在时代的差异而难以进行水平高低的对比。

指出上述学术史研究的新进展并不意味着目前的学界不存在问题,其实在学术史研究局面繁荣的背后,潜存着许多必须关注的缺陷甚至是弊端。这种情况可以分为两个层面。一个是大批貌似学术史研究而实则仅仅是成果的罗列,作者既未能全面搜罗成果,也缺乏鉴别拣择的能力。此类成果对于学术研究几乎毫无贡献,故不在本文的论述范围之内。另一个是许多严肃性的学术史著作与论文,对学界的进一步研究影响较大,但也存在着种种的问题,这就不能不引起足够的重视。就笔者所看到的学术史论著,大致存在着以下应该引起注意的现象。

首先是资料的不完整。竭泽而渔地网罗全部资料是学术史研究的前提,然后才能从中筛选出有价值的成果进行分析评价。然而目前的学术史著作中却很少有人将学术史资料搜集齐备的。尽管目前电脑网络的搜集手段已经足够先进便捷,但也恰恰由于过分依赖网络检索而忽视了其他检索的途径。比如目前网络数据库的内容基本上是经过授权的期刊,而在此之外却存在大量的盲点,论其大者便有未上期刊网的地方刊物成果、丛刊及论文集中的成果以及通史类中所包含的成果三种,均时常被学者所忽略。且不说那些以举例为写

---

① 陈维昭:《红学通史》,上海人民出版社,2005年版,第160页。

作方式的论著,即使那些专门提供成果索引的学术史著作,也存在此类问题。比如中国社会科学院历史研究所明史研究室编纂的《百年明史论著目录》[①]一书,搜集了自1979至2005年的明史研究成果,应该有足够的权威性,但本人在翻检自己的成果时却吃惊地发现有大量的遗漏。其中共收本人7篇论文和3部著作,但那一时期作者共发表有关明史研究的论文20篇,也就是说遗漏了将近三分之二的论文。遗漏部分有些是上述所言的盲区,如《阳明心学与冯梦龙的情教说》[②]属于论文集所收成果,《明代心学与文学》[③]属于论著中所包含成果。而《童心说与李贽的人生价值取向》[④]、《阳明心学与唐顺之的学术思想、文学思想与人格心态》[⑤]、《论王阳明的审美情趣与文学思想》[⑥]属于增刊或丛刊类成果。但不知是何原因,在知网中所收录的8篇论文竟然也被遗漏,似乎令人有些费解[⑦]。可以想象,如果按

[①] 中国社会科学院历史研究所明史研究室编:《百年明史论著目录》,安徽教育出版社,2012年版。

[②] 张晶主编:《21世纪文艺学研究的新开拓》,中国传媒大学出版社,2003年版。

[③] 傅璇琮、蒋寅:《中国古代文学通论(明代卷)》,辽宁人民出版社,2005年版。

[④] 《朱子学刊》第8辑,1998年。

[⑤] 《文学与文化》第1辑,2003年。

[⑥] 《文艺研究》1999年增刊。

[⑦] 这8篇文章是:《耿、李之争与李贽晚年的人格心态巨变》(《北方论丛》1994年第5期)《禅学思想与李贽的童心说》(《郑州大学学报》1995年第5期),《从良知到性灵:明代文学思想的流变》(《南开学报》1995年第4期),《阳明心学与汤显祖的言情说》(《文艺研究》2000年第3期),《从本色论到性灵说:明代性灵文学思想的流变》(《社会科学战线》2000年第6期),《内在超越与江门心学的价值取向》(《南昌大学学报》2000年第2期),《李贽文学思想与心学关系及其影响研究综述》(《首都师范大学学报》2002年第6期),《20世纪以来心学与明代戏曲小说关系研究综述》(《首都师范大学学报》2004年第5期)。

照该索引查找本人有关明史的研究成果,其学术史的研究将会与实际状况有较大的出入。

其次是选择的合理性。尽管在搜集研究成果时力求其全,但除了索引类著作外,谁也无法且亦无必要将所收集到的成果全部罗列出来,也就是说作者必须进行选择,何者须重点介绍,何者须归类介绍,何者可归为存目。选择的工作需要的是作者的学养、眼光以及对该研究领域的熟悉程度。比如同样是对明代诗歌研究史的梳理,余恕诚《中国诗学研究》用了"百年明诗研究历程""高启诗歌研究"和"前后七子诗歌研究"三个小节予以论述,而羊列荣《20世纪中国古代文学研究史(诗歌卷)》却仅用"关于明诗的叙述状况"一节进行介绍,而且重点叙述"公安派的现代发现"。这种选择的不同就有二人学术判断的差异,也有是否对明代诗歌研究具有实际研究经验的问题。其实,就研究史本身看,现代学术史上的明诗研究都比较偏重一首一尾,高启与陈子龙乃是其重要研究对象。从学术的误区来看,传统的研究比较重视复古派的创作而轻视性灵派的创作。应该说二人的选择都存在一定的问题。

三是体例的统一性问题。就近几年来的学术史研究看,由于规模越来越大,很难由一人单独完成,因此组织队伍进行合作研究就成为常见的方式。合作研究的模式大致有两种,导师带学生与学科老师合作,或者两种模式相结合也很常见。如果导师认真负责地制定体例与审定文稿,统一性也许可以得到保障。如果仅仅是汇集众人文稿而成,就不仅是体例统一的问题,还会具有种种漏洞诸如资料不全、选择不当、评价偏颇乃至文句错讹的存在。而学者之间的合作往往会存在体例不一的问题,因为每人的学术背景、研究习惯及文章风格多有不同,难免会有所出入。蒋述卓《20世纪中国古代文论学术研究史》是由蒋述卓、刘绍瑾、程国赋、魏中林等同仁合著的,其主要特点是将研究的历史阶段与专题研究结合起来进行论述,虽然部头不大,但却将20世纪古代文论研究的方方面面都涉及到了,是一部简明而系统的学术史著作。但如果细读,还是会发现作者之间的行文差异。蒋述卓长期从事古代文论的研究,不仅对材料相当熟悉,而且对许多专题有自己的思考,所以采用"述"与"论"相结合的方式,为此他还在"80至90年代中西比较文论研究的发展"一章里专门写了"中西比较文论研究的总体评价与展望"一节,畅谈自己的看法与设想。而在程国赋等人所撰写的"专题研究回顾"部分,却很少发表评价性的意见,尤其是《文心雕龙》研究部分,几乎就是研究成果的客观介绍。这样做当然是一种严肃的学术态度,与其因不熟悉而评价失当,倒不如客观叙述介绍,遗憾的是在体例上不免有些出入,与理想的学术史研究还有一定差距。

除了上述的种种不足之处外,同时也还存在着分析的深入性、评价的公正性、预测的先见性等方面的问题。但归结起来说,学术史的研究其实就是两个主要方面:是否准确揭示了真正有价值的学术观点与研究方法,是否通过学术史的梳理寻找出了新的学术增长点与研究空间。退一步说,即使不能指出以后的学术方向,起码也要传达与揭示有价值的学术成果。

二、《明儒学案》的启示:学术史研究的原则

学案体作为中国古代学术史编撰的一种写作模式,曾以其鲜明的特点长期被学界所关注。史学家陈祖武概括说:"学案体史籍,是我国古代史学家记述学术发展历史的一种独特编纂形式。其雏形肇始于南宋初叶朱熹著《伊洛渊源录》,而完善和定型则是数百年后。

清朝康熙初叶黄宗羲著《明儒学案》，它源于传统的纪传体史籍，系变通《儒林传》(《儒学传》)、《艺文志》(《经籍志》)，兼取佛家灯录体史籍之所长，经过长期酝酿演化而成。这一特殊体裁的史书，以学者论学资料的辑录为主体，合案主生平传略及学术总论为一堂，据以反映一个学者、一个学派，乃至一个时代的学术风貌，从而具备了晚近所谓学术史的意义。"①在中国古代，接近于陈先生所说的这种学案体著作大致有朱熹《伊洛渊源录》、耿定向《陆杨学案》、刘元卿《诸儒学案》、周汝登《圣学宗传》、刘宗周《论语学案》、孙奇逢《理学宗传》、黄宗羲《明儒学案》、徐世昌《清儒学案》等。尽管在学案体的起源与名称内涵上目前学界尚有争议，但黄宗羲的《明儒学案》作为学案体的代表性著作则是毫无争议的。梁启超就曾说："中国有完善的学术史，自梨洲之著学案始。"并且从黄宗羲《明儒学案》中总结出编撰学术史的几个条件：

> 著学术史有四个必要的条件：第一，叙一个时代的学术，须把那时代重要各学派全数网罗，不可以爱憎为去取。第二，叙某家学说，须将其特点提挈出来，令读者有很明晰的观念。第三，要忠实传写各家真相，勿以主观上下其手。第四，要把个人的时代和他一生经历大概叙述，看出那人的全人格。梨洲的《明儒学案》，总算具备这四个条件。②

就《明儒学案》的实际情况看，全书共62卷，由5个大的板块组成：师说（黄宗羲之师刘宗周对明代有代表性思想家之评价）、有传承之流

---

① 陈祖武：《学案再释》，《北京师范大学学报》2009年第2期。
② 梁启超：《中国近三百年学术史》，东方出版社，1996年版，第58页。

派学案、诸儒学案、东林学案和蕺山学案。基本上囊括了明代儒家思想的主要流派和代表性人物。每一学案则主要由三部分内容构成：首先是总序，主要对本学案之师承渊源、思想特点以及作者之评价等；其次是学者小传，包括其生平大概及为学宗旨；其三是传主主要论学著作、语录之摘编。由此，有学者从体例上将其概括为"设学案以明学脉""写案语以示宗旨"和"原著选编"①。也有学者从方法论的角度将其改为"网罗史料、纂要钩玄""辨别同异""揭示宗旨、分源别派、清理学脉""保存一偏之见、相反之论"②。这些研究对于认识黄宗羲的思想特征与学术地位均有显著的贡献，也对学案体的体例有所揭示与总结。然而，这其中所蕴含的对于当代学术史研究的启示却较少有人提及。

就黄宗羲本人在《明儒学案》的序文及发凡中所重点强调的看，"分其宗旨，别其源流"③乃是其主要着眼点。也就是说，《明儒学案》所体现的学术原则与学术精神，主要由明宗旨与别源流两个方面所构成，而且此二点也对当今学术史的研究最具启发价值。

明宗旨是黄宗羲《明儒学案》最鲜明的特色之一，但其究竟有何内涵，学界看法却不尽一致。本人通过对该书的序言、发凡及相关表述的细致解读，认为它具有三个层面的含义。

首先是对最能体现思想家或学派特征、为学方法及学说价值的高度凝练的概括。黄宗羲说：

> 大凡学有宗旨，是其人之得力处，亦是学者之入门处。天下

---

① 朱义禄：《论学案体》，《哈尔滨工业大学学报》1999年第1期。
② 李明友：《一本万殊》，人民出版社，1994年版，第90—199页。
③ 黄宗羲：《明儒学案序》，《明儒学案》，中华书局，1985年版，第8页。

之义理无穷,苟非定以一二字,如何约之,使其在我。故讲学而无宗旨,即有嘉言,是无头绪之乱丝也。学者而不能得其人之宗旨,即读其书,亦张骞初至大夏,不能得月氏要领也。是编分别宗旨,如灯取影,杜牧之曰:"丸之走盘,横斜圆直,不可尽知。其必可知者,知是丸不能出于盘也。"夫宗旨亦若是而已矣。①

此段话有三层意思:一是学者为学需有自己的宗旨,而且用简短的语句将其概括出来,以便体现自我的为学原则;二是了解这种学说也要抓住此一宗旨,才能得其精要,领会实质;三是介绍这种学说,也要能够用"一二字"概括出其为学宗旨,以便把握准确。从学术史研究的角度讲,如果研究对象本身宗旨明确,那当然对研究者是很有利的。但实际情况往往并非如此,越是大思想家和大学者,其思想越是丰富复杂,如何在这包罗万象的学说体系中提炼出其为学宗旨,那是需要经过研究者的认真思考与归纳的。黄宗羲的可贵之处是他能够遍读原始文献,经由认真斟酌,然后高度凝练地提取出各家之宗旨。正如其本人所言:"每见钞先儒语录者,荟撮数条,不知去取之意谓何。其人一生之精神未尝透露,如何见其学术?是编皆从全集纂要钩玄,未袭前人之旧本也。"②也就是说,提炼宗旨的前提是广泛阅读研究对象的全部文献,真正寻找出其为学宗旨,而不是将自我意志强加给对象,他之所以不满意周海门的《圣学宗传》,其原因就在于:"且各家自有宗旨,而海门主张禅学,扰金银铜铁为一器,是海门一人之宗旨,非各家之宗旨也。"③关于黄宗羲提炼宗旨而遍读各家全集的情

---

① 黄宗羲:《明儒学案发凡》,《明儒学案》,中华书局,1985年版,第17页。
② 黄宗羲:《明儒学案发凡》,《明儒学案》,中华书局,1985年版,第18页。
③ 黄宗羲:《明儒学案发凡》,《明儒学案》,中华书局,1985年版,第17页。

况,已有许多学者进行过考察,大都得出了肯定的结论。从此一角度出发,可知做学术史研究的第一步便是真正从研究对象的所有成果的研读中,高度概括出其学术的宗旨与精神,让人一看即可辨别出其学术的特色。

其次,宗旨是思想家或学派独创性的体现。黄宗羲认为:"学问之道,以各人自用得著者为真。凡倚门傍户,依样葫芦者,非流俗之士,则经生之业也。此编所列,有一偏之见,有相反之论,学者于其不同处,正宜著眼理会,所谓一本而万殊也。以水济水,岂是学问!"①学术的精髓在于有思想的创造,而不在于求全稳妥,因而在《明儒学案》中,就特别重视"有一偏之见,有相反之论"的学者,而对那些"倚门傍户,依样葫芦"陈陈相因的"流俗""经生"之见,则一概予以祛除。如果说提炼宗旨是学术史研究的第一步,那么辨别各家宗旨有无创造性从而决定是否纳入学术史的叙述则是其第二步。在当代学术史研究中,并不是都能做到此一点的,许多学者为了体现求全的原则,常常采取罗列成果、全面介绍的方式,结果学术史成了记述论著的流水账,其中既无宗旨之提炼,亦无宗旨之辨析。黄宗羲的这种观点,体现了明代重个性、重创造的学术精神,至今仍然具有重要的启示意义。

其三是宗旨是为学精神与生命价值追求的结合。关于此一点,其实是与其"自得"的看法密切相关的。在"发凡"中,黄宗羲除了提出宗旨的见解外,同时又提出"自得"的看法。何为"自得"?有学者认为:"'自得'坚持的是一种独立的政治精神,强调的是一种自由的心理意识。"并认为"自得"与"宗旨"的关系是:"在黄宗羲的视野

---

① 黄宗羲:《明儒学案发凡》,《明儒学案》,中华书局,1985年版,第18页。

中,只有走向阳明心学的'自得'才可以称为'宗旨',否则,不是'宗旨不明',就是'没有宗旨'。"①必须指出,"自得"固然与独立思考的学术精神密切相关,但这并非其全部内涵,而且"自得"与"宗旨"也不能完全等同。比如黄宗羲认为,王阳明之前的明代学术,"习熟先儒之成说,未尝反身理会,推见至隐,所谓'此亦一述朱,彼亦一述朱'耳"②。可见他们缺乏思想的创造性,当然也就没有"自得",但并不妨碍其学说亦有其宗旨,黄宗羲曾经将明前期同倡朱子学的吴与弼和薛瑄的不同宗旨概括为:康斋重"涵养"而文清重"践履"。当然,有"自得"之宗旨优于无"自得"之宗旨亦为黄宗羲所认可,但不能说无自得便无宗旨。其实,黄宗羲所言的自得,除了具有独立自由的精神意识外,还有两种更重要的内涵。一是自我的真切体悟而非流于口头的言说,其《明儒学案发凡》说:

> 胡季随从学晦翁,晦翁使读《孟子》。他日问季随:"至于心,独无所同,然乎?"季随以所见解,晦翁以为非,且谓其读书卤莽不思。季随思之既苦,因以致疾,晦翁始言之。古人之于学者,其不轻授如此,盖欲其自得之也。即释氏亦最忌道破,人便做光景玩弄耳。此书未免风光狼藉,学者徒增见解,不做切实工夫,则羲反以此书得罪于天下后世也。③

此处的"自得"便是由自身思考体悟而来的真切感受与认知,而且按照心学知行合一的观念,真正的"知"就包括了践履的"行",黄宗羲

---

① 姚文永、宋晓伶:《"自得"和"宗旨"——〈明儒学案〉一个重要的编撰方法与原则》,《大连大学学报》2010年第3期。
② 黄宗羲:《明儒学案》,中华书局,1985年版,第179页。
③ 黄宗羲:《明儒学案发凡》,《明儒学案》,中华书局,1985年版,第18页。

称之为"切实工夫"。与此相反的是,停留于言说的表面而无体验与行动,那便叫做"玩弄光景"。正如黄宗羲批评北方王学"亦不过迹象闻见之学,而自得者鲜矣"①。"迹象闻见"便是停留于语言知识的层面而无真切的体验,也就是没有"自得"。二是自我境界的提升与人格的完善,也就是心学所言的自我"受用"。用黄宗羲的话说就是:"夫先儒之语录,人人不同,只是印我之心体,变动不居,若执定成局,终是受用不得。此无他,修德而后可讲学。今讲学而不修德,又何怪其举一而废百乎?"②在此,语录与受用、讲学与修德都是通过"自得"而联系起来的。这也难怪,心学本身就是修身成圣的学问,如果不能实现修身成圣的"受用",便是"玩弄光景"的假道学。所以黄宗羲在概括阳明心学时才会说:"自姚江指点出'良知人人现在,一反观而自得',便人人有个做圣之路。"③

将为学宗旨的鲜明特征、思想创造和自得受用结合起来,便是心学所说的"有切于身心",也就是有益于身心修为,有益于砥砺人格,有益于提升境界,有益于圣学追求。这既是其为学宗旨,也是其为学目标。黄宗羲以此作为《明儒学案》衡量学派的标准,既合乎其作为心学后劲的身份,也符合明代心学的学术品格。以此反观现代的学术史研究,就会发现存在明显的缺失。也许我们并不缺乏对学者思想特征与学术创造的归纳论述,但大都将其作为一种专业的操作进行衡量评说,而很少关注其是否"有切于身心",也就是对学者的学术追求和社会责任、人文关怀以及性情人格之间的关系极少留意。

---

① 黄宗羲:《明儒学案》,中华书局,1985年版,第636页。
② 黄宗羲:《黄梨洲先生原序》,《明儒学案》,中华书局,1985年版,第9页。
③ 黄宗羲:《明儒学案》,中华书局,1985年版,第179页。

我认为在对人格境界与社会关怀的重视方面也许我们真的赶不上黄宗羲。

别源流是黄宗羲《明儒学案》第二个要实现的目标。所谓别源流,就是要理清学派的传承与思想的流变。从黄宗羲《明儒学案》的实际操作上看,其别源流分为四个层面:一是梳理明代一代学术源流,二是寻觅明代心学学脉,三是阳明心学本身的学脉关系,四是学者个人思想的演变过程。关于黄宗羲考镜源流的业绩,贾润在其《〈明儒学案〉序》中指出:

> 盖明儒之学多门,有河东之派,有新会之派,有余姚之派,虽同师孔、孟,同谈性命,而途辙不同,其末流益歧以异,自有此书,而分支派别,条理粲然,其余诸儒也,先为叙传,以纪其行,后采语录,以列其言。其他崛起而无师承者,亦皆广为罗列,靡所遗失。论不主于一家,要使人人尽见其生平而后已。①

"分支派别,条理粲然"八个字,可以说高度概括了《明儒学案》在别源流方面的特点。黄宗羲在别源流的过程中,始终坚持两点,即兼综百家的包容性和兼顾优劣的公正性。尽管他是王门后学,但并不忽视其他学派的论述,这便是其巨大的包容性;而对于他最为看重的心学大师王阳明,既赞誉其"故无姚江,则古来之学脉绝矣",同时又指出:"然致良知一语,发自晚年,未及与学者深究其旨,后来门下各以意见掺合,说玄说妙,几同射覆,非复立言本意。"②以会合朱陆的方式纠正阳明及其后学的偏差,乃是刘宗周为学之核心,黄宗羲对阳明

---

① 黄宗羲:《明儒学案》,中华书局,1985年版,第12页。
② 黄宗羲:《明儒学案》,中华书局,1985年版,第179页。

的批评显然也受到其师刘宗周的影响,但同时也是他本人的真实看法与辨析源流的基本学术原则。

当然,学界也有对黄宗羲《明儒学案》的负面评价,比如钱穆就对黄宗羲在选取诸家言论的"取舍之未当"深致不满,并认为其"于每一家学术渊源,及其独特精神所在,指点未臻确切"。至于造成如此弊端之原因,钱穆则认为是黄宗羲"乃复时参以门户之见,义气之争。刘蕺山乃梨洲所亲授业,亦不免此病"①。至于《明儒学案》是否真的存在如钱穆所言缺陷,以及钱穆对黄宗羲之诟病是否恰当,均可进一步进行深入的讨论②。在此需要强调的是黄宗羲别源流的原则及其依据。

黄宗羲之所以重视"分其宗旨,别其源流",是他认为明代思想界最为独特的乃是学者之趋异倾向,也就是表达自我的真实见解与学术个性。他说:"有明事功文章,未必能越前代,至于讲学,余妄谓过之。诸先生学不一途,师门宗旨,或析之为数家,每久而一变。……诸先生不肯以懵懂精神冒人糟粕,虽浅深详略之不同,要不可谓无见于道者也。"③从横的一面,同一师门的宗旨可以分化为数家;从纵的一面,时间长了必然会发生变化。学术的活力就在于这种差异性和变动不居。这些不同派别与见解也许有"浅深详略之不

---

① 钱穆:《中国学术思想史论丛》卷七,安徽教育出版社,2004年版,第260页。

② 已有学者撰文指出,钱穆此论并不恰当,认为其原因在于:"由于钱穆的学术思想由'阳明学'逐渐转向'朱子学',其在晚年对阳明学多有指摘,故批评黄宗羲守阳明学门户,对《明儒学案》的评价由大加赞赏转向多有贬斥。"见张笑龙《钱穆对〈明儒学案〉评价之转变》,《广东社会科学》2013年第3期。

③ 黄宗羲:《明儒学案序》,《明儒学案》,中华书局,1985年版,第7页。

同",但其可贵之处在于不肯重复前人的陈词滥调而勇于表达自我对"道"的真知灼见。所以他反复强调:"羲为《明儒学案》,上下诸先生,深浅各得,醇疵互见,要皆功力所至,竭其心之万殊者,而后成家,未尝以懵懂精神冒人糟粕。"①何为"懵懂精神"?就是缺乏独立思考的能力而人云亦云,就是"倚门傍户,依样葫芦"的迷信盲从。只有那些"竭其心"的有得之言,尽管可能"醇疵互见",却足以成家。黄宗羲所要表彰的,正是这些所谓的"一偏之见""相反之论"。黄宗羲此种求真尚异的观念,是明代心学流行的必然结果,是学者崇尚自我和挑战权威精神的延续,所以他才会如此说:"古之君子宁凿五丁之间道,不假邯郸之野马,故其途亦不得不殊。奈何今之君子,必欲出于一途,使厥美灵根者,化为焦芽绝港。"②思想的创获来自艰辛的探索与思考,犹如开山凿道之不易。而如果使所有的学者均纳入同一模式的思想,就只能导致"焦芽绝港"的思想枯竭。学术的多样性乃是探索真理的必要性所决定的,因为"学术不同,正以见道体之无尽也"③。坚持思想探索,倡导独立精神,赞赏学术个性,鼓励流派纷争,这是黄宗羲留给我们最有价值的思想启示。

自黄宗羲之后,以学案体撰写学术史者虽然不少,但能够与其比肩者却绝无仅有。且不说清人徐世昌《清儒学案》和唐鉴《清学案小识》这类以堆积资料为目的的著作,它们既无宗旨之精炼提取,又无学脉之总体把握,即令是今人钱穆之《朱子新学案》、陆复初之《王船山学案》、杨向奎之《新编清儒学案》、张岂之之《民国学案》等现代学

---

① 黄宗羲:《黄梨洲先生原序》,《明儒学案》,中华书局,1985年版,第10页。
② 黄宗羲:《黄梨洲先生原序》,《明儒学案》,中华书局,1985年版,第10页。
③ 黄宗羲:《明儒学案序》,《明儒学案》,中华书局,1985年版,第7页。

术史著作,虽在思想评说、范畴辨析、问题论述及资料编选诸方面各有优长,但在学脉梳理及论述深度上皆难以达到《明儒学案》的高度。

在文学领域的学术史研究中,有两套丛书近于学案体的特征,它们是陈平原主持的"20世纪中国学术文存"(湖北教育出版社)和陈文新主持的"中国学术档案大系"(武汉大学出版社)。前者共拟出版20种研究论集,自21世纪初至今已基本完成;后者动议于十年之前,如今也已出版有十余种。从编写目的看,二者都重视文献的保存,都以选择优秀成果作为主体部分,这可视为是对《明儒学案》原著摘编方式之继承。从编写体例上,"文存"由导论、文选和目录索引三个部分组成,"学术档案"则由导论、文选、论著提要和大事记四部分构成。导论相当于《明儒学案》的总论部分,但由于是针对一代学术而言,不如《明儒学案》的简要精炼。目录索引与大事记是受现代学术观念影响的结果,故可存而不论。至于论著提要则须视各书作者之学术眼光与概括能力而定,就本人所接触的几册看,大致以截取各书之内容提要而来。如果以黄宗羲的明宗旨与别源流的两个标准来衡量这两套丛书,它们显而易见是远远没有达到《明儒学案》的水平。因为文选部分尽管通过选优而保存了名家的代表作,却必须通过每位读者自己的阅读体味来了解其学术特色。"学术档案"的情况略有改变,其选文之后附有作者生平、学术背景、内容简介与评述、作者著述情况等,但大多是情况介绍而乏精深之论[1]。至于别源

---

[1] "学术档案"各书体例不甚统一,选文后有的是情况简介,有的则是对选文的学术评价,如王炜的《〈金瓶梅〉学术档案》的每篇选文之后都有一篇学术导读,就该文及学术思想、研究方法进行评价,应该说是基本达到了"明宗旨"的要求。

流更是这两套丛书的短板,就我所接触到的导论部分而言,只有王小盾在《词曲研究》的导论中简略提及了任二北的师承关系及台湾高校的注重师承传授,其他著作则盖付阙如,似乎别源流已经被置于学术史研究之外。当然,在此需说明两点:一是在此并没有责备丛书主持人和各书作者之意,因为其他的学术史著作也都没有关注此一问题;二是别源流的问题之所以被现代学术史研究所遮蔽,是因为学术研究中的师承观念与学派意识逐渐淡化,从而难以为学术史研究提供丰富的研究案例与内容。但又必须指出,学术研究中师承观念与学派意识的缺位并不能完全成为学界忽视该问题的借口,因为寻找研究中存在的问题与缺陷同样是学术史研究的重要组成部分。对此将留待下节展开论述。

三、学术史研究的三个层面:总结经验、寻找缺陷与提出新的学术增长点

黄宗羲是明清之际的大思想家,《明儒学案》是中国历史上的经典学术史著作,所以应该对其进行认真研究,从中受到有益的启示。但是,学案体毕竟是古代的产物,面对更为丰富复杂的研究对象,就不必从体例上再去刻意模仿这样的著作,而是要吸取其学术思想与撰写原则,从而弥补当今学界学术史研究之不足。就现代学术史研究看,我认为有三个层面的内容必须具备并对其内涵进行认真的辨析。

首先是总结经验。其实也就是通过对学术研究过程的清理使读者明白前人提出了何种观点,解决了哪些问题,运用了什么方法,取得过什么成就,存在过什么教训,等等。既然是学术史,就需要具备"史"的品格,也就是必须写出历史的真实内涵,包括历史现

象的真实反映和历史发展过程中关联性的揭示。其实,黄宗羲所归纳的明宗旨和别源流两个原则正是反映真实与揭示历史关联性的精炼表述。需要指出的是,《明儒学案》只是明代儒学发展的学术史,属于思想史的范畴,因此其主要目的便是总结提炼各家的主要思想创获以及学派之间的关系。而现代学术史所面对的研究对象要更加丰富,因而对其历史真实内涵的把握与关联性的揭示也更为复杂。

就现代学术史写作的一般情况看,学界大都采取纵向以时间为坐标而分期叙述,横向则以地域、学者或问题作为基本单元进行分类介绍。此种历史与逻辑相结合的结构方式乃是学术史写作的主要套路,基本能够承担学术经验总结的叙述功能。但也并非不存在问题,因为无论是以作者为基本单元还是以问题为基本单元,都需要经过作者的筛选与拣择,那么什么能够进入学术史的叙述框架就成为作者所操持的话语权力,不同立场、不同眼光、不同标准,甚至不同师承与学派,就会有理解判断的差异,争议的产生也就在所难免。于是,便有了学术编年史的出现。编年史的好处在于以编年的方式将与学术相关的内容巨细无遗地网罗其中,能够全面展示学术发展的过程。只不过这种学术编年史的写作目前还仅限于中国古代,而且也只有梅新林等人的《中国学术编年》这一部书。能否用编年史的方式进行现代学术史的写作,当然可以继续进行讨论与实验,但可以肯定的是,编年史无论如何也不能代替传统的学术史研究,因为突出重点几乎和展示全面同等的重要,否则黄宗羲以突出主要学脉的《明儒学案》也不会受到学界的广为赞誉了。

从总结经验的角度看,目前存在的最主要的问题不在于学术史的编写体例,而是对于明宗旨与别源流的把握是否到位。从明宗旨的角度,存在着一个突出主要特征与全面反映真实的问题。无论是一个历史时期、一个流派还是一位学者,其学术研究都会存在这样的矛盾。作为学术史研究,就既要抓住主要特征以显示其学术观念、研究方法及研究结论的独特贡献,又要照顾到其他方面以把握其完整面貌。比如在研究民国时期现代文学观念的形成时,人们自然会更多关注受西方文学理论与方法影响较深的那些学者,以探索中国现代学术史是如何从中国传统的文章观念而转向现代纯文学观念的学术操作的。但是同时又不能忽视,当时还有许多学者依然在运用传统的文章观进行研究。那时既有刘经庵只把诗歌、戏曲与小说作为研究对象的《中国纯文学史》,因为作者的文学观念是"单指描写人生,发表情感,且带有美的色彩,使读者能与之共鸣共感的作品"[①]。但也有陈柱收有骈文甚至八股文的《中国散文史》,因为作者的文学观念是"文学者治化学术之华实也"[②]。从当时的学术观念看,刘经庵是进步与时髦的,但从今天的学术观念看,陈柱也未必没有自己的道理。如果从提供历史经验上看,二者都有其学术价值;如果从展现历史真实上看,就更不能忽视非主流声音的存在。从别源流的角度,目前的学术史研究可能存在的问题更大。尽管现代学术史上真正形成学术流派的不多,但却不能忽视学术思想的传承与分化,甚至一个学者也会有学术思想形成、发展和变化的过程。学术思想的变化往往会导致其研究对象的选择、学术方法的使用以及学术立场的改变等等变化。只有把这些变化过程交代清楚了,才能从中总结学术研

---

① 刘经庵:《中国纯文学史》,江苏文艺出版社,2008年版,第1页。
② 陈柱:《中国散文史》,江苏文艺出版社,2008年版,第1页。

究与时代政治、环境风气、研究条件之间的复杂关系等历史经验,同时也才能把历史发展的过程性梳理清楚。无论是在所接受的学术训练的系统性上,还是所拥有的研究条件上,我们的时代都要更优于黄宗羲,理应在明宗旨和别源流上比他做得更好,但遗憾的是在许多方面黄宗羲依然是我们无法超越的楷模。

在总结历史经验上,目前的学术史研究还存在着一个更大的误区,这便是对于历史教训的忽视。几乎所有的学术史在写到"文革"十年时,都用了"空白"二字来概括本时期的特征,而内容上更是一笔带过。有不少学者甚至在处理建国后十七年的学术史时,也采取了类似的态度。从成果选优的角度,这样做当然有其道理,因为你无法在此时找到值得后人学习与参考的学术成果与学术方法。然而,学术史研究不同于学术研究,学术研究上没有价值的东西未必在历史经验的总结上也毫无价值。学术史研究中要淘汰和忽略的是大量平庸重复、缺乏创造力的书籍文章,也就是黄宗羲所说的"倚门傍户""依样葫芦"的低劣制作,而不是缺陷和错误。因为从学理上讲,历史乃是一个连续不间断的时间链条所构成的,如果失去其中的一个链条,哪怕是一个有问题的链条,也将会破坏历史发展的连续性。一位新诗研究专家在谈到自己的研究经验时说:

> 在撰写《中国新诗编年史》过程中,我越来越感到,面对20世纪的新诗,只是从艺术和诗的角度进入会感到资源十分匮乏,像新民歌运动、"文革"诗歌等,20世纪很大一部分新诗作品并不是艺术或诗的,但如果站在问题的角度加以审视,其独特和复杂怕是中国诗歌史上任何一个时期都不能相比的。我力求这部编年史能更多地包含和揭示近一个世纪新诗发展过程中的问题

及问题的复杂性。①

这是就文学史研究而言的,其实学术史研究又何尝不是如此。站在学术价值的立场看"文革"或十七年,固然是研究史的低谷甚至"空白",但站在总结教训与探索问题的立场上,也许包含着繁荣期难以具备的研究价值。比如说建国后一直以极大的声势批判胡适的新红学,可是新红学所确立的自传说与两个版本系统的学术范式却始终左右着《红楼梦》研究界,最后反倒是新红学的主要成员俞平伯对新红学的研究范式提出了颠覆性的看法。这其中所包含的政治与学术研究的关系到底有何价值?又比如在所谓"浩劫"的年代,许多学者辍笔不作或跟风趋时,钱锺书却能沉潜学问,写出广征博引、新见时出的百余万言的《管锥编》,这是他个人例外呢,还是其他人定力不够?也是一个值得研究的问题。在人文学科研究中,闭门造车固然封闭保守,趋炎附势肯定丧失品格,那么在社会关怀与学术独立的关系中学者到底如何拿捏才是恰当?这些都是研究学术中的重大问题,也是至今学者必须面对的问题。从此一角度讲,对于历史教训研究的价值绝不低于对于研究成绩的表彰。可惜在这方面我们以前的关注实在太少。

其次是寻找缺陷。所谓寻找缺陷就是检点现代学术史研究中存在的不足,其中大到研究范式的运用、研究价值的定位、学术盲点的寻找,小到某个命题的把握、某一材料的安排、某一术语的使用等等。在目前的学术界,无论是对学术史的研究还是当今的学术批评,往往是赞赏多而批评少,总结经验多而寻找缺陷少。究其原因,其中既有

---

① 刘福春:《还原历史的丰富与复杂》,《文学评论》2014年第4期。

水平问题,也有学风问题。但是对于学术史研究来说,寻找缺陷的意义绝不低于总结经验,因为寻找不出缺陷就不能提出新的学术路径,也就不能进一步提升研究的水平。

其实在学术史研究中确实还存在着很多需要纠正的弊端与不足,就其大者而言便有以下数种。

(一)研究模式的缺陷。比如现代文学史的研究模式是建立在西方的学术理念与研究方法的学理基础上,从根本上说是西方近代以来理性主义思潮的产物。这种理性主义的研究范式以逻辑的思维与证据的原则作为其核心支撑,用中国古人的话说叫做言之成理与持之有故。没有这样的研究范式,中国的学术研究就不能从传统的评点鉴赏转向现代的理论思辨与逻辑论证,也就不能具备现代学术品格。然而,这种理性主义思潮基本是以自然科学为依托的,所以带有浓厚的科学色彩。其中有两点对现代学术研究具有根深蒂固的负面影响,这便是生物学上的进化论与物理学上的规律论。表现在历史研究中,就构成以文体创造为演进模式的"一代有一代之文学"的文学史理论,而表现在研究目的上则是寻找各种各样的文学史规律,诸如唐诗繁荣规律、《红楼梦》创作规律、旧文学衰亡规律等等。直至今日,这种研究模式依然在发挥巨大的影响力而左右着学者的思维方式。其实,自然科学的理论在进入人文学科领域时,是需要进行检验和调整的,否则就会伤害到学科自身。因为文学史研究不能以寻找规律为研究目的,他必须以总结历史上人们如何以审美的方式满足其精神需求作为探索的目标,然后才可能对当今的精神生活提供有益的历史经验。同理,"一代有一代之文学"的线性进化理论也不符合文学发展的实际,因为随着人类社会的发展,日益丰富的生活带来人们更为丰富的情感世界,于是也就需要更多的文学样式与方法来满足其精神需求,那么文学史的发展过程就只能呈现为文体如滚雪球般的日益复杂多样,而不是进化论式的相互替代。不改变这种研究范式,我们只能依然沿着冯沅君的老路,把诗歌史只写到宋代,而永远找不到明清诗文研究的合法性来。

(二)流派研究的缺失。学术史研究是对学术研究实践的描述与归纳,这乃是学界的常识。从此一角度说,现代学术史研究中流派观念的淡漠与研究的弱化似乎是必然的。黄宗羲《明儒学案》在别源流方面之所以做得足够出色,是因为明代思想界学派林立、论争激烈,从而保持了巨大的思维活力,黄宗羲面对如此活跃的学术实践,当然将流派研究作为自己的主要特色。清代缺乏这种思想活力,建国伊始便禁止文人结社讲学,当然也形不成学界的流派。研究清代的学术史,似乎也理所当然地写不出《明儒学案》那样的著作。那么,现代学术研究是否也可以因学术流派的缺少而走清人的老路,自动放弃流派的研究?这里又是一个误区。学术研究实践中流派的缺乏只能导致经验总结的缺位,因为没有这样的实践当然无法去归纳与描述。然而,正因为研究实践中缺乏流派的意识与现实,学术史研究才更应该去指出这种致命的缺陷。因为思想创造的动力来自于流派的竞争,学术研究的活力也来自于流派的论争,因此缺乏流派的学术研究是没有活力、没有个性的研究。作为学术史的研究,理应去发掘学术史上珍贵的流派史实,探讨流派缺失的原因,并强调形成新的学术流派之于学术研究的重要。就此而言,学术史研究不仅仅是学术实践经验的反映与总结,也应该肩负起纠正学术研究弊端的重要职责。

(三)人文精神的缺失。自现代学科建立以来,追求科学化与客观化一直成为学界的目标,这既与科学主义的影响有关,也与建国后政治时常干预学术的政治环境有关,更与研究手段的日益技术化有关。学术研究的这种科学化倾向也深深影响了学术史的研究,使得学术史研究不仅未能纠正此一缺陷,反而变本加厉地强化了这种倾向。其实,以人文学科的研究属性去追求科学性与客观性,本身就陷入一种尴尬的悖论。反思一下中国的历史,哪一种重要的思想流派不具备经国济世的人文关怀?拿最为后人所诟病的强调思辨性的程朱理学与偏于名物训诂考证的乾嘉汉学,其实也并不缺乏社会的使命感。理学固然重视修身,但《大学》的八条目依然从格物致知通向治国平天下的终极目标;乾嘉学派固然重视名物的考证,但其大前提依然是"反经"以崇尚实学的济世胸怀。从现代史学理论看,科学性与客观性受到日益巨大的挑战,正如美国史学理论家海登·怀特所言:"近来的'回归叙事'表明,史学家们承认需要一种更多地是'文学性'而非'科学性'的写作来对历史现象进行具体的历史学处理。"[1]无论从历史的事实还是学科的属性,人文学科的研究都应该拥有区别于自然科学与社会科学的特征。但是令人遗憾的是,面对20世纪以来日益严重的科学化与技术化倾向,学术史的研究并未能尽到自己的责任。尤其是在文学研究领域,本来是最具有情感内涵和人文精神的学科,如今却随着计算机技术的运用变成了靠数理统计与堆砌材料以显示其客观独立的冷学科。我曾经在《中国古代文学研究转型期的技术化倾向及其缺失》一文中说:"如果中国古代文学的研究既缺乏理性思辨的智慧之光,又没有打动人的人文精神,更没有流畅生动的阅读效果,而只是造就了一大批头脑僵硬的教授与

---

[1] 〔美〕海登·怀特著,陈新译:《元史学:十九世纪欧洲的历史想象》,译林出版社,2004年版,第5页。

目光呆滞的博士,这样的古代文学研究不要也罢。"①不过,要真正纠正这种人文精神的缺失,尚须整个学界的努力,尤其是学术史研究的努力。

以上三点只是作为例子来说明学术史研究中寻找缺陷的重要,至于更多更具体的研究缺陷,需要投入更多的精力。而重要的是学术史研究者需要具备挑剔的眼光与批评的勇气,将学术史研究视为推动学科发展的动力而不是表彰优秀分子的光荣榜。

其三是提出新的学术增长点。从近二十年所呈现的学术史研究成果来看,其主体部分大都是对已有成果的介绍与评价,一般也都会在最后有一部分文字表达对未来的瞻望,但对于现存问题的检讨就要明显薄弱一些。正是由于对现存问题的分析认识不够具体深入,因而对未来的瞻望也大多流于浮泛,更不要说提出新的学术增长点了。其实,未来瞻望与提出新的学术增长点并不是同一层面的内容。未来瞻望具有全局性与宏观性,表达了学术史研究者的一种愿望或理想;提出学术新增长点则是对下一步研究的观念、方法与路径的认真思考,因而必须与当前的研究紧密衔接。

就《文心雕龙》的研究看,目前已出版三部学术史著作,可以将其作为典型个案以讨论提出学术增长点的问题。张文勋《文心雕龙研究史》的导论部分设专节"《文心雕龙》的未来走向",提出了三点努力的方向:一是面向世界以弥补西方理论之不足,二是面向现代以建设新的文学理论并指导创作,三是面向群众普及以扩大影响②。这是典型的理想表达,基本都是在"实用"的层面,与专业研究存有

---

① 《文学遗产》2008年第1期。
② 张文勋:《文心雕龙研究史》,云南大学出版社,2001年版,第6—10页。

较大距离,也就未涉及学术增长点问题。张少康等人撰写的《文心雕龙研究史》在其结语"《文心雕龙》研究的未来展望"中,设有六个小节:1.发展史料与理论并重的研究;2.从文化史角度看《文心雕龙》;3.从中西比较的角度来研究《文心雕龙》;4.从理论联系实际的角度,用历史的比较的方法研究《文心雕龙》;5.让"龙学"研究走向世界;6.培养青年"龙学"家,扩大和加强《文心雕龙》的研究队伍[①]。在这六个小节中,前三个方面是对已有研究特点的总结与强调,后两个方面是一种希望的表达,真正属于新的学术增长点的乃是第四小节,作者要求《文心雕龙》范畴研究要与实际创作乃至其他艺术领域结合起来,不能就理论而研究理论。李平《文心雕龙研究史论》在其绪论部分的第四节"'龙学'研究存在的问题与发展前景",尽管所用文字不多,但在行文方式上却颇有特色,即作者已将学术增长点的提出与未来瞻望分两段文字写出。在学术研究方面提出三点建议:一是继续研究思想、理论上有争议的问题,二是做好总结性的工作,三是应加强对港台及海外《文心雕龙》研究成果的介绍和翻译工作。而在瞻望部分则提出:一要培养后续力量,二要更新理论方法,三要创造良好学风,四要加强国际合作交流。李平的好处是思路清晰,大致将学术建议与理想表达区分开来。其不足在于提出的建议较为浮泛,反不如张少康的意见更有针对性。之所以会出现思路清晰而建议浮泛的矛盾,乃是由于作者尚未发现研究中存在的深层问题,比如他认为《文心雕龙》研究现存问题是:1.成果数量减少;2.成果质量

[①] 张少康等:《文心雕龙研究史》,北京大学出版社,2001年版,第587—596页。

下降;3. 研究队伍后继乏人①。这些问题当然是真实存在的,但是却均属现象描述,并未深入至学术研究的学理层面,当然难以提出具体的解决办法了。

从以上这些学术史著作写作经验的总结中,可归纳出以下关于提出新的学术增长点的一些原则:第一,学术增长点的提出范围应该是专业的学术问题,而且必须有很强的现实针对性。所谓针对性,乃是建立在对前人学术研究中所存留问题的清醒认识之上的。没有对前人研究缺陷的发现与反思,就不可能提出有价值的学术增长点。第二,提出新的学术增长点必须对于当前的学术发展大势具有清醒的判断与认识,任何学术的进展与转型都不是孤立进行的。就拿《文心雕龙》研究来说,它理应与中国古代文论研究甚至中国古代文学研究的发展紧密关联。20世纪的中国古代文论研究,必须首先借鉴西方的理论方法才能建立起自己的体系,而西方理论方法也会留下与中国古代研究对象不能完全融合的弊端。因此,近二十年来的学术转型就是要回归中国文论本体,寻找到适合中国古代研究对象的理论方法。在《文心雕龙》研究中,几十年来一直运用西方的纯文学观念去解读归纳刘勰的文章观。如此研究,可能会导致越精细而距离刘勰越远的尴尬局面。从专业研究的层面讲,所谓国际化、世界化的提法都是与此学术转型背道而驰的。《文心雕龙》首先要解决的乃是学术理念与研究方法的问题,此一点不解决,《文心雕龙》研究不可能走出误区。第三,新的学术增长点的提出必须具有实际可操作性。对于那些无法实现或者过于高远的希望,最好不要在学术增长点里提出来,因为这无助于问题的解决和研究水平的提升。比

---

① 李平:《文心雕龙研究史论》,黄山书社,2009年版,第19—21页。

如要解决《文心雕龙》研究中以现代文学理论观念比附刘勰文章观的问题,仅仅倡导回归中国本体是远远不够的。我们更要提出回归的具体方法与路径。我曾经在《文体意识、创作经验与〈文心雕龙〉研究》一文中提出,对于像"神思"这一类谈创作构思的理论范畴,最好能够结合中国古代相关的文体和刘勰本人的创作经验进行讨论,方可能揭示其真实的内涵。我认为这是研究《文心雕龙》的基本路径,因为刘勰的理论观点是以其自我的创作经验和熟悉的文章体裁作为思考对象的,离开这些而妄加比附就会流于不着边际。如果用以上这些原则来衡量目前的学术史研究,可能大多数成果还不够尽如人意。

总结经验、寻找缺陷与提出新的学术增长点,这是学术史研究互为关联的三个基本层面。尽管由于学术史写作的目的、规模与专业的不同,或许会在三者的比例大小上多有出入,但如果缺乏任何一个层面,我认为就不能称得上是严肃的学术史研究,或者说就会成为对于推动学术研究发展起不到应有作用的学术史研究。

四、学术史研究者的基本条件:学术素养与研究经验

目前学界关于学术史的研究存在着两种流行的误解。一是认为学术史研究的价值低于专业问题的研究,二是认为学术史研究相对比较容易。而且二者互为因果,造成了许多学术的混乱。比如博士论文的选题,近年来许多人都选择了研究史、接受史及影响史方面的题目,其中原因固然复杂,但重要原因之一乃是认为学术史研究较之本体研究相对容易一些。就目前所呈现的成果而言,学术史类的博士学位论文的确显得较为浅显易做,很多人也以此取得了学位。但我认为博士学位论文的选题依然不宜选研究史方面的题目,原因便是其选题动机是建立在以上两点误解之上的。讨论学术史研究与专题研究价值的高低本身就是一个伪命题，因为不同性质的研究所体现的价值是完全无法放在同一层面比较高下的。专题研究从解决某领域的学术问题上是学术史研究无法相比的，而学术史研究对于学科的自觉、观念方法的总结与初学者的入门等方面，又是专题研究所无法做到的。从这一角度说，两类选题的难易程度也难以一概而论，专题研究需要的是研究深度，而学术史研究需要的是综合系统。因此，我一直认为博士论文选题不宜选择学术史方面的题目，原因就是博士生最重要的目标乃是对专业研究能力的培养，这种培养当然也离不开学术史的清理工作，但其主要精力要放在文献解读、问题发现、论题设计与系统论证上。而且博士生属于刚入学术门径阶段，他们无论专业修养还是学术眼界，都还缺乏驾驭全局的能力，使其无法写出真正合格的学术史论著。我想借此说明的是，学术史研究并不是什么人和什么学术阶段都可以随便涉足的，它需要具备应有的基本条件。这个条件包括学术素养与研究经验两个方面。

先说学术素养。所谓的学术素养简单地说就是学养，也就是长期的学术积累所形成的专业知识、认识能力、学术视野以及学术判断力等等。因为在从事学术史研究时，研究者必须要面对两类强劲的对手，一类是学术研究的对象，一类是学术实力雄厚的学界前辈或同仁。学术史研究者必须要具备与之接近的学养，才有资格与之进行学术对话并加以评说。所谓学术研究的对象，就是指历史上那些杰出的思想家、历史学家、文学家、批评家等等，他们无论在思想的深邃性、知识的丰富性乃至感觉的敏锐性上大都是一流的人物。如果学术研究者要判断其他学者对这些人物的研究评说是否合适到位，首先自身必须对这些历史人物有基本的理解与认识，否则便只能人云亦云。比如说《文心雕龙》一书，历来被称为体大思精的中国古代文论名著，研究这部著作的论文已有四千余篇，论著数百部，其中存在许多有争论的问题。如果要做《文心雕龙》的学术史研究，需要什么样的学养呢？这就要看作者刘勰拥有何种学养才能写出《文心雕龙》，我们又需要何种学养才能阅读和认识《文心雕龙》。罗宗强曾写过一篇《从〈文心雕龙〉看刘勰的知识积累》的文章，专门探讨刘勰读过什么书，构成了什么样的学养。文章认为，刘勰几乎读遍了他之前和同时的所有经、史、子、集的著作，并能够融汇贯通，从而形成了自己丰富的思想体系与敏锐的审美感受力，所以能够对前人的著作理解准确、评价精当。其中举了关于刘勰"折中"思想的例子，学界对此曾展开过学术争议，先后发表了周勋初的《刘勰的主要研究方法——"折中"说述评》[1]、张少康的《擘肌分理，惟务折中——论刘勰〈文心雕龙〉的研究方法》[2]、陶礼天《试论〈文心雕龙〉"折中"精神的主要体现》[3]、高华平《也谈"惟务折中"——刘勰〈文心雕龙〉的研究方法新论》[4]等论文，或言崇儒，或言重道，或言近佛，各执己见，难以归一。罗宗强在详细考察了刘勰的知识涉猎与思想构成后说："我以为周先生的分析抓住了刘勰思想的核心。我是同意的。同时，我也注意到其他学者的分析在结论之外，实际上接触到思想发展过程中的复杂现象。诸种思想在刘勰知识积累的过程中不知不觉地交融形成了他自己的见解。正因为此一种交融，才为学术界对《文心》的

---

[1] 《古代文学理论研究》第十一辑，上海古籍出版社，1986年版。
[2] 《学术月刊》1986年第2期。
[3] 《镇江师专学报》2000年第1期。
[4] 《齐鲁学刊》2003年第1期。

许多理论观点做出不同的解读提供了可能。"①我想,如果没有深厚的文史修养,是无法对学界的不同观点做出这种圆融的评判的。中国历史上有不少这样的大家,像"读书破万卷,下笔如有神"的杜甫,儒释道兼通的苏轼,以及百科全书式的《红楼梦》等等,都不是可以轻易对其拥有发言权的。既然对研究对象没有发言权,那又有何权力对研究他们的学者说三道四呢!

学术史研究者除了要面对历史上的各种大家之外,他还必须同时要面对学界许多实力雄厚的一流学者。以一人之力要去理解、论述和评价众多学有专长的研究大家,其难度可想而知。在此一层面,不仅学术史研究者需要具备雄厚的专业基础,更需要具备现代的各种理论素养以及对于不同学派、不同领域以及不同研究方法的相关知识。要读懂一本著作,不仅需要弄懂其学术结论的创新程度与学术贡献,更需要了解其所运用的学术方法以及背后所支撑研究的学术理念。这就是学界常说的,阅读学术著作和论文,要具有看到纸的"背面"的能力。凡是真正做过研究的人都清楚,要真正了解掌握一种研究理论都不是一件容易的事情,更何况要去理解把握各种理论方法与学术流派?比如说,在现代学术史上对于胡适学术研究的评价争议甚大,除了其中的政治因素外,对其"大胆假设,小心求证"的学术思想的理解也有直接关系。胡适处于中西文化交流的时代大潮中,其学术观念与研究方法也试图将中国的乾嘉之学与西方的实证主义结合起来,并用之于研究实践中。陈维昭《红学通史》就专列一节谈"新红学"的知识谱系,认为胡适学术思想的核心是"以'科学精神'演述乾嘉学术方法,以'自然主义''自叙传'去演述传统的史学

---

① 罗宗强:《晚学集》,南开大学出版社,2009年版,第18页。

实录观念"。正是由于有了这样的认识,所以才会有如下评价:"胡适所演述的传统学术理念有二:一是实证,二是实录。实证以乾嘉学术为代表;实录则是传统史学的基本信念与学术信仰。实证的'重证据'的科学精神有其现代性。但是'实录'显然是一种违背现代史学精神的陈旧观念。"[1]这样的评价不能说可以被所有人所接受,但起码它是一种学理性的分析,是真正的学术史研究,比前人仅从意识形态角度的否定更令人信服。而要进行如此的评价,则不仅需要研究者具有古代小说专业研究的素养,而且还要具备中国古代史学史的修养以及把握当代史学理论的进展,同时还需要了解中国现代学术建立的具体过程。我们必须明白,凡是在学术上取得突出成就与影响巨大的学者,肯定有其独特的学术理念与研究方法,如果对其缺乏认知,则对他们的研究评论无异于隔靴搔痒。

学养是任何一个专业研究领域都需要具备的,但作为学术史研究的学者,需要更为宽广的知识背景与学术视野,因为他会面对更多的一流研究对象与一流学者,如果不能具备相应的学养,就缺乏与之进行交流的资格,更不要说去评价他们。可以毫不客气地说,没有一流的学养,就不会是一流的学术史研究者。也正是在此一角度,我认为刚进入学术门径的年轻学者不宜单独进行学术史的研究。

再说研究经验。所谓的研究经验,是指凡是要从事某个学术领域学术史研究的学者,应该对该领域具有较为丰富的专业研究体验及成果,尤其是对本领域的学术理念与学术进展有较为深切的把握与体会。研究经验与学术素养既有联系又有区别,学术素养是学术史研究的基础,主要体现为对于研究对象的理解能力与概括能力。

---

[1] 陈维昭:《红学通史》,上海人民出版社,2005年版,第144—146页。

研究经验则是对某研究领域的熟悉程度与参与过程，主要体现为对于本领域学术重点与研究难度的深刻认识，尤其是对于其学理性与前沿问题的把握。之所以要求学术史研究者拥有一定的研究经验，是由下面两个主要原因所决定的。

第一，只有拥有研究经验，才能将该领域中有创造性的成果与观点选择出来并作出恰当评价。比如唐代文学的研究，已经具有悠久的历史与大量的研究成果，而且依然会有大量的成果不断涌现。目前学术界最大的问题，也是学术史研究的最大难度，乃是对于重复平庸研究成果的淘汰，以及对于有创造性成果的推荐。这些工作都不是仅靠一般的材料是否可靠与文字论证水平的高低可以轻易识别的，而必须对该领域具有长期的沉潜研究的经验，才能沙里淘金般地识别出那些有贡献的优秀成果。这就是黄宗羲所说的明宗旨的环节，有无宗旨可以靠学养去提炼概括，而宗旨之有无独创性则要靠所拥有的学术前沿领域的研究经验来加以辨认。关于此一点，可以从目前学界名人写序这种现象中得到说明。现在的学术著作序言近于学术评价，可以视为是该书最早的学术史研究成果。但遗憾的是，真正评价恰当者却寥寥无几，溢美之词倒是比比皆是。更严重的是，在以后的学术史研究中，许多缺乏研究经验者又会以这些"学术大佬"的评价为依据，去为这些著作进行学术定位，从而造成积重难返的学术虚假评价。为什么会造成此种"谀序"的现象？其中除了人情因素之外，我认为作序者缺乏该领域的研究经验乃是主因。当年李贽曾讽刺其论争对手耿定向是"学问随着官位长"，现在则是学问随着职称长或者叫学问随着年龄长，以为成了博导和大佬就什么都懂，于是就到处写序。殊不知术业有专攻，每个人都有属于自己的专业领域，离开自己熟悉的专业领域而去评价其他学术著作，自然不能真正认识该书的学术创获。但"学术大佬"毕竟是有学养的,可以驾轻就熟地说一些虽不准确但又不大离谱的门面话,于是似是而非的序言也便就此诞生。缺乏研究经验的学术史研究就像名人作序一样,看似头头是道,实则言不及义。

第二,只有拥有研究经验,才能真正了解该领域的学术难点,并提出新的学术研究方向。按照上节所言的学术史研究的总结经验、寻找缺陷与提出新的学术增长点的三个层面,缺乏研究经验的学者在总结经验层面或许可以勉为其难地进行操作,但一旦进入第二、三层面,就会陷入茫然无知的境地。比如关于明代诗歌史的研究,明清两代学者始终处于如何复古的讨论之中,而进入现代学术史之后,依然在沿袭明清诗评家的传统思路,围绕复古与反复古的论题展开论述。岂不知明诗研究的最大问题是,几乎所有人都在按照一个凝固的标准也就是唐代诗歌的标准来衡量明诗创作,而忽视了自晚唐以来产生的性灵诗学的实践与理论,明清诗论家视性灵诗为野狐禅,而现代研究人员也深受《四库全书提要》以来传统观念的影响,只把性灵诗学观念作为反复古的一端加以肯定,而对其建设性的一面却多有忽视。其实,从中国诗歌发展的全过程来看,从中国古代诗歌与现代诗歌的关联性看,性灵诗学都是具有不可忽视的正面价值,是以后应该大力加强研究的学术空间。我想,只有真正从事过明代诗歌研究的人,才会具有这样的体验,才会提出这样的问题,才能开辟出新的学术研究空间。其实,岂但明诗研究如此,看一看目前的几部诗歌研究史,几乎都将叙述的重点集中在汉魏唐宋,而到了元明清的诗歌研究多是略而论之,草草了事。我们不能说这些学术史的作者缺乏学养,而是缺乏元明清诗歌史的研究经验。因为从来没有真正进入过这些领域从事专业的研究,所以无论是在对该时期诗歌史的价值判断,还是研究难度,都不甚了了,当然会作出大而化之的处理。因此,在我看来,要成为合格的学术史研究者,既要有足够的学养,又要有足够的研究经验,而且经验比学养更重要。

在目前的学术史研究中,情况相当复杂。从作者身份看,既有著名学者领衔的大型学术史写作,也有专题研究者在科研项目、学位论文研究中的学术史梳理,更有一些初学者无知者无畏的试笔之作;从成果形式看,既有多卷本的大型丛书,也有各领域的专门学术史论著,更有形形色色的综述、述略及史论的论文。这些研究除了低水平的重复之作外,应该说对于各领域的学术研究都有一定程度的贡献。但是,在我看来,我们真正需要的学术史是:研究者需要具有明确的学术原则与研究目的,他所提供的研究成果应对各领域的学术研究的学术观点、研究方法、学术贡献及发展过程作出了清晰的描述,对学术研究中存在的方向偏差、理论缺陷、不良学风及学术盲点进行了清楚的揭示,对将来的学术研究中可能解决的问题、采用的方法及拓展的新空间进行明确的预测,从而可以将当前的研究提升至一个新的层面。而要实现这样一种目标,学术史的研究者就必须拥有足够的学术素养与研究经验。

五、中国诗歌研究史:学术史写作的新实验

"中国诗歌研究史"是我们承担的教育部重点人文社会科学研究基地的重点项目,从2005年立项至今已有将近九年的时间。在此过程中,学界已经出版了余恕诚的《中国诗学研究》(2006)和黄霖主编、羊列荣撰写的《20世纪中国古代文学研究史(诗歌卷)》(2006),如今再推出这样一套诗歌研究史的著作,其意义何在?难道是因为它有220万字的巨大规模,从而对学术史的梳理更加细致而具体吗?

一部学术著作的价值与贡献,理应由读者和学界去评判,而不是由作者饶舌。但是,在此有两点还是有必要事先作出交代。

首先是本项目不是一个孤立的课题,而是互为补充的三个重点项目中的一个。它们是"中国诗歌通史"(国家社科基金重点项目)、"中国诗歌研究史"和"中国诗歌研究资料汇编"(教育部重点人文社会科学研究基地重点项目)。"中国诗歌通史"已由人民文学出版社于2012年出版,用11卷的篇幅描述了中国诗歌从先秦两汉至当代的发展过程,其中包括了少数民族的诗歌创作。"中国诗歌研究资料汇编"是选编20世纪的优秀诗歌研究成果以及全部学术成果的目录索引。"中国诗歌研究史"则是对于20世纪中国诗歌研究经验的总结,尤其是学理性的探讨。按照黄宗羲学术史的撰写原则与模式,"中国诗歌研究史"的重点在于"明宗旨"与"别源流",即对20世纪中国诗歌研究的主要发展线索与重要研究成果进行比较详细的梳理与介绍,当时所设定的目标是:"第一,结合时代变化和社会思想变化,以中国诗歌研究范式的演变为经,侧重于对学术理念、理论内涵与研究方法的发掘,整理出一条清晰的中国诗歌史的研究过程;第二,采取广义的诗歌概念,写出一部包括词曲等各种诗体在内的系统完整的中国诗歌研究史;第三,打通古今与中西,以最新的学术视野,站在21世纪的学术高度,从学理性上总结中国诗歌研究从古代走向现代、从单一封闭走向中西融合的历史进程。"至于是否实现了当初的设想,可由读者进行检验。三个项目中的"中国诗歌研究资料汇编"则相当于黄宗羲的论著言论摘编,其目的是保存20世纪中国诗歌研究的优秀成果与论著出版发表信息,同时读者也可以借此来检验诗歌研究史的提炼与评价是否准确。三个重点项目的完成既是首都师范大学中国诗歌研究中心一个阶段工作的小结,也是我们个人学术研究的阶段性交代。

其次是本书作者队伍的特殊情况与独特的编撰模式。正如上面所说,本项目是与另外两个项目互为支撑的,其中重要的一点就是它们是同一个作者群体。尽管在研究过程中也曾有个别的调整与变动,但其主体部分始终保持了完整与稳定。在此我要特别强调的是,这个作者群体是完全符合上述所言学养与经验这两项学术史研究者的必备资质的。从学养上看,几乎所有的撰写者与主持人都是目前活跃在学术研究前沿的成熟学者,其中许多人是各领域的国内一流学者,具有各自鲜明的学术思想、研究方法与学术背景,并都拥有丰富的研究成果。我想,这样的学养保证了他们的学术眼光与判断力,有资格对其研究对象的成果进行学术分析与评价。从研究经验上看,这个作者群体与《中国诗歌通史》几乎是完全一致的。他们的学术史研究乃是和相应历史段落的诗歌史研究交替进行的。从2004年"中国诗歌通史"立项到2012年最终完成,曾经召开过9次编写组的学术研讨会,每次都会对研究中存在的问题展开充分的讨论,同时也会对诗歌研究史的各种疑难问题进行讨论。应该说各卷负责人都具有丰富的研究经验,都始终处于各自研究领域的学术前沿,都对各自领域中的学术进展、难点所在及创新之处了然于胸。在诗歌通史的写作中,有过许多新的想法,也遇到过种种困难,更留下过些许遗憾,而所有这些都可以留待学术史的研究中去重新体味与总结。我想,此一群体所撰写的学术史,虽不敢说是人人认可的,但都应该是他们的真切体验与学术心得,会最大限度地避免空虚浮泛与隔靴搔痒。如果说在学术史研究中经验比学养更重要的话,广大读者不妨认真听一听这些学者的经验与体会,或许不至于空手而归。

在这将近十年的学术生涯中,尽管夜以继日地学习与工作,潜心地进行思考与研究,但数十人的劳动成果也就是这样三套著作,不免陡生白驹过隙的焦虑与感叹。作为个人,用了十年的时间思索,对于学术史研究才有了上述的点点体会,而且还很难说都有价值,真是令人有光阴虚度的感觉。

左东岭
2014 年 8 月 12 日完稿于北京寓所

目 录

中国诗歌研究史
清代卷

20世纪清代诗歌研究综论 ……………………………………（1）
上编　20世纪清诗研究综述 …………………………………（5）
第一章　清初诗歌研究 …………………………………………（7）
　第一节　清初诗歌研究综述 …………………………………（7）
　第二节　钱谦益诗歌研究 ……………………………………（17）
　第三节　吴伟业诗歌研究 ……………………………………（26）
　第四节　顾炎武诗歌研究 ……………………………………（35）
　第五节　王士禛诗歌研究 ……………………………………（46）
第二章　清中期诗歌研究 ………………………………………（59）
　第一节　乾嘉诗坛研究综述 …………………………………（59）
　第二节　袁枚和性灵派研究 …………………………………（69）
　第三节　黄仲则研究 …………………………………………（91）
第三章　晚清近代诗坛研究 ……………………………………（97）
　第一节　近代启蒙诗人研究 …………………………………（100）
　第二节　鸦片战争时期的爱国诗潮 …………………………（111）
　第三节　近代宗古诗派研究 …………………………………（122）

第四节　近代文学的变革 …………………………（130）

下编　20世纪清词研究综述 ………………………………（143）
第一章　清代前期词研究 …………………………………（145）
　　第一节　清代前期词研究综述 ……………………（145）
　　第二节　吴伟业等清初词人研究 …………………（155）
　　第三节　陈维崧与阳羡词派研究 …………………（163）
　　第四节　朱彝尊与浙西词派研究 …………………（168）
　　第五节　纳兰性德词研究 …………………………（184）
第二章　清代后期词研究 …………………………………（208）
　　第一节　晚清词研究综述 …………………………（208）
　　第二节　常州词派研究 ……………………………（221）
　　第三节　晚清重要词人研究 ………………………（227）
第三章　清代女性词人研究 ………………………………（234）
　　第一节　贺双卿研究 ………………………………（234）
　　第二节　吴藻研究 …………………………………（239）
　　第三节　顾春研究 …………………………………（241）

20世纪清代诗歌研究综论

20世纪清代诗歌研究的成果丰富而辉煌。本卷根据这一时期研究成果的特点,将研究综述分为清诗研究与清词研究两个系列,每个系列涉及的范围则限于中国大陆地区。

清初百年,诗坛名家辈出,在艺术领域达到了很高的境界。不少清诗研究专家对这一时期的作家作品投入极大热情,结出了丰硕的学术成果。这一时期作家、作品的整体研究,以邓之诚的《清诗纪事初编》、谢国桢《明清之际党社运动考》、谢正光《明遗民传记索引》、朱则杰《清诗史》、刘世南《清诗流派史》等为代表。具体的作家创作与理论研究,则主要集中于钱谦益、吴伟业、顾炎武、王士禛等若干重量级诗人身上,出现了一批重要的研究专著和论文。

清初诗人对前代诗歌创作及诗学思想的继承和发展,一直是学术界关注的热点,以此为切入点考察清初诗歌,可以窥见许多诗歌理论及实践的重要问题。学者们认为,清初的诗学观念及创作理念是在批判、清算明代诗学流弊的过程中建立起来的,这一过程涉及伦理秩序的重建、风格典范的确立、创作理念的更新以及知识谱系的调整等重要问题,而对传统的重新阐释和建构始终是诗学关注的焦点。

至于乾嘉时期的诗坛,有几个显著的特点:诗派分次林立,名家多而大家罕,诗学理论丰富繁杂。这个时期,诗派纷纭众多,大多数在诗坛稍有声名的诗人都可以纳入以诗学理论为基础建构的创作体系中。而这个时期诗学理论和诗歌创作则呈相反的趋势发展,诗学理论争奇斗艳,诗歌创作差强人意。乾嘉诗坛的这一特点深深影响了学界对这个时期诗人、诗歌的研究。

乾嘉时期性灵派研究是20世纪中后期清诗研究的一大热点,不仅性灵派主将袁枚受到了重视,对袁枚的研究开掘出新的局面,性灵派其他成员的研究也掀起了一个小高潮,赵翼和张问陶的研究呈井喷之势,性灵诗派内部网络被构建了起来。

就近代诗歌整体而言,受传统文学观念的影响,诗仍居正统地位,尚未完全没落。在研究者中,出现了几位把近代诗歌作为整体来研究的大家,汪辟疆是杰出的代表,他的论著有《近代诗派与地域》《光宣诗坛点将录》《近代诗人小传稿》和《光宣以来诗坛旁记》等。此期作家研究最为突出,龚自珍、魏源、黄遵宪之外,过去为人忽视的一批作家如贝青乔、张维屏、张际亮、姚燮、金和、江湜、郑珍、丘逢甲等均得到重视和研讨。思潮和流派研究方面,宋诗运动、南社和诗界革命等受到学者越来越多的关注,出现了一批超越前人的研究论著。

20世纪以来的清词研究与两宋词研究相比,颇为冷清,民国词家或称其"复兴",或完全否定其价值,20世纪后三十年,清词逐渐受到人们重视,开始出现向现代的转型,这体现在研究方法、研究侧重点和研究的整体走向上。

民国学者对清词的研究主要在总体评价上,一般有两种观点:其一,清代是词的复兴时期;其二,清词所谓"复兴"在质量上并没有什么提高,词的时代已经过去。

新中国成立以来,尤其是20世纪80年代至今,清词研究越来越受到人们关注,开始出现繁荣局面。严迪昌的《清词史》填补了清词研究的一大空白。在作品整理上,清词不仅有像《全清词》那样的大型总集出现,词人别集的辑校、笺注工作也全面展开。对民国时期尚未展开或只有泛泛论及的词人,如吴伟业、王士禛、曹贞吉、顾贞观等人的作品整理和词作研究都开始拓展和深入。女性词人研究逐渐兴起,邓红梅的《女性词史》、段继红《清代闺阁文学研究》等先后出现;在纳兰性德、朱彝尊等的研究中,各种理论方法,如心理学、文艺学等都开始尝试运用,产生了一些新的观点。流派方面,浙西词派、阳羡词派、常州词派等出现了专门研究的专著。另外,晚清词的研究也提上了日程。

理论研究方面,谢桃坊《中国词学史》及方智范等四人编著、施蛰存参订的《中国词学批评史》的面世,使词学理论研究提上了与诗学并趋的日程。在清词的整体评价上,学界基本上认同"中兴"的定位,并有所探索,但不够深入。个体的微观研究还有较大的空白。

20世纪的清诗和清词研究取得了前所未有的成就,堪称辉煌。然而,还存在着不足。地域性文学研究、家族作家群的研究尚存在空白,文化和文学的交叉性研究尚未充分展开,诗词与其他文学样式的交流、互动研究也尚未涉猎,清代诗词作为中国古代文学的殿军与前代诗词的接受、传承研究刚刚起步,与新文学运动的交接关系也未认真探讨,理论和创作间的相互影响关系研究虽有所触及,但未深入展开。以上不足,恰是21世纪清诗和清词研究的学术空间和增长点。相信新世纪的清诗、清词研究将会在20世纪的基础上,取得更大、更辉煌的成就。

上 编

20世纪清诗研究综述

第一章 清初诗歌研究

第一节 清初诗歌研究综述

清初百年,诗坛名家辈出,佳作纷呈,虽处王朝初创期,但诗歌艺术却达到了很高的境界,因此,清诗研究界有"一部清诗半在清初"的说法。许多清诗研究专家都对这一时期的作家作品投入极大热情,结出了丰硕的学术成果。

清初遗民诗人身历鼎革巨变,其创作内容充实、情感深切,很大程度上纠正了明诗空疏复古的弊病,为清代诗风的形成起到了良好的先导作用。同时,清代诗人进一步反思、总结前贤的创作经验,力破余地,提出了一系列的诗学主张,将清诗发展推向第一个高潮。

可以说,清初诗坛是20世纪清代诗歌研究的重镇,现将此期诗歌研究成果分类介绍如下:

一、诗文集及其整理情况

清初诗歌总集,较重要的是卓尔堪编选的《明遗民诗》。此书初刻在康熙年间,原名《遗民诗》,共十六卷,附卓氏己作,共选录明遗民五百余家的诗作近三千首。卓氏本着以人存诗的精神,在选录诗作的同时,对作者的字号、籍贯及生平经历均有介绍,使一些名不著时的诗人、诗作不致湮没无闻。在乾隆年间,此书两度被列入禁毁书目,故流传较少。清宣统二年(1910),上海有正书局将其重刻。1961年,中华书局又据清光绪年间刻本,断句排印出版。又有张其淦编辑《明代千遗民诗咏》初编、二编、三编,每编各十卷,共列明代遗民一千九百余位,收诗五百八十首。此书虽採摭资料庞杂,体例亦非醇雅,难免饾饤之讥,但能以人传诗,以诗传人,保存文献之功不可没。此书有民国十九年(1930)《寓园丛书》本。1985年台北明文书局在《清代传记丛刊·遗逸类》中收入此书,影印出版。

另有一些带有地域性质的清诗选集也值得重视。如清人宋荤编选的《江左十五子诗选》。此书共十五卷,选录清初江苏籍诗人十五家,即王式丹、吴廷桢、宫鸿历、徐昂发、钱名世、张大受、管棆、吴士玉、顾嗣立、李必恒、蒋廷锡、缪沅、王图炳、徐永宣、郭元𨱆,诗作共一千一百九十首。全书按照诗人在世的先后顺序编排,人各一卷,以宋荤序冠于书首,之后有各卷详细篇目,在各作者名下介绍其字号、官爵、籍贯。此书初刻于清康熙四十二年(1703),有宋氏宛委山堂刻本,民国间上海扫叶山房有石印本。又如近人郑珍编选、唐树义校订的《播雅》,全书共二十四卷,收录明万历二十九年(1601)至清咸丰三年(1853)共252年间遵义人士二百二十家各体诗作两千多首[1]。再如近人陈诗编选的《皖雅初集》,辑录自清顺治至宣统间隶籍安徽、或游宦安徽的诗人诗作。全书以安徽州县设置(八府、五州、五十五县)为序次,以诗人生活年代为先后,附有作者小传,表其字号、籍贯、科名、官爵,诗后采录诸家诗话[2]。此类诗集的编选,集一邑之

---

[1] 郑珍编、唐树义校:《播雅》排印本,贵阳交通书局,1911年版。
[2] 陈诗编:《皖雅初集》排印本,上海美艺图书公司,1929年版。

诗人、诗作于一书,起到了保存文献的重要作用,可为清初诗歌研究之助。

二、诗人生平事迹研究情况

清初诗人生平事迹研究可凭借的参考资料主要有如下几种:邓之诚编著《清诗纪事初编》,此书共八卷,前集专列明遗民,后按地区分编为甲、乙、丙、丁四集,列顺治、康熙两朝诗人,此书虽然题名为"清诗纪事",但所收六百位诗人的生平时间跨度仅为清初80年,邓氏编纂此书本以诗证史之旨撰集,所选诗作都属有"事"之什,故不限于名家、名作,诗人名下有传记,是编者通过爬梳相关资料精心撰写而成,考证严谨精审,评论作家见解独到,观点客观公允,此书有1965年中华书局排印本,1984年上海古籍出版社新一版重印。

此外,具有资料汇编性质的工具书还有:美国格林内学院明清史研究专家谢正光教授编《明遗民传记索引》,此书编纂精审、体例简洁,按明遗民姓氏笔画排列,姓名在上,次字号,次谥号,次籍贯,次引用传记资料出处及页码,前有姓名笔画检字索引,后另附录"字号笔画索引"及"四角号码索引",便于翻检。全书共收录明遗民资料凡208种,以卓尔堪《明遗民诗》、黄容《明遗民录》、阙名朝鲜人《皇明遗民传》、邵廷寀《明遗民所知传》、孙静庵《明遗民录》、陈伯陶《胜朝粤东遗民录》、陈去病《明遗民录》、秦光玉《明季滇南遗民录》、邓之诚《清诗纪事初编》为此索引依据之要籍。为求资料之详备,编者对那些散见于诸官修或私撰之国史、地方文献(如顾沅《吴郡明贤图传赞》之类)、时人之笔录(如黄宗羲《思旧录》之类)、后人笔记(如俞樾《荟蕞编》之类)、遗民书札(如周亮工《尺牍新钞》之类)及采自于遗民行迹之可征者(如陈援庵《释氏疑年录》、来新夏《近三百年人物年谱知见录》之类），奚予收录。此书于 1990 年最先由台北新文丰出版社刊行，1992 年上海古籍出版社购得版权，在大陆出版。此后，谢正光教授又与南京大学历史系范金民教授联合编著《明遗民录汇辑》一书，将明遗民录中"仅存钞本而为世所罕见者"汇辑成书（凡七种：邵廷寀《明遗民所知传》，1977 年台北华世出版社影印光绪十九年铸学斋刻思复堂文集本；黄容《明遗民录》，日本东京东洋文库藏清初钞本；阙名朝鲜人《皇明遗民传》，1936 年北京大学影钞本；陈去病《明遗民录》，《国粹学报》本；孙静庵《明遗民录》，1912 年上海新中华图书馆铅印本；陈伯陶《胜朝粤东遗民录》，1916 年《聚德堂丛书》本；秦光玉《明季滇南遗民录》，1933 年呈贡秦氏罗山楼刊本）。前有钱仲联序，誉此书曰："使从事此业者，如入宝山，触手皆珍，得以免检寻原书之难，其有功乙部，视《索引》尤为钜矣。"[①]

此类研究型著作主要有谢正光《清初诗文与士人交游考》一书[②]，该书主要讨论清初若干传记汇编与诗文总别集之史料价值，以及明清易代之际士人之出处行藏与群从交游，所涉及的人物包括孙承泽、顾炎武、俞汝言、朱彝尊、钱曾等。此书考证精审，史料征引翔实，是研究清初诗人生平事迹的重要著作。

此类论文较少，主要有白坚《清初明遗民诗人述略》（上、下）等[③]。

[①] 钱仲联：《〈明遗民录汇辑〉序》，谢正光、范金民编《明遗民录汇辑》，南京大学出版社，1995 年版，第 2 页。
[②] 谢正光：《清初诗文与士人交游考》，南京大学出版社，2001 年版。
[③] 白坚：《清初明遗民诗人述略》，载《光明日报·文学遗产》，1984 年第 630 期、631 期。

三、明末清初党社研究情况

明末清初文人多为党社成员,他们的生平及诗歌创作多与党社活动密切相关,因此对前代史学家党社研究著作的参阅考察具有重要意义。现将其中的典范之作,列举如下:光绪三十四年(1908)上海国学保存社铅印本《国粹丛书》第三集收录的《明季复社纪略》,此书为清人眉史氏著,共四卷,总纲一卷,书末附录清吴伟业《复社纪事》一卷,为研究明末清初重要文人党社——复社的活动提供了许多重要线索;民国二十三年(1934)上海商务印书馆《史地小丛书》中收录的《明清之际党社运动考》,此书为明清史研究专家谢国桢力著,全书共十三章,分别题为《引论》《万历时代之朝政及各党之纷争》《东林党议及天启间之党祸》《崇祯朝之党争》《南明三朝之党争》《清初顺治康熙间之党争》《复社始末上》《复社始末下》《几社始末》《大江南北诸社》《浙中诸社附闽中诸社》《粤中诸社》《余论》,书后还有附录两篇,即《明季奴变考》《清初东南沿海迁界考》。作者明确提出,党社之争是明清两朝衰亡的主要原因之一,书中七至十三章论述明末清初文人社团的政治、文学活动,与研究明末清初文学关系较大,所述诗文社始末颇详,"从庞杂如一团乱丝的质料中叙理出一些线索来"(《重印前言》),是研究明末清初党争的重要参考资料,此书1982年由中华书局略作校改后重印,2004年又由上海书店重印。

四、诗歌研究

现将20世纪出版的文学史中对清初诗歌的总体评价,举其要者做一介绍。谢无量《中国大文学史》第五编《近世文学史》将"清初遗臣文学"专列一节,指出:

> 明季公安、竟陵体盛行,而文体日就琐碎。及风气将变,而国祚旋移。故清初文学,实赖明遗臣为之藻饰。如侯方域、魏禧之于文,钱谦益、吴伟业之于诗,顾炎武、黄宗羲之博综众学,皆有明三百年文学之后劲,又同时振新朝文学之先声者也。亦如元好问之于元,杨维桢之于明,其关系后来风气者极大。

谢氏此论并不仅局限于诗歌一体,而是从清代文学发展这一宏观角度出发,对明遗民在明清文学传承发展中所起到的关键作用予以较客观的评价,认为他们的创作既为"明三百年文学之后劲",又"振新朝文学之先声者""关系后来风气者极大"①。

此后,张宗祥在其《清代文学·清初文学概述》中进一步分析了明遗民之所以能成为"清代文学开国之元勋"的原因,在于明清鼎革的历史巨变促使当时的有志之士反思明代学术思想的空疏弊病,遂致力于实学,且国祚沦丧的残酷现实使他们"入清之后,故国之念不忘于心,既不愿食周粟,遂乃潜心殚虑,治学殁世"②,正是这种潜心著述的精神,造就了清代文学的繁荣。

朱则杰《清诗史·绪论》中对清初诗歌的创作主题及诗学思想的转变做了简要、客观的说明,他指出:

> 明清易代之际,大批诗人从明朝进入清朝。在这个民族和阶级斗争异常激烈复杂的战乱年头,诗人们无论其政治态度如何,都积极运用诗歌这种文学体裁,深刻抒发家国之感,广泛反映社会现实,形成了一个共同的主题。③

---

① 谢无量:《中国大文学史》第10卷,中州古籍出版社,1992年版,第1页。
② 张宗祥:《清代文学概述》,商务印书馆,1930年版,第3页。
③ 朱则杰:《清诗史》,江苏古籍出版社,2000年版,第5页。

其中,清初遗民诗人开始打破"七子"复古理论之藩篱,虽创作道路各不相同,但共同反映了诗学思想的发展趋势,那就是:

> 从明诗的可以模仿转变为自抒真情,反映现实;从明代复古派的"诗必盛唐"扩大到整个唐代甚至其他各朝,并在继承前人的基础上做出发展,改革创新,努力形成自己的特色。

随着清朝政权的渐趋稳固,以"清初六大家"为代表的国朝诗人大批出现,成为清初诗坛的主力,清初诗歌的发展出现了新的走向:

> 诗歌创作逐渐从反映现实转移到点缀生平,从重视内容倾向于追求形式,格调也从慷慨激烈变而为温柔平和,呈现出蜕变的趋势。①

这一时期还出现了数篇颇有见地的论文,如赵永纪《清初遗民诗概观》②、钱仲联《顺康雍诗坛点将录》③、张兵《清初遗民诗创作的社会文化环境与遗民诗群的地域分布》等④。

赵文指出:遗民诗人所处的社会环境、经历的生活道路必将对他们的创作产生直接影响,由于所处的时代相同,思想、立场也大体相类,所以遗民诗人的作品在题材和表现方面有很多相似之处,他们的诗歌或表达故国之思,或痛斥清军暴行,多以记述明清之际的社会历史现实为己任,在艺术表现上也大都情感真挚

---

① 朱则杰:《清诗史》,江苏古籍出版社,2000年版,第6页。
② 赵永纪:《清初遗民诗概观》,《复旦学报(社会科学版)》1987年第1期。
③ 钱仲联:《顺康雍诗坛点将录》,《苏州大学学报(哲学社会科学版)》1991年第1期。
④ 张兵:《清初遗民诗创作的社会文化环境与遗民诗群的地域分布》,《西北师大学报(社会科学版)》1999年第4期。

浓郁。在肯定清初遗民诗成就的同时，赵氏也指出，在遗民诗中也存在很多落后的思想，比如敌视农民起义、蔑视少数民族等等。

钱文鉴于前人撰写的清诗点将录仅限于乾嘉、光宣两时期，不足概其全，于是以"点将录"的方式点评清初诗坛诗家，收录在明末未入仕途、入清不出之遗民，包括死难之遗民，其中有"旧头领"钱谦益，"都头领"吴伟业、王士禛，"军师"朱彝尊、赵执信，"马军五虎将"顾炎武等以下五人，"步军头领"钱澄之、吴嘉纪、屈大均等以下十人，天罡星皆用韵语作赞词，地煞星则用散文叙评，读者可于颇具趣味的点评中，管窥当时的诗坛活动。

张文则大致勾画了遗民诗发展的脉络，认为清初遗民诗群的形成，完全以明清易代的沧桑巨变为契机。以此为界，清初明遗民诗的创作也明显分为前后两个阶段，呈现出两种截然不同的风致；揭示了遗民诗创作与明清之际社会思想文化的密切关系，晚明社会的政治危机、世风堕落，以及文化领域中哲学的突破与异端思潮的崛起，清代初年的民族高压政策，大一统局面的形成，以及经世致用学风的高扬，对于生存在这一时空背景中的遗民的人生态度、处世哲学，乃至诗歌创作均产生过不同程度的影响；进而分析了当时遗民群落的地域分布状况，群体网络形式出现的清初遗民诗群，主要分布在北方、淮海、江南、岭南、西南等几个较大的区域。这篇文章在多维视角下对清初遗民诗创作概况做了较全面、较深入的审视。

清初诗人对前代诗歌创作成就及诗学思想的继承和发展，一直是学术界关注的热点问题，以此为切入点考察清初诗，可以从中窥见许多诗歌理论及实践的重要问题。此类论文主要有赵永纪《清初诗坛上的宗唐与宗宋》[1]，蒋寅《在传统的阐释与重构中展开——清初诗学基本观念的确立》[2]。

赵文梳理分析了清初诗坛上较为著名的诗家诗作及诗论主张，勾勒出了清初时期宗唐、宗宋观念的具体流变过程：

> 在清代最初三十余年中，即康熙十几年之前，诗坛上仍是尊唐派占大多数，明七子的主张仍有很大影响。当然，自从明末公安派反对明七子、尊崇宋诗以来，一直有人倡导学宋诗，以清除诗坛上"假唐诗"的弊端，学宋诗的人有的地方多些，有的地方少些，但尚未能形成风气。只是到了康熙十几年之后，才在诗坛上形成了"竞尚宋诗"的局面。
>
> 随着宋诗派的兴起，不少人的诗风起了变化。但有一些人依然故我，仍然以唐诗为楷模，有的则由学盛唐而转学晚唐。诗坛上的争论，此起彼伏，连绵不绝。

赵文还肯定了清初诗坛上宗唐、宗宋两派的争论对当时诗歌创作所起的积极作用，他认为：

> 清初诗坛上关于宗唐与宗宋的激烈论辩，使不少诗人改变了片面尊唐抑宋或宗宋贬唐的观点，而是兼收并蓄，广泛师承，同时又注意到根据自己的特点，具有自己的面貌。这些认识影响到诗歌创作，是清初诗坛创作比较繁荣，诗歌成就也比较高的原因之一。

---

[1] 赵永纪：《清初诗坛上的宗唐与宗宋》，《社会科学战线》1989年第1期。
[2] 蒋寅：《在传统的阐释与重构中展开——清初诗学基本观念的确立》，《中国社会科学》2006年第6期。

这篇文章较为清晰地历述了清代诗学思想的发展过程及影响,对后人研究的深入开展提供了便利。

蒋文则指出,清初诗学观念及创作理念是在批判、清算明代诗学流弊的过程中建立起来的,而这个过程本身并不是简单的表层化的诗学争论,他认为:

> 这一过程,涉及伦理秩序的重建、风格典范的确立、创作理念的更新以及知识谱系的调整等重要问题,而对传统的重新阐释和建构始终是诗学关注的焦点。

蒋寅在深入研究分析了大量明清之交的诗学文献后,将清初诗学思想的趋向性特征做了这样的描述:

> 清初诗学是沿着这一理路展开的:重倡"诗教"以奠定诗学的伦理基础,重构诗歌传统以拓展诗史视野,标举"真诗"以明确创作理念,原本学问以安顿诗学的知识基础。

最后,蒋寅进一步分析了清初诗学对整个清代诗歌创作的重要作用:

> 清初诗学形成的诗教中心观念、对传统的开放态度、崇尚"真诗"和以学问为本的创作理念,后来成为贯穿清代诗歌创作的主导倾向,构成清代诗歌史区别于前代的内在统一性。

这篇文章以宏阔的视野审视清初诗学,综合社会伦理、知识文化背景、创作理念等因素,深入分析清初诗坛所以能对前代诗学思想进行反思和重建的内在原因,将清初诗学思想中的核心特征揭示出来,并藉此纵观清代诗歌史,明确了清诗有别于前代的特色所在。

第二节　钱谦益诗歌研究

钱谦益(1582—1664),字受之,号牧斋,晚号蒙叟、绛云老人、东涧遗老,江苏常熟人。钱谦益是明清诗坛上的重要人物,他批评了明七子的诗学理论及创作,全面系统地分析了明代诗坛之弊病,认为当今诗坛应重新倡导以《诗经》为代表的儒家诗教传统,对待前贤的诗学传统,应当转益多师、兼取唐宋。可以说,钱谦益的诗歌创作和诗学理论标示着清诗转变的总体方向,指明了清诗创作向传统的回归、集前代诗歌创作之大成的发展道路。此外,钱谦益与明末清初的众多诗人均有密切联系,影响面广,且乐于提携后进,所以在诗坛享有崇高声誉,受到包括遗民作家在内的大多数诗人的尊重。黄人在《牧斋文钞序》中称其"领袖两朝,要无愧色"。诗歌成就之外,钱谦益的身世、思想的复杂性也是学术界研究争论的焦点。

一、诗文集及其整理情况

钱谦益的诗文集有《牧斋初学集》一百一十卷,崇祯十六年(1643)瞿式耜刻,民国八年(1919)商务印书馆出版《四部丛刊》本《牧斋初学集》,即据此本影印;钱谦益侄孙钱曾为其集作注,有《初学集笺注》二十卷,与瞿本《初学集》略有出入,词句亦互有异同,后有翻刻本,宣统二年(1910)吴江薛氏邃汉斋始以瞿刻本与钱笺注本两相对勘,作了校订,并加按语,合两本为一,以铅字排印,1985年上海古籍出版社出版钱仲联标校《牧斋初学集》,即以邃汉斋本为底本,参以《四部丛刊》影印瞿刻本及钱曾笺注本,为今最通行本。

《牧斋有学集》五十卷,康熙三年(1664)邹镃刊刻,又有康熙二十四年(1685)梁溪金匮山房主人刊本,增补遗一卷。另宣统二年(1910)吴江薛氏邃汉斋校刊《牧斋全集》本,附补遗二卷。民国八年(1919)商务印书馆《四部丛刊》初印本据邹本影印,民国十八年(1929)二次印本、二十五年(1936)缩印本以金匮山房本参校,附校记一卷,另金匮山房本多出《有学集补》一卷。又钱曾有《有学集诗注》十四卷,为清钞本,后有翻刻。1996年上海古籍出版社排印出版钱仲联标校《牧斋有学集》,以邃汉斋本为底本,参校其他版本,为今最通行本。

《投笔集》二卷,钱曾为作《投笔集笺注》二卷,宣统二年(1910)有顺德邓实风雨楼假虞山庞氏藏钱曾笺注旧抄本校刊。另有宣统二年(1910)吴江薛氏邃汉斋据所购旧抄本,刊入《钱牧斋全集》本。2003年上海古籍出版社出版钱仲联标校《钱牧斋全集》,以邃汉斋本为底本,收入全集第七、八册《牧斋杂著》中,2007年上海古籍出版社将《牧斋杂著》单独刊行。

现收钱谦益诗文较全的是2003年上海古籍出版社出版的钱仲联标校本《钱牧斋全集》。

钱谦益诗选本,现有裴世俊选注的《钱谦益诗选》[①],本书精选具有代表性钱谦益的诗二百余首,依创作时间先后顺序编排,题解简明,注释详切,具有较高的学术品位。

二、生平事迹研究

关于钱谦益生平事迹的研究,现有年谱、遗事数种:葛万里编

---

① 裴世俊选注:《钱谦益诗选》,中华书局,2005年版。

《牧斋先生年谱》，宣统二年(1910)刊登于《国粹学报》第二十五期；彭城退士编《钱牧翁先生年谱》，为上海国学扶轮社宣统三年(1911)铅印本《牧斋晚年家乘文》附录；佚名撰、邓实等辑《牧斋遗事》，上海国粹学报社民国元年至三年(1912—1914)铅印本；金鹤冲编《钱牧斋先生年谱》，民国二十一年(1932)铅印本，1999年由北京图书馆出版社重新出版。较晚出的则有周法高遗稿、杨承祖编订、刘福田主编《钱牧斋先生年谱》。

钱谦益的传记、评传，则有蔡营源撰《钱谦益之生平与著述》[①]，此书还附有《牧斋诗文系年分月录》《牧斋交游人名总录》《牧斋著述年表》；高章采著《官场诗客：钱谦益与吴伟业》[②]，裴世俊著《四海宗盟五十年——钱谦益传》[③]。

值得注意的还有陈寅恪的《柳如是别传》[④]，此书虽以柳如是为传主，但因柳如是与钱谦益的生平事迹实有莫大关系，且是书采用"诗史互证"的方法，保存了大量翔实的资料与精辟的考证，对于研究钱谦益生平事迹，亦为不可忽视的参考文献。

钱谦益平生最为人诟病之事有二：一是南明弘光朝屈志降节，附迎阉党余孽马士英、阮大铖；二是顺治二年(1645)，豫亲王多铎南侵破金陵，钱谦益进退失据，迎降北上，被命为礼部侍郎，充明史馆副总裁。因与吴伟业相类，亦有失节仕清之经历，故学界对其仕清原因之分析，亦与对吴氏之分析相近，大体有追求功名富贵、社会形势严酷而又性格软弱两种说法。其中，李庆《钱谦益：明末士大夫心态的典

---

① 蔡营源：《钱谦益之生平与著述》，自印本，1977年版。
② 高章采：《官场诗客：钱谦益与吴伟业》，中华书局香港公司，1991年版。
③ 裴世俊：《四海宗盟五十年——钱谦益传》，东方出版社，2001年版。
④ 陈寅恪：《柳如是别传》，上海古籍出版社，1980年版。

型》一文①,分析造成钱谦益变节仕清的社会和文化原因:他和晚明时期的阳明心学,和当时流行的"三教合一"思潮也有着密切的联系。阳明心学,作为宋明理学中的一个流派,在晚明时期表现出与程朱思想的异端性,表现出更强调个人自我观念的倾向。钱谦益受此影响很大。由于受到这种儒学传统以外思想因素的影响,就使钱谦益得以从另外一种角度来审视人生,来考虑个人和客观世界的关系。这些思想因素虽然并没有超越出当时封建社会的范畴,但毕竟表现为一种异端。在平常他就有"谶符八十终有梦,寿到千龄亦有期"(《初学集》卷四《和徐于悼响阁前小松作》)、"人生能得几二十,观河皱面何足论"(《初学集》卷十《题相士倪生卷子》)的哀叹,表现出人生如轮回之劫,灰黯无聊的伤感之情。当这种感情遇到了现实利益抉择时,也就有可能变成为冲破传统道德观念束缚和改变传统思维方式的精神力量。钱谦益的降清及所作所为,和他思想中存在着的这种因素不无关系。该文从文化心理的视角进行分析颇见思致。

与吴伟业不同,钱谦益仕清后又幡然易辙,长期秘密从事反清复明活动,遂使学界对钱氏当年降清的心态产生了不同的看法和意见。较有代表性的是"留身以有待"的说法,如金鹤冲认为:"先生当危亡之际,将留身以有待,出奇以制胜"②。这一观点在后来的学术界也具有一定影响,如台湾学者简秀娟《钱谦益藏书研究》引顾苓《东涧遗老钱公别传》:"公不死,为东林门户羞,公死而东林门户绝。东林

---

① 李庆:《钱谦益:明末士大夫心态的典型》,《复旦学报(社会科学版)》1989年第1期。

② 金鹤冲:《钱牧斋先生年谱》,铅印本,1941年版。

以国本为终始,而公与东林为终始者。"并评云:"是已道出谦益抉择背后的精神与意义。"①

与此相关的是,人们如何评价钱谦益入清后的诗作,是"矫情自饰"还是"深责痛悔"？赵永纪的《钱谦益其人其诗》一文认为:钱谦益入清后的诗中"怀念故国、不满于清廷的作品为数不少,很多的思想和诗句,都和那些坚持民族气节的遗民相类似"②。并分析说,首先从钱谦益本身来看,他的这类作品,数量之多,涉及面之广,历时之久(从他顺治三年六月南还直至去世,近二十年),都非作伪所能办到;再从钱谦益思想发展过程来讲,前面已经谈到,入清前钱对清廷是十分敌视的,民族意识十分强烈。乙酉年投降清廷,可说是"一失足成千古恨"。即使他完全是为了投机而降清,投机的目的达不到也必然要后悔。他在清廷只做了半年的官就脱离了清廷,即是明证。他晚年皈依佛教,也是思想苦闷以求解脱的表现;再从一般情理而言,封建时代的知识分子,从小就受儒家伦理道德观念的教育,当时降清的汉臣,不少人都不能忘怀于故国,得意如陈名夏尚且如此,何况钱谦益？这是从一般情理推测而言,实际上当时人对钱晚年的追悔,确有不少记载。作者最后总结道:《投笔集》中表现了钱谦益反清复明的思想,记录了他参加抗清斗争的事实,笔酣墨饱,情真意切。对钱氏入清后的诗作评价较为公允。

三、诗作评价研究

对钱谦益诗作的总体评价,清人郑方坤的《东涧诗钞小传》较具

---

① 简秀娟:《钱谦益藏书研究》,台湾汉美图书有限公司,1991年版,第27页。
② 赵永纪:《钱谦益其人其诗》,《江西社会科学》1993年第4期。

代表性："其诗博大闳肆，鲸铿春丽，一以少陵为宗，而出入于昌黎、香山、眉山、剑南，以博其趣。"晚清民国学界对钱诗的评价大体类似，缺乏较为深入细致的研究。

进入20世纪80年代后，钱谦益的诗歌逐渐引起学界的重视，90年代初即出现了专门研究钱诗的专著——《钱谦益诗歌研究》①，此书综观钱谦益一生的全部活动，分期分段进行分析研究，注意历史人物的多面性和两重性，将钱谦益纵向上的发展变化，和其横向上政治家、学者、诗人、古文家和文论家的成就（后四者是其主流）相结合，进行整体观照，具有一定的开拓之功。

此后学界对钱谦益诗的研究日趋深化，许多学者已经开始注意到钱诗风格的多样性，及其在不同历史时期的不同特点，如雷宜逊《钱谦益的著作、人品和诗学》一文将钱诗分为三个时期②，即前期（入清前）、后期（入清后）和晚期（晚年），而《初学集》《有学集》和《投笔集》是钱谦益三个时期诗文的结集：《初学集》是他明代诗文的结集。内容有送别抒怀，咏史纪事，写景纪游，说禅言情，突出地表现在对东北边祸的关切，对宦官和权奸的痛恨，对忠臣烈士及抗敌人物的歌颂及作者思想和现实冲突的感叹；《有学集》是钱谦益入清后诗文的结集。诗人抒发了对故国深沉的哀思，对新朝残暴统治的反抗和对自己失节行为的愧悔之情，发扬了前期那种沉雄瑰丽的风格，变得更为哀感惋怨而显得意绪沉郁、骨气超逸；《投笔集》是一曲嘹亮的催人奋进的爱国主义之歌。无论从思想上还是从艺术上来说，都代表了钱诗的最高成就。钱诗宏博瑰丽，哀惋凄恻，典老深重的特色

---

① 裴世俊：《钱谦益诗歌研究》，宁夏人民出版社，1991年版。
② 雷宜逊：《钱谦益的著作、人品和诗学》，《中国韵文学刊》1998年第2期。

在《投笔集》里一一体现,融合成沉雄悲壮的风格。又如王小舒《钱谦益前后期诗歌创作的异同》一文,以钱谦益入清为线,将其诗作划分为前后两期,前期创作体现为"综合性倾向":钱谦益前期的诗歌创作明显具有唐、宋兼收的特点,风格也呈现为多元态势。因此,作者早在明末即已开始了"转益多师"的创作实践,并且取得了相当之艺术成就。虽然他涉猎面还不够广,比如宋代仅局限于苏轼和陆游两家,而且各体均有所偏重,融合还仅仅属初步的尝试,但他无疑是最早在理论和实践上打通唐、宋,并下探金、元的重要作家。可以讲,明清诗坛的新变就是从钱谦益开始的;后期则体现为"对杜诗的承继与拓展":《后秋兴》组诗代表了钱谦益在七律诗方面达到的最高成就,同时也显示出作者后期以宗法杜甫为主的态势。从《甲申端阳感怀十四首》到《后秋兴》组诗,这个走势表现得比较明显。在学习杜甫方面,钱谦益既有继承,也有开拓。十三叠的大型结构就是对《秋兴八首》的重要开拓,而高频率的使用典故和多样性的表述方法也属于一种开拓;至于将纪实、抒情与议论、想象结合为一体,互相交织、彼此穿插,那更是对杜甫的《诸将》《咏怀古迹》等组诗以及入蜀后诸多诗作进行综合继承的结果,当然亦属于一种开拓。学杜和变杜在钱谦益这里的确达到了一个新的高度[①]。

此外,学界对钱谦益在有清一代的诗坛地位和价值认定也有所发明,多能将其置于整个清代诗史上进行观照,如培军《钱谦益清代影响发微》一文提到,钱谦益"一以少陵为宗",没有离开崇唐派的窠臼,提倡宋元,是宗宋派黄宗羲的滥觞,衍而为学人之诗与诗人之诗合一;"胎息玉溪",给惩七子之弊而又不喜宋元者冯班等人开启路

[①] 王小舒:《钱谦益前后期诗歌创作的异同》,《文艺研究》2009年第5期。

途;"组唐纬宋",亦可视作欲泯灭唐宋界限的袁枚的先声。总之,在汲古创奇,开辟诗学新径上,笼盖了有清一代的诗人。故而,把钱谦益放在两朝领袖,承上启下的地位,视作"一代宗匠",是当之无愧的①。又如孙之梅《钱谦益与明末清初文学》一书②,以钱氏文学观念的演变为线索,考察他与明末清初各个文学流派、各种文学观念的关系和理论上的承变,最终形成自己承先启后、继往开来的学术思想、文学思想,在广阔的历史文化背景中对钱氏一生的文学道路作了系统综合的研究和实事求是的评价。作者以丰富的材料对钱谦益的家世、生平、仕途、交游、创作、思想诸方面作了全面的叙论,创获良多,诸如钱氏的早期教育所形成的乱世英雄的历史观,钱氏文学观念的转变与嘉定学派的关系,钱氏经经纬史的学术思想,钱氏政治思想对顾、黄的影响,钱氏重教返经抑禅的佛学思想,钱氏文学思想的博大严密,钱氏与清初诗风的关系,钱谦益与王士禛之间诗学理论内核的正变,钱氏《投笔集》的分析等,不仅对钱谦益作了开拓性的研究,而且对研究明清之际文学、学术转变和这一时期的思想文化史也有一定的意义。

四、诗学思想研究

对钱谦益诗学思想的研究亦是 80 年代以来钱谦益研究的热点,表现为视角多样、思想活跃。

胡明的《钱谦益诗论平议》一文③,较早且较为系统地探讨了钱

---

① 培军:《钱谦益清代影响发微》,《宁夏教育学院学报》1988 年第 2 期。
② 孙之梅:《钱谦益与明末清初文学》,齐鲁书社,1996 年版。
③ 胡明:《钱谦益诗论平议》,《社会科学战线》1984 年第 2 期。

谦益的诗学思想。该文指出:"揆其总要,盖为两端:一曰破,一曰立——恰所谓破字当头,立在其中";"钱谦益论诗所欲破者,锋芒所向首先是李梦阳、何景明、王世贞等人为代表的前后七子复古派",其次是竟陵派,认为"竟陵派的代表人物钟惺、谭元春较七子'才益驳,心益粗,见益卑,胆益横'";钱氏立的则是他的"有本"理论,"'有本'一面要求情之真,即真好色真怨悱,另一方面又强调情之真不是平平淡淡、稳稳妥妥、浑浑噩噩所自来"。

邬国平的《钱谦益文学思想初探》[①]和刘守安的《论钱谦益的文学思想》[②],均从整体着眼,探讨钱谦益的诗学体系。前文认为钱氏的诗学思想由热衷前后七子到疏离七子转而学习杜甫、韩愈、白居易、苏轼、陆游,提出"别裁伪体"与"格量是非"的批评标准,提倡"返经正学"、回归诗祖和"无不学"又"无不舍"的诗文之道。后文则分别从文学发展论、文学本质论、文学作品论、诗文风格论、作家修养论、文学批评论等六个方面,分析钱谦益诗学思想的特点,表现出用新时期文学理论框架反观古代作家文学思想的新视野。

孙之梅的《灵心、世运、学问——钱谦益的诗学纲领》一文[③],认为钱氏诗学思想自成体系:"'灵心'与传统诗论中的'言志'、'缘情'说有历史的渊源,也与公安派的'性灵'有正变的关系,它包含着天才、志意、性情三方面的内容","文学创作中,天才、志意、情感固然重要,然而作家的境遇,即'穷于时,迫于境'的'时''境'则是灵

---

① 邬国平:《钱谦益文学思想初探》,《阴山学刊(哲学社会科学版)》1990年第4期。
② 刘守安:《论钱谦益的文学思想》,《北京社会科学》1993年第2期。
③ 孙之梅:《灵心、世运、学问——钱谦益的诗学纲领》,《山东大学学报(哲学社会科学版)》1996年第2期。

心赖以萌生激发不可或缺的外部条件","古今中外的文学创作没有不重视学养的,关键是怎样的学问。前后七子的学问是两汉以后文不读,大历以后诗不看;竟陵派则是驱策古人,以己作古的点逗烂碎之学。钱谦益主张诗歌创作要从六经学起,即返经;贯通史学,达到经经纬史","灵心、世运、学问三个互相联系的方面,构成了钱谦益文学思想体系的框架,其中既包含了作者主观的情、志、性、学养,也包含了客观境遇,时代世运的感荡激发,内容丰富,逻辑严密,体系完备。"

第三节　吴伟业诗歌研究

吴伟业(1609—1672),字骏公,号梅村,别署鹿樵生、灌隐主人,江苏太仓人。吴伟业与钱谦益、龚鼎孳并称"江左三大家",其诗歌成就被公认为三大家中最高者,所谓"江左三家诗,以吴梅村为最,钱虞山、龚芝麓不逮也"(林昌彝《射鹰楼诗话》卷十八)。吴伟业最擅长七言歌行体,能以宏大的篇章、哀感顽艳的辞藻、流丽婉转的音律反映明清易代之际广阔的社会现实,其杰出代表作有《临江参军》《永和宫词》《洛阳行》《殿上行》《萧史青门曲》《松山哀》《雁门尚书行》《临淮老妓行》《楚两生行》《圆圆曲》等。后世以其歌行成就突出,独树一家,故称之为"梅村体"。赵翼《瓯北诗话》评其诗曰:"梅村身历鼎革,所咏多有关时事之大者"(卷九);《四库全书总目提要》评曰:"其中歌行一体,尤所擅长,格律本乎四杰,而情韵为深;叙述类乎香山,而风华为胜。韵协宫商,感均顽艳,一时尤称绝调。"

一、诗文集及其整理情况

吴伟业的诗文集,现有清人董康编《诵芬室丛刊》中所收的《梅村家藏稿》，清人吴翌凤笺注的《吴梅村诗集笺注》，清人靳荣藩辑的《吴诗集览》，近人程穆衡注、杨学沆补注的《吴梅村先生编年诗集》，今人李学颖集评标校的《吴梅村全集》等。

其中，《梅村家藏稿》共五十八卷，补遗一卷。凡诗二十卷，词二卷，文三十五卷，诗话一卷。宣统二年，武进董康自京师厂肆购得旧抄本吴氏家藏稿六十卷，以康熙间刻四十卷本《梅村集》核之，此抄本多诗七十三首，词五首，文六十一篇及诗话，而少诗文各八首（篇）。董氏以原稿本五十六卷后篇什寥寥，遂并之为二卷，补稿本所无诗文各八首（篇）为一卷，附录清人顾师轼所撰《梅村先生年谱》四卷。前列王式通序，后缀董康跋。于宣统三年付刊，是为诵芬室本。民国八年（1919）商务印书馆据之影印，收入《四部丛刊》行世。1990年上海古籍出版社排印点校本《吴梅村全集》，由李学颖集评标校，亦以之为底本，增辑佚一卷及传奇二卷、杂剧二卷及附录传记、年谱、序跋、集评四种，收入"中国古典文学丛书"，为今之最全本。

吴伟业的选集，较早的有民国二十二年（1933）太仓图书馆铅印本《太仓十子诗选》，其中收有吴伟业诗；又有上海中华书局1936年出版的蒋剑人选注的《音注吴梅村诗》；现在较通行的选本，有高章采选注的《吴伟业诗选注》[①]，黄永年、马雪芹选译的《吴伟业诗选译》[②]，叶君远的《吴伟业与娄东诗传》[③]，叶君远的《吴梅村诗选》[④]。

---

① 高章采选注：《吴伟业诗选注》，上海古籍出版社，1986年版。
② 黄永年、马雪芹选译：《吴伟业诗选译》，巴蜀书社，1991年版。
③ 叶君远：《吴伟业与娄东诗传》，吉林人民出版社，2000年版。
④ 叶君远：《吴梅村诗选》，人民文学出版社，2000年版。

对于吴伟业佚诗的搜集整理情况,端木蕻良有《吴梅村佚诗八首》一文①;钱仲联的《吴伟业重要佚诗前〈东皋草堂歌〉考》②和叶君远的《吴梅村的一首重要佚诗》③,则分别对吴伟业的前《东皋草堂歌》诗进行了考辨;又陆勇强有《吴伟业集外诗文拾遗》一文④;叶君远有《吴梅村佚作辑考》一文⑤。

二、生平事迹研究

对吴伟业生平事迹的考证、研究,20世纪初就有武进董康诵芬室刻本《梅村家藏稿》中附录的《梅村先生年谱》,为清人顾师轼辑,此年谱后来收入张元济辑的《四部丛刊初编》中,现有单行本行世。顾著年谱并不完善,李向群曾著有《顾撰〈梅村先生年谱〉补正》一文⑥,对顾著年谱进行补正。至20世纪90年代,始有冯其庸、叶君远写定的《吴梅村年谱》⑦,此书比顾著年谱史料丰富、考证精细,又于2006年由文化艺术出版社重新增订出版,除修订了个别错误外,又吸收了学术界许多新的考证,特别是对吴伟业佚诗考证的成果。

---

① 端木蕻良:《吴梅村佚诗八首》,《驻马店师专学报(社会科学版)》1992年第7卷第1期。
② 钱仲联:《吴伟业重要佚诗前〈东皋草堂歌〉考》,《苏州大学学报(哲学社会科学版)》2001年第1期。
③ 叶君远:《吴梅村的一首重要佚诗》,《文献》2001年第3期。
④ 陆勇强:《吴伟业集外诗文拾遗》,《古籍整理研究学刊》2002年第5期。
⑤ 叶君远:《吴梅村佚作辑考》,《人文杂志》2005年第1期。
⑥ 李向群:《顾撰〈梅村先生年谱〉补正》,《陕西师范大学学报(哲学社会科学版)》1987年第2期。
⑦ 冯其庸、叶君远:《吴梅村年谱》,江苏古籍出版社,1990年版。

除年谱外,介绍、评传类的著作主要有王勉著《吴伟业》[1]和叶君远著《吴伟业评传》[2]。前者收入"中国古典文学基本知识丛书",是一本普及型读物,涉及吴伟业的生平、事迹、文学创作等各个方面;后者则是吴伟业的第一本评传,作者叶君远曾著有《吴梅村年谱》,故此书材料扎实丰富。

20世纪八九十年代,对于吴伟业的失节仕清问题,学术界引发了一场争论。先是刘世南撰文《吴伟业论》,认为吴伟业仕清原为求官,"内因是起决定作用的"[3]。针对刘文,王兴康《关于吴伟业及其诗的评价问题——与刘世南同志商榷》回应吴伟业仕清乃是"被迫应诏"[4],其原因有二:第一,清朝统治者在入主中原以后,对汉族士大夫知识分子采取了高压和怀柔两种手段,迫使他们为新王朝服务,而吴伟业名声实在太大,既是复社领袖,又是诗坛巨子,人望所归,自然成了清廷"怀柔政策"的重点对象。而所谓的"诏征遗逸"表面上是"请你出山",实际是"逼你出山",体现了"高压"与"怀柔"的结合。第二,吴伟业性格软弱,出处之际,不能够坚持大义,在仕与不仕、守节与失节之间来回徬徨,动摇再三。刘世南又撰《再论吴伟业及其诗——答王兴康同志》回应王文[5],征引清初人阮葵生《茶余客话》及邓之诚《清诗纪事初编》等材料,重申"吴伟业确实是为求官

---

[1] 王勉:《吴伟业》,上海古籍出版社,1987年版。
[2] 叶君远:《吴伟业评传》,首都师范大学出版社,1999年版。
[3] 刘世南:《吴伟业论》,《江西师范大学学报(哲学社会科学版)》1985年第3期。
[4] 王兴康:《关于吴伟业及其诗的评价问题——与刘世南同志商榷》,《江西师范大学学报(哲学社会科学版)》1986年第2期。
[5] 刘世南:《再论吴伟业及其诗——答王兴康同志》,《江西师范大学学报(哲学社会科学版)》1986年第2期。

（而且是求大官）而仕清的。"其后,魏中林《徘徊于灵与肉之际的悲歌——论吴梅村诗歌中的自我忏悔》一文①,亦从社会环境的严酷和个人性格的软弱两个角度,分析了吴伟业失节仕清"完全是个人无力抗争统治力量与社会环境的结果。"

三、诗作评价研究

对吴伟业诗歌创作的总体评价,在20世纪80年代之前,学术界基本没有超越《四库全书总目提要》对梅村诗的评述,即:"格律本乎四杰,而情韵为深;叙述类于香山,而风华为胜。韵协宫商,感均顽艳,一时尤称绝调。"②

20世纪80年代后,对吴伟业诗的研究逐渐深入,在深度和广度上都有了很大开拓。一方面,相关论文数量大幅增多;另一方面,还出现了一部研究专著,即裴世俊的《吴梅村诗歌创作探析》③。

这时期的论文,已能从多个方面、角度探析吴伟业诗歌的风格特点及其形成原因。

黄天骥的《论吴梅村的诗风与人品》指出④,吴伟业的诗风是"多彩多姿"的:从诗人的情绪及辞藻的运用而言,吴诗表现出"哀乐交缠""婉丽绮艳"的特点;而"从艺术构思的角度看",吴诗又有"沉雄磅礴的气概"。对吴伟业诗多样化风格的分析、阐述,超越了以往对

---

① 魏中林:《徘徊于灵与肉之际的悲歌——论吴梅村诗歌中的自我忏悔》,《苏州大学学报(哲学社会科学版)》1990年第1期。
② 永瑢等:《四库全书总目》卷一七三《集部·别集类二六》,中华书局,1965年版,第1520页。
③ 裴世俊:《吴梅村诗歌创作探析》,宁夏人民出版社,1994年版。
④ 黄天骥:《论吴梅村的诗风与人品》,《文学评论》1985年第2期。

吴诗风格的笼统评价。接下来,黄文又以纵向的视角,从社会变迁和性格变化的角度探讨吴诗风格多样和变化的原因:吴伟业早年正值明朝季世,"文坛出现追求秾丽婉艳的风气",此期吴诗"确可以归入纤丽绮媚一路"。而"三十五岁以后的诗作,多为变徵之音",一方面是由于明清之际尖锐复杂的社会矛盾,扩展了吴梅村的视野,使他一题到手,即胸罗全局,写出气格恢宏开阖变化的场景。而阴晴不定的政治风云,晚年临渊履冰的心境,又使他叙史时吞吞吐吐,遮遮掩掩;另一方面是由于诗人青年时代的好尚、经历,不可能不在他中年以后的创作中留下痕迹,往事如烟,却又历历在目,旧梦新愁,互相缠绕,从而使他的诗作显现出冷暖并呈哀乐交集的奇特风格。此外,从吴伟业的个性上讲,他是积极的入世者,但在政治上又是个弱者;他有广阔的视野,但缺乏坚定的意志;他易于激动,情绪炽热,但在严峻的考验面前又怯懦畏缩。他立身处事,虎头蛇尾,往往在亢奋一番之后心灰意冷。正是这诸多因素,使得吴梅村的诗歌,以美丽的景色表现凄苦的感情,在磅礴的气势中掺杂低沉郁闷的色调,明白而又迷惘,流畅而又典重。

魏中林的《徘徊于灵与肉之际的悲歌——论吴梅村诗歌中的自我忏悔》一文[①],则从解读诗人内心世界的视角,观照吴伟业诗中的"自我体认"。该文认为,灵魂悲歌的反复回响与历史兴亡的哀感顽艳共同构成他诗歌创作两条最突出的主线;而吴伟业"缠绵凄婉"诗风的形成,正根源于他无法解决因失节仕清后所产生的灵与肉的矛盾,曾自觉以殉节的举动欲彻底实践的精神价值,于今在真正的生命

[①] 魏中林:《徘徊于灵与肉之际的悲歌——论吴梅村诗歌中的自我忏悔》,《苏州大学学报(哲学社会科学版)》1990年第1期。

考验面前如土委地,吴梅村却难以自安;灵的失落导致人格结构的倾斜,一切痛失名节,愧对君亲的"罪孽"最深刻的根源都由于肉的存在;越是在现实世界里不能毁灭生命,重建道德精神,他越要在诗歌所展示的精神世界里否定生命",以求获得对灵的自赎,然而无论他怎样地铭心刻骨,都由于现实的生存而失败,灵与肉不可调和的对立难以在精神世界里解决。尽管他倾尽了忏悔的泪水,却最终摆脱不了自我人格分裂的恐惧与痛苦。所以,吴梅村的悲剧不仅是个人无力抗拒社会的悲剧,更体现了他的自我精神无法超越自我存在的悲剧。想要超越而又超越不了的深刻内在矛盾,使他诗的自我忏悔成为徘徊于灵与肉之际绵绵凄婉的悲歌。

叶君远的《论吴梅村诗歌的艺术特色》一文①,从内容、情感、形式的融合角度,探讨吴伟业诗的风格特点,认为吴诗具有三个重要特点:史诗般的宏阔场景和丰富内容,发自内心的真情实感,精美绝伦的艺术形式,它们互相融合,形成了一种既激楚苍凉、沉雄悲壮而又缠绵凄婉、博丽精工的艺术风格。清人比喻为"女将征西,容娇气壮"。正是这种"容娇气壮"的独特诗风征服了一代又一代的读者,确立了吴梅村在诗歌史上的不朽地位。

除了对吴伟业诗作的总体评价,学术界比较关注的还有吴伟业的"梅村体"问题和"诗史"问题。

对于"梅村体"的界定,学术界一直未能达成共识,曾垂超的《"梅村体"辨》一文②,梳理了学界对"梅村体"的六种界定,认为"梅

---

① 叶君远:《论吴梅村诗歌的艺术特色》,《中国人民大学学报》1999年第3期。
② 曾垂超:《"梅村体"辨》,《厦门教育学院学报》2002年第4期。

村体"对吴伟业本人而言是指他的七古长篇叙事诗;对其他人而言是指类似吴伟业风格的七古长篇叙事诗。叶君远的《论"梅村体"》一文①,则将"梅村体"定义为吴伟业的七言叙事歌行,并认为其具有"事俱按实"、以人系事、富于故事性和戏剧性、强烈的抒情性以及雅俗相融、融汇众美、自成面目等创作个性和创造品格,是我国古典叙事诗自汉唐以来的新发展。沐金华的《论梅村体》一文②,认为"梅村体""内容以反映明末清初的重大史实为主,形式上为五七言叙事歌行体制",并分析了"梅村体"诗、史结合的内容特征及词艳旨哀、结构奇曲变化、用典繁多、格律精工整饬、雍容典雅的艺术风格。

关于吴伟业诗是否能被称为"诗史"问题,个别学者在20世纪80年代曾有过一场争论,刘世南《吴伟业论》③、《再论吴伟业及其诗——答王兴康同志》认为吴伟业诗不能称为"诗史"④,主要原因是因为吴伟业诗是站在为清廷唱颂歌而又极端仇视农民军的立场上,不符合"马列主义的批判精神"。王兴康《关于吴伟业及其诗的评价问题——与刘世南同志商榷》一文⑤,则认为,在古人眼中,只要能在诗中较真实地反映一朝一代的历史事件主要是政治事件,反映这些历史事件在人民中引起的反应,就可以称之为"诗史",而没有同时

---

① 叶君远:《论"梅村体"》,《南京师范大学文学院学报》2002年6月第2期。
② 沐金华:《论梅村体》,《盐城师专学报(社会科学版)》1988年第2期。
③ 刘世南:《吴伟业论》,《江西师范大学学报(哲学社会科学版)》1985年第3期。
④ 刘世南:《再论吴伟业及其诗——答王兴康同志》,《江西师范大学学报(哲学社会科学版)》1986年第2期。
⑤ 王兴康:《关于吴伟业及其诗的评价问题——与刘世南同志商榷》,《江西师范大学学报(哲学社会科学版)》1986年第2期。

要求能够有"讽谕"的作用,有深刻的认识,有反封建的内容。既然古人眼中"诗史"的含义是这样的,那么,我们就不应该去更改它的定义,否则就会造成批评上的混乱。吴伟业的诗歌较全面地反映了明清之际政治、军事舞台上的斗争,继承了我国诗歌史上的现实主义传统,前人称之为"诗史"是当之无愧的。二人的论争反映出对"诗史"观念的不同理解。

其后,学界对吴伟业的"诗史"研究更加深入、细致。曾垂超的《论梅村体的诗史特征》一文结合吴伟业文学观点[①],指出他所认识的"诗史"包含"诗与史通""史外传心之史"两层含义,在创作实践中分别表现为"事俱征实"和强烈的主观抒情性。魏中林、贺国强的《诗史思维与梅村体史诗》[②],则在分析吴伟业"诗史"特征的同时,还将吴伟业的史诗与杜甫、钱谦益等人的史诗作了比较,从而更加凸显出吴诗"诗史"的独特性,认为从诗史思维来看,吴梅村以史思为主导,杜甫、钱谦益则以诗思为主导,诗史思维方式中各有侧重,造成了创作手法各有千秋,吴梅村在广泛学习初唐四杰、杜甫、元白的基础上,保留了初入手于香奁体华美辞藻的特点,通过明清鼎革之际的上层人物的动态,以系人记事的手法,用错综多变的叙述手段,借艳丽的语言形式与悲凉凄楚的情感内容相统一的意象,采用长篇歌行体,反映了社会的纵深面,演绎了一幕幕动人肺腑的社会悲剧。其以史笔运诗心的方式突破了杜诗的樊篱,使得一向薄弱的叙事诗别出心裁,形成独具一格的梅村体。

---

① 曾垂超:《论梅村体的诗史特征》,《闽江学院学报》2004 年第 6 期。
② 魏中林、贺国强:《诗史思维与梅村体史诗》,《文学遗产》2003 年第 3 期。

第四节　顾炎武诗歌研究

顾炎武(1613—1682),谱名绛,初字忠清,入庠时更名继坤。入清改名炎武,字宁人,号亭林,又自署蒋山佣,江苏昆山人。复社、惊隐诗社成员。顾炎武是清初著名的思想家,一生致力于抗清复明的事业,足迹遍布江南大部及山东、河北、山西、陕西、内蒙古,游历途中广泛从事地理、人文方面的考察,同时联络同志,为恢复事业作长期的打算。一生两次以死抗拒清廷的征召。客死于陕西的华阴,卒年七十岁。顾炎武一生著述甚丰,有《天下郡国利病书》《肇域志》《日知录》《音学五书》等巨著,开有清一代学术风气。现存诗四百余首,诗作长歌当哭,沉郁悲壮,情真意切,不愧"诗史";诗学主张"文须有益于天下",倡导真情至文,堪称清初遗民诗坛巨擘。

一、诗文集及其整理情况

1949年前的五十年间,顾炎武诗文集整理出版成绩显著,为之后的学者进行校注、补正打下了坚实的基础。其中较重要的本子有:宣统间,神州国光社排印本《亭林集外诗》,附孙诒让《诗集校文》;民国八年(1919)上海商务印书馆影印康熙刻本《亭林诗文集》,凡诗集五卷,孙毓修校补一卷,文集六卷,收入《四部丛刊初编》;民国十二年(1923)上海扫叶山房石印本《亭林诗文集》,凡文集六卷、诗集五卷、余集一卷;民国九年至二十三年(1920—1934)中华书局上海编辑所铅印出版《亭林全集》,凡诗集五卷、文集六卷、余集一卷,收入《四部备要·集部·清别集》。

1949年后所出版的顾炎武诗文集较之前更加完备、精审。1959

年，中华书局上海编辑所排印出版了《顾亭林诗文集》，收入"中国古典文学基本丛书"，此书收录《亭林文集》六卷，《亭林余集》文一卷，《蒋山佣残稿》文三卷，《亭林佚文辑补》一卷，《亭林诗集》五卷，《熹庙谅阴记事》一卷，由华忱之点校，为现存顾氏诗文集中较完备的一种[①]。1983年，上海古籍出版社排印出版了《顾亭林诗集汇注》，收入"中国古典文学丛书"，该书共六卷，附集外诗存、事迹编年，由吴丕绩标校，诗后有王蘧常辑注，王氏以十年之功精研顾诗，在参考清人徐嘉、近人黄节等诸家注本的基础上，不仅精释典故，而且引用了大量明清易代的史料，为钩沉考证顾炎武一生的行迹及思想提供了线索，堪称现存顾炎武诗注中最为完善的本子[②]。

顾炎武诗的选本，现有卢兴基《顾炎武诗译释》[③]、李永祜、郭成韬《顾炎武诗文选译》[④]、张兵《顾亭林诗文选》[⑤]，这些选本选释了各类题材、不同内容的名篇，如《京口记事》《春雨》《郡县论》《生员论》等，并加以注释或评点，为顾炎武诗文的普及提供了浅易读本。

二、生平事迹研究

关于顾炎武生平事迹的研究，现有年谱数种：民国间，上海商务印书馆排印出版清吴映奎、车持谦编纂、清钱邦彦校补的《顾亭林先生年谱》，收入《四部丛刊》三编；民国间，伦明《三补顾亭林年谱》，稿本；民国七年（1918），吴兴刘承幹嘉业堂刻清张穆编辑、近人缪荃孙

---

① 华忱之点校：《顾亭林诗文集》，中华书局，1983年版。
② 吴丕绩标校，王蘧常辑注：《顾亭林诗集汇注》，上海古籍出版社，2006年版。
③ 卢兴基：《顾炎武诗译释》，黑龙江人民出版社，1984年版。
④ 李永祜、郭成韬：《顾炎武诗文选译》，巴蜀书社，1991年版。
⑤ 张兵：《顾亭林诗文选》，江苏古籍出版社，2002年版。

校补的《顾亭林年谱》。1997年,北京图书馆出版社将此三种年谱影印(其中清张穆编辑《亭林年谱》,影印底本为清道光刻本),并附录清徐嘉编《顾亭林先生诗谱》,合订出版,总题为"顾亭林先生年谱三种"。此外,周可真历时十年著成《顾炎武年谱》①,此书四十六万字,较之前各家更为完备,符合新时期顾炎武研究之需。作者仿照《明鉴纲目》体例,以"纲目体"编撰年谱,以"纲"来纪事,以"目"来发挥,条理清晰,且目分四种:"注释"目用以补充纲之内容,"考辨"目对纲所涉及史事加以考辨,"论析"对纲进行理论分析,"附录"目则广泛征引与纲之史事有关的材料,以备读者翻检查考。此外,作者除了参阅前人所编年谱外,更注意搜求、采纳20世纪发现的新材料和研究整理的新成果,如《顾亭林诗文集》《清诗纪事》、顾氏友人年谱、清人笔记等皆被用来考辨顾炎武的思想行迹,故其考证较之前人更加精审。

顾炎武的传记、评传则有赵俪生《顾炎武传略》②、《顾亭林新传》③,沈嘉荣《顾炎武论考》④,许苏民《顾炎武评传》等⑤。

赵俪生一生致力史学研究,对明末清初遗民学术、思想、交游、行迹等问题多有关注,特别敬重顾炎武之学行,从20世纪40年代,他便开始从事顾炎武研究,《顾炎武传略》一书简单介绍了顾炎武的生平,对其思想的进步性做了概括。随着研究的不断深入,赵俪生又于

---

① 周可真:《顾炎武年谱》,苏州大学出版社,1998年版。
② 赵俪生:《顾炎武传略》,上海人民出版社,1955年版。
③ 赵俪生:《顾亭林新传》,赵俪生《顾亭林与王山史》,齐鲁书社,1986年版。
④ 沈嘉荣:《顾炎武论考》,江苏人民出版社,1994年版。
⑤ 许苏民:《顾炎武评传》,匡亚明主编《中国思想家评传丛书》本,南京大学出版社,2006年版。

三十年后创作了《顾炎武新传》,指出"很多学者写顾的传,大都偏重在'学'上,对'行',特别是对他'学'、'行'的关系触及不多,我要来弥补这个缺陷"①,从这一思想出发,赵俪生翻阅了许多与顾炎武研究关系密切的珍贵史料,如清康熙刻本程正夫《海右陈人集》、潘道根手抄本徐元文《含经堂集》、抄本《惧谋录》等,对顾炎武一生行迹、交游及思想的考证较前作更加精谨深刻。赵俪生原拟将《顾炎武新传》作为自己治顾学之路中间阶段的里程碑,而将"写出一部比较像样的《顾炎武大传》,以为治此终生不辍的一种交代"②,无奈天不假年,赵先生去世前未能如愿完成此部著作。所幸沈嘉荣历时三十余年,著成了《顾炎武论考》,全书五十万字,将人物传记与学术论著结合在一起,对顾炎武的哲学、伦理、政治、法律、经济、教育、史学、文学、著述等各个方面,都作了较为全面的论述,且此书能广泛征引史料,对顾炎武研究中的一些悬疑问题,作了严谨考证,对一时难以判明的问题,则存疑待考,不强为定论。此后,许苏民亦采用这种传记与学术研究相结合的方式,执笔著成《顾炎武评传》,除对上述顾炎武思想的各个方面做了深入探讨之外,还论述了顾炎武的宗教思想,并对顾炎武思想的历史地位和历史命运做了较为客观的评价,此外,著者对书中涉及的重要人名及重要词语做了索引,使得这部五十六万字的评传更便于读者检阅。《顾炎武论考》《顾炎武评传》二书皆对顾炎武的生平思想做了宏阔而系统的论述,足可慰赵俪生《顾炎武大传》不成之遗憾了。

---

① 赵俪生:《我为什么总在写顾炎武的传——代序》,《顾亭林与王山史》,齐鲁书社,1986年版,第3页。

② 赵俪生:《我为什么总在写顾炎武的传——代序》,《顾亭林与王山史》,齐鲁书社,1986年版,第7页。

以上诸书之外,还有许多关于顾炎武生平事迹的普及读物,如张岂之《顾炎武》[1]、陈祖武《顾炎武》[2]、卢兴基《顾炎武》[3]、陈益《顾炎武》等[4]。

关于顾炎武一生行迹、交游考证的论文也有不少,此类论文所关注的问题主要涉及这样几个方面:(一)顾氏一生行迹活动,如张维华《顾炎武在山东的学术活动及其与李焕章辩论山东古地理问题的一桩学术公案》[5]、李广林《顾炎武的北游与定居华下》[6]、赵俪生《顾炎武旅卒曲沃小考》[7]、鲁海《顾炎武山东入狱考》[8]、卢兴轩《顾炎武关中行迹考述》[9]、魏光《顾炎武陕西踪迹考》[10]、常新《顾炎武山西行迹考》等[11];(二)顾氏之交游,如赵俪生《顾炎武与张尔岐》[12]、戈春源《顾炎武与昆山徐氏兄弟》[13]、谢正光《顾炎武、曹溶论交始末——明

---

[1] 张岂之:《顾炎武》,中华书局,1982年版。

[2] 陈祖武:《顾炎武》,吴晗主编"中国历史小丛书"本,中华书局,1984年版。

[3] 卢兴基:《顾炎武》,"中国古典文学基本知识丛书"本,上海古籍出版社,1985年版。

[4] 陈益:《顾炎武》,上海人民出版社,2006年版。

[5] 张维华:《顾炎武在山东的学术活动及其与李焕章辩论山东古地理问题的一桩学术公案》,《山东大学学报(哲学社会科学版)》1962年第4期。

[6] 李广林:《顾炎武的北游与定居华下》,《唐都学刊》1985年第2期。

[7] 赵俪生:《顾炎武旅卒曲沃小考》,《天津社会科学》1985年第4期。

[8] 鲁海:《顾炎武山东入狱考》,《清史研究》1994年第2期。

[9] 卢兴轩:《顾炎武关中行迹考述》,《历史教学》1994年第4期。

[10] 魏光:《顾炎武陕西踪迹考》,《文博》1994年第4期。

[11] 常新:《顾炎武山西行迹考》,《山西大学学报(哲学社会科学版)》2007年第30卷第5期。

[12] 赵俪生:《顾炎武与张尔岐》,《东岳论丛》1985年第5期。

[13] 戈春源:《顾炎武与昆山徐氏兄弟》,《苏州大学学报(哲学社会科学版)》1994年第2期。

遗民与清初大吏交游初探》《顾炎武与清初两降臣交游考论》《顾亭林交游表》(以上三篇文章分别作于1995年6月29日、1997年4月10日、1998年初夏,后收入《清初诗文与士人交游考》)等①。(三)顾氏与明末重要党社的关系及社集活动的影响,如谢国桢《顾炎武与惊隐诗社》②、周可真《顾炎武与复社》等③。

三、诗作评价研究

20世纪70年代前,学界对顾炎武研究的热点主要集中在学术思想方面,对其诗歌创作关注不多,有些文学史家,仅将顾炎武的学术思想作为介绍重点,如谢无量《中国大文学史》,将顾炎武、黄宗羲并作为清初文坛上"博宗众学"之士④,唯介绍其行事著述而不论及文学创作。这一时期只有少量论文涉及顾炎武的诗歌艺术,如马汉麟《爱国诗人顾炎武》⑤、段熙仲《顾亭林(1613—1682)江苏爱国诗人》⑥、陈友琴《略论顾炎武的诗》等⑦。这些文章多对顾炎武的诗歌艺术作浅易的介绍,带有文学知识普及性质,论述并不深刻。

70年代开始,文学史家开始研讨顾炎武在清代文学史中的地位

---

① 谢正光:《清初诗文与士人交游考》,南京大学出版社,2001年版。
② 谢国桢:《顾炎武与惊隐诗社》,《中华文史论丛》1978年10月第8辑。
③ 周可真:《顾炎武与复社》,《苏州大学学报(哲学社会科学版)》1992年第3期。
④ 谢无量:《中国大文学史》,中州古籍出版社,1992年版。
⑤ 马汉麟:《爱国诗人顾炎武》,《光明日报》1951年9月22—24日。
⑥ 段熙仲:《顾亭林(1613—1682)江苏爱国诗人》,《雨花》1962年10月号。
⑦ 陈友琴:《略论顾炎武的诗》,《光明日报·文学遗产》1964年第465期。

和意义,对其诗歌创作成就及影响的研究渐趋深入。如刘世南于1979年写作的《清诗流派史》①,将顾炎武作为独立于清代所有诗派的诗人,专列一章论述。作者先从顾炎武作为清初启蒙思想家、毕生倡导并践行实学救国这一身份及思想的特殊性出发,分析了顾炎武诗歌创作区别于其他清初遗民的关键所在,指出:

> 顾炎武作为一位诗人,他的杰出处,就在于"不为文人",而强调诗歌的现实性与战斗性。②

又通过对诗作的深入研读归纳出了顾炎武诗歌的艺术特色:

> 作为学人之诗,顾诗具有如下特点,一为熟于正史,用典精切;二为神似杜诗,各体皆善。③

最后评价了顾炎武诗歌对清诗发展的影响:

> 顾诗正是以其"真"与"深",对整个清代诗风起了"导夫先路"的作用。在他以后的诗人,无论宗唐宗宋,抑或亦唐亦宋,都能拟议而出以变化,即学古而不仿古。更重要的是,都能面对现实(很少有游心于虚的),积学为富(没有游谈无根的),突出"我"字,写真性情,不为无病之呻,不为空疏之学。④

刘世南的论述,一方面能结合顾炎武的知识结构、诗学渊源和人生经历的大背景,符合知人论世的原则;另一方面也能运用数据统计的科学方法,做到言之有据,纠正了之前对顾炎武诗歌思想风格的误读。

---

① 刘世南:《清诗流派史》,人民文学出版社,2004年版。
② 刘世南:《清诗流派史》,人民文学出版社,2004年版,第44页。
③ 刘世南:《清诗流派史》,人民文学出版社,2004年版,第51—52页。
④ 刘世南:《清诗流派史》,人民文学出版社,2004年版,第57页。

不过,他对顾炎武对清代诗歌影响的评价却不无商榷之处。事实上,随着清朝政权的巩固,诗坛也呈现出百家争鸣的局面,其中追求形式、点缀生平之作亦复不少,清初诗坛尚真情、重现实、富实学的创作趋势并没有很好地传承下去,顾炎武的诗风尚不能笼括整个清代诗坛。

朱则杰在其《清诗史》中将顾炎武、吴嘉纪合论[1],简要介绍了顾、吴诗歌创作的主题、诗歌艺术,分析了二人诗风不同的原因,肯定了二人在清初遗民诗坛中的重要地位,称他们是"遗民诗界的双子星座"[2]。但限于篇幅、体例,这部《清诗史》对顾诗的论述尚不够系统深入。

此后,严迪昌《清诗史》从"遗民诗界南北网络的沟通人"这一观点出发来分析、评价顾炎武的诗歌创作[3],指出:

> "行"是顾炎武全部遗民生涯的基核……其诗歌创作,"究其本意只是相副于诸如'五谒孝陵,四谒欑宫'之类践行,作为明志和张扬舆论、鼓舞士气、激励同志的一种工具。"[4]
>
> 顾炎武《亭林诗集》六卷的诗史意义,正在于较之同侪更为宽广地展现着色彩悲郁、气氛严峻、网络诡秘、活力深潜的隐性的遗民社会的景观,为后世提供着丰富的认识依据。[5]

严迪昌的论述能结合顾炎武一生之学行,准确揭示了顾诗以"行"为核心的创作初衷和展现"遗民社会景观"的诗史价值。在分析顾诗

---

[1] 朱则杰:《清诗史》,江苏古籍出版社,1992年版。
[2] 朱则杰:《清诗史》,江苏古籍出版社,1992年版,第85页。
[3] 严迪昌:《清诗史》,浙江古籍出版社,2002年版。
[4] 严迪昌:《清诗史》,浙江古籍出版社,2002年版,第292页。
[5] 严迪昌:《清诗史》,浙江古籍出版社,2002年版,第293页。

艺术特点时，作者不刻意拔高其诗艺成就，而将之视为顾氏家学、修养、遭际及时代风潮等多重因素熏陶下的自然展现，指出顾诗既有纠正明七子空疏肤廓之弊病的意义，而其用典过多也开乾嘉诗坛"以学问入诗"这一不良诗风之先声，对顾诗在清代诗歌发展史中的传承作用给予了较为客观的评价。

此期论文中较为重要的则有张兵《试论顾炎武诗歌的艺术成就》[1]，文章从诗歌选材、前贤诗艺学习、人物形象塑造、隶事用典四个方面综合分析了顾炎武诗歌的艺术成就，肯定其诗艺特色的同时也能辩证地分析其弊端，论述较为全面、客观。此外，尚有王志迅《至今犹闻声悲壮——释顾炎武〈秋山〉》[2]、卢兴基《一曲感情深沉的志士之歌——读顾炎武的〈吴同初行状〉》等文鉴赏顾诗之名篇[3]；屈守元《顾炎武和杜甫》[4]、吴柏森《顾炎武常化用杜甫句入诗》等文分析其诗学渊源[5]；王英志《顾炎武山水诗简论》[6]、刘磊《顾亭林的纪游诗及清初士人游历风气》等文深入研析顾氏某一题材诗作[7]。

---

[1] 张兵：《试论顾炎武诗歌的艺术成就》，《西北师大学报（社会科学版）》1990年第3期。

[2] 王志迅：《至今犹闻声悲壮——释顾炎武〈秋山〉》，《名作欣赏》1984年第5期。

[3] 卢兴基：《一曲感情深沉的志士之歌——读顾炎武的〈吴同初行状〉》，《名作欣赏》1986年第5期。

[4] 屈守元：《顾炎武和杜甫》，《杜甫研究学刊》1996年第3期。

[5] 吴柏森：《顾炎武常化用杜甫句入诗》，《三峡大学学报（人文社会科学版）》2004年第6期。

[6] 王英志：《顾炎武山水诗简论》，《南京师范大学学报（社会科学版）》1996年第3期。

[7] 刘磊：《顾亭林的纪游诗及清初士人游历风气》，《沈阳师范大学学报（社会科学版）》2007年第4期。

研究角度的多样化,也体现了顾炎武诗歌研究在这一时期的深入。

四、诗学思想研究

顾炎武的诗学思想实际指导着他一生的诗歌创作,他提出的许多重要诗学命题,上正明代空疏诗风,下辟清代诗学正途,在中国文学批评诗史上占有重要地位,因而也是顾氏诗歌研究之重点。

1963年,钱仲联在《雨花》杂志上发表《顾亭林的文学思想》一文①,指出:"顾炎武的文学思想跟他的学术思想血肉关联",须从其学术思想出发,方能深入理解其文学思想:

> 从博学于文、经世致用的观点出发,顾炎武的文学思想有如下内涵:一、文须有益于天下;二、从明道尚用的角度出发,反对华词,反对空言;三、积极主张能文;四、要做出义理与辞章、内容与形式密切结合的作品,其先决条件,在于作者通晓古今,洞明经术、关心政事,并有远大器识。②
>
> 从行己有耻的观点出发,亭林的文学思想,又有如下内涵:一、主张情真,主张直言;反对巧言,反对伪饰。二、主张新变,反对摹仿。③

钱仲联将顾炎武的文学观念放在其整个学术思想的框架之下进行研

---

① 钱仲联:《顾亭林的文学思想》,后收录于《梦苕庵清代文学论集》,齐鲁书社,1983年版。
② 钱仲联:《顾亭林的文学思想》,《梦苕庵清代文学论集》,齐鲁书社,1983年,第47—49页。
③ 钱仲联:《顾亭林的文学思想》,《梦苕庵清代文学论集》,齐鲁书社,1983年,第50—51页。

读和论析,使读者更容易体认顾炎武文学观念与其一生学行的密切关系,更明确地把握顾炎武重要文学命题背后深厚的思想内核,此文虽仅就顾炎武的诗学观发论,但其宏阔的视角和系统的论述对后学很有启示意义。

随着顾炎武诗歌研究的不断深入,学界开始专门针对其诗学思想展开讨论,此类论文主要有张兵《顾炎武诗歌理论初探》[①]、蒋寅《顾炎武的诗学史意义》等[②]。

蒋文认为前人所研讨的顾炎武诗学思想主要有这样四点:一、强调诗歌的社会作用,要求诗歌反映现实;二、诗主性情,不贵奇巧;三、提倡自出己意,反对模仿依傍;四、主张多读书,强调博学。指出这四点只能揭示亭林诗学和时代思潮相一致的方面,而从清初特定的诗学语境考察,则还可以对亭林诗学的独特内容和价值作一些发掘。作者以顾炎武独特的学行精神和学术研究路径为基点,从"博学于文:顾炎武诗学的学理基础""行己有耻:'性情'的道德底线""鉴往训今:顾炎武诗学方法论""主音与主文:诗歌史研究的音韵学视角"四个方面出发,对顾炎武的诗学思想进行了更为深入的讨论,他将顾炎武诗学观的独特意义和价值总结为:

> 顾炎武以文化救亡为核心的大文学观代表了当时知识群体的价值取向和学术路径,"真诗"观念的三个层面(即作者人格、诗歌内容、诗歌风格)体现了清初诗坛的主流意识,鉴往训今的学术方法开启了有清一代的实证学风,而诗歌音韵研究则开拓

---

① 张兵:《顾炎武诗歌理论初探》,《西北师大学报(社科版)》1989年第6期。
② 蒋寅:《顾炎武的诗学史意义》,《南开学报(哲学社会科学版)》2003年第1期。

了中国古代诗歌音韵学的处女地。

蒋寅的论述突显了顾炎武诗学思想在清初诗学中鲜明的学术个性和在整个清代诗学史上的重要地位,深化了学界对这一问题的体认。

第五节 王士禛诗歌研究

王士禛(1634—1711),字子真,又字贻上,号阮亭,复号渔洋山人,山东济南新城(今淄博桓台县)人。卒后为避清世宗讳,改名为士正,乾隆朝又改名为士祯。其诗歌创作标举"神韵说",提倡诗歌幽微淡雅,富有情韵,含蓄蕴藉。王士禛的诗作,除早年部分作品尚有揭露社会现实和民生疾苦的内容外,中年及晚年的创作内容多为纪游、怀古、赠答、歌咏盛世、粉饰太平等,在创作中实践了他的"神韵"理论。王士禛因其诗风、诗论顺应了清朝统治渐趋稳定的社会形势,遂被尊为诗坛领袖,主持风雅数十年。《四库全书总目》评曰:"以清新俊逸之才,模山范水,批风抹月,创天下以'不著一字,尽得风流'之说,天下遂翕然应之。"

一、诗文集及其整理情况

王士禛的诗文集,有《渔洋山人精华录》十卷,凡古体诗四卷,近体诗六卷,收诗千余首。编者一说为王士禛门人盛符生、曹禾,一说为王士禛本人。有康熙三十九年(1700)林佶写刊本,乾隆时收入《四库全书》,民国十五年(1926)商务印书馆据林本影印,收入《四部丛刊初编》中,1989年上海书店又据《四部丛刊初编》本重印。清人即有为《渔洋山人精华录》作笺释者,如《渔洋山人精华录训纂》十卷，惠栋笺注，附王士禛自传年谱（亦加笺注），有乾隆间红豆斋刊本、民国间中华书局排印《四部备要》本；又《渔洋山人精华录笺注》十二卷、补注一卷、年谱一卷，金荣笺注，编次与康熙原本异，行世后惠栋曾撰《辨讹》一卷驳之，有乾隆间翔凤堂刊本；今人伍铭合惠栋与金荣笺释作《渔洋精华录集注》，1992年由齐鲁书社出版；其后又有李毓芙等整理《渔洋精华录集释》，1999年上海古籍出版社出版。

目前，王士禛诗文全集有袁世硕主编的《王士禛全集》，本书一至三卷辑录了王士禛个人创作的诗、文等作品，主要包括：《落笺堂集》《渔洋诗集》《渔洋集外诗》《衍波词》《渔洋文集》等；四至六卷辑录了王士禛的个人创作的杂著，主要包括：《池北偶谈》《手镜录》《居易录》《渔洋诗话》等，2007年由齐鲁书社出版。

王诗选集，有胡去非、庄适选注《王士禛诗》[1]，李毓芙选注《王渔洋诗文选注》[2]，王小舒、陈广澧著《王士禛诗选译》[3]，赵伯陶选注《王士禛诗选》等[4]。

二、生平事迹研究

关于王士禛的生平事迹研究，现存最早的有王士禛自作年谱，后由惠栋补注，收入《渔洋山人精华录训纂》中；后有民国三十年（1941）凌景埏编《渔洋先生年谱》，是书为燕京大学国文学会排印本，以惠栋补注本为底本，参王士禛诗文及他书重编；台湾天一出版

---

[1] 胡去非、庄适选注：《王士禛诗》，王云五主编《万有文库》丛书本，商务印书馆，1931年版。
[2] 李毓芙选注：《王渔洋诗文选注》，齐鲁书社，1982年版。
[3] 王小舒、陈广澧：《王士禛诗选译》，巴蜀书社，1994年版。
[4] 赵伯陶选注：《王士禛诗选》，人民文学出版社，2009年版。

社于1982年出版了朱传誉主编的《王士禛传记资料》；中华书局1992年出版了孙言诚点校的《王士禛年谱》；人民文学出版社2001年出版了蒋寅的《王渔洋事迹征略》。

其中，蒋寅的《王渔洋事迹征略》是一部颇具功力和学术眼光的著作。此书是王士禛的事迹编年，属于年谱性质，与其他年谱不同的是，此书能在大视野观照下编纂王氏事迹，它所展示的不仅是具多条逻辑线索的谱主生平履历，同时也是顺、康诗坛创作活动一个总的事迹编录。该书专门注重于谱主文学活动的编纂，尤其注意文学交游活动的考订，旁征博引，文献扎实，资料丰赡。

关于王士禛的生平交游，其与赵执信的关系问题一直是学术史上的一桩公案。《清史列传·赵执信传》认为，王、赵二人交恶乃因赵执信求王士禛为其《观海集》作序，而王氏屡屡失期，遂招致赵氏记恨。清人持此说者甚多，如《清史稿》《四库全书总目提要》等。至20世纪80年代后，学界则更多地从王、赵二人文学观念及性格气质等方面的分歧的角度着眼，探讨二人矛盾的深层原因。如赵蔚芝《赵执信和王渔洋在诗坛上的分歧》一文指出[①]：赵执信"对王渔洋的诗歌理论和诗歌创作，却持着不同的见解"，"事实上，还在《观海集》问世之前，赵执信就对诗坛上的形式主义和宗派主义倾向表示不满"，并进一步分析，赵执信的诗歌理论主张"诗之中要有人在""诗之外要有事在""文以意为主，以语言为役""艺术风格，应由作家从其所近，自由选择""奖掖后进，必须提拔真才，不能借此拉拢宗派"等，皆是针对王氏而发。再如彭玉平《王士禛、赵执信关系考辨》一文[②]，

---

① 赵蔚芝：《赵执信和王渔洋在诗坛上的分歧》，《文史哲》1982年第5期。
② 彭玉平：《王士禛、赵执信关系考辨》，《学术研究》1998年第5期。

在考证了《谈龙录》《清史列传·文苑传》等典籍、史料记载的几件涉及王、赵关系的史实后,认为:"王、赵关系的恶化,既有在审美趣味、创作观念上的分歧,也受到一些性情气质与生活琐事的影响。"

三、神韵诗学研究

20世纪对王士禛神韵诗及其神韵诗学的研究是一个延续和发展的过程,以共和国的建立为界,我们可以将其分为前后两段。

20世纪前50年可说是一个低潮式的开端,其间不要说专著尚无,单篇论文也只有寥寥的十数篇,如张寿林《论神韵》[①]、伦明《渔洋山人著述考》[②]、张希泉《王贻上之诗与李重光之词》[③]、吴天石《王渔洋之七绝诗》[④]、黄金波《论渔洋绝句》[⑤]、张宪度《渔洋著述版刻考略》[⑥]、江寄萍《渔洋诗》[⑦]、风痕《王渔洋》等[⑧]。

其间,最值得注意的是郭绍虞和钱锺书的观点。

郭绍虞撰有《中国文学批评史上之"神""气"说》及《神韵与格调》两篇长文,后来辑入《中国文学批评史》一书。他认为,神韵是"一种诗的境界",它代表了传统诗歌中的一格,即严羽《沧浪诗话》中所说的"优游不迫"一类,这种观点可称为狭义的神韵观。实际上

---

① 张寿林:《论神韵》,《晨报副刊》1928年5月21—26日。
② 伦明:《渔洋山人著述考》,《燕京学报》1929年第5期。
③ 张希泉:《王贻上之诗与李重光之词》,《河北大学周刊》1930年第1期。
④ 吴天石:《王渔洋之七绝诗》,《国专学生自治会季刊》1930年第1期。
⑤ 黄金波:《论渔洋绝句》,《津逮季刊》1931年第1期。
⑥ 张宪度:《渔洋著述版刻考略》,《山东省立图书馆季刊》1931年第1期。
⑦ 江寄萍:《渔洋诗》,《大戈壁》1932年第3期。
⑧ 风痕:《王渔洋》,《红豆》1934年第5期。

狭义的神韵观乃承之于古人,清代评论家多数是将神韵与雄浑、豪健视为对立范畴的,甚至标举神韵说的王士禛本人也这样看。但是郭绍虞在论述此种观点时却给予了新的阐释,他指出,超尘绝俗之韵致,虽仍是虚无缥缈的境界,而其中有个性寓焉[1]。又说,神韵风格的诗所表现的不是个性,而是个性所表现的风神态度而已[2]。用个性来解释神韵,正是郭绍虞先生的独创。这种看法可说是化腐朽为神奇,给传统诗学注入了新的生命。

钱锺书著有《谈艺录》一书,在此书中,他将神韵归之为中国诗歌普遍具有的一种特质,认为:神韵非诗品中之一品,而为各品之恰到好处,至善尽美,优游、痛快,各有神韵。这又可称之为广义的神韵观。其实,这种观点也承之于古人,明代胡应麟即将神韵比之为诗中之花,认为凡诗皆当具有[3];清代的翁方纲又主张"神韵者彻上彻下,无所不该"[4],"神韵乃诗中自具之本然,自古作家皆有之"[5]。然而钱锺书论艺术的长处在于中西贯通,他将神韵与西方文评中类似的概念进行了比较,指出:"西洋文评所谓 spirit,非吾国谈艺所谓神",进而认为中国的神韵说包含有一种精神特质,即超出知觉与理智之外,"其认识之简捷,与知觉相同,而境谛之深妙,则并在理智之表",此特点与西方现代哲学中的"直觉"这一概念相通[6]。经过一番中西艺术观的比较,实际上钱锺书突显了中国诗学独具的民族特征,这在

---

[1] 郭绍虞:《照隅室古典文学论集》,上海古籍出版社,1983年版,第73页。
[2] 郭绍虞:《照隅室古典文学论集》,上海古籍出版社,1983年版,第396页。
[3] 胡应麟:《诗薮》,上海古籍出版社,1979年版,第206页。
[4] 翁方纲:《神韵论》,见《复初斋文集》光绪重校本,第423页。
[5] 翁方纲:《坳堂诗集序》,见《复初斋文集》光绪重校本,第376页。
[6] 钱锺书:《谈艺录》,中华书局,1984年版,第43页。

过去又是未曾有过的。

以上两种意见虽然都还属于初创,远未达到系统、周密的程度,但均具有了新概念和新视野的内涵,为现代神韵诗学的建立奠定了必要的基础。后来的研究事实表明,20世纪的神韵诗学正是沿着这条道路向前发展的。

1949年后,由于引进了苏联的文艺理论,由于文学领域的政治化和意识形态化,形成了以反映论为理论基础的、一统文坛的现实主义文学史观。在此种观念指导下,凡是表现被压迫阶级反抗的作品,凡是主张再现生活、暴露社会黑暗的主张,都被归为进步的范畴;相反,标榜个人性情的作品和理论则被归为封建士大夫文学的范畴,现实主义与反现实主义成了中国文学史上贯穿始终的两条路线斗争。神韵说自然属于后者,所以它受到了理所当然的批判。其后相当长一段时间里,人们甚至看不到关于神韵的任何评论。

"文革"结束以后,整个中国文学史、文学理论史的研究都发生了重大转变,神韵说的研究也获得了新生。当其自谷底回升之初,学术界首先从事的是对前一阶段彻底否定做法的反拨和清算。比如陈祥耀在《有关评论古典文学作品的几个问题——读〈王士禛的创作与诗论〉有感》一文中指出[①],分析古典作家、作品的形成,在注意经济、政治的原因之外,不能轻视文学本身发展的趋势,不能轻视作家本人的个性和条件,否则,就很难说明同一历史时期为什么会产生各种不同的艺术流派,同一流派之中又有各自不同的作家风格,各流派之间又不一定是政治态度完全对立的问题。文学艺术作品的产生,

---

① 陈祥耀:《有关评论古典文学作品的几个问题——读〈王士禛的创作与诗论〉有感》,《文学评论》1982年第4期。

既是服务于政治斗争的,也是丰富人们的生活情趣和提高人们的审美认识的,它不能单纯地限于政治题材。应该说,经过"文革"以后,要想回到正确的轨道上来,转变已经成为定势的观念和思维方式,反拨和清算是必要的,但这毕竟只是一种扫清道路的工作,人们对于神韵诗说的认识尚有待于进一步的深入。

进入80年代后,随着传统文化热的兴起,神韵诗说的研究也开始进入了自己的高潮期,这期间与神韵说相关的著作不断地涌现,如吴调公著《神韵论》[①]、王小舒著《神韵诗史研究》[②],由两次全国学术讨论会和一次国际学术讨论会编辑而成的两部学术论文专集等等。这股研究热潮根源于这样一种动机,即迫切想知道中华传统诗学的精髓究竟是什么,它具有怎样的魅力。应该说这是一次对传统诗学的重新估价,此种估价之标准,既非政治,也非道德和教化,而是专注于审美,从审美角度研究传统诗学乃是20世纪以来诗学研究的一大进步。

学术界公认,在文学史上确实存在着一个神韵诗派,但是这个诗派始于何时,范围又如何确定,过去尚无专门探讨。钱仲联先生在他的论文中首次指出,神韵派与古代山水诗有着密切的关系,他认为"古代山水诗的艺术风格,总的可以划分为雄奇和清远两大派","这派山水诗(清远)占主要的一种,便是王士禛所标举的'隽永超诣'的神韵诗派"[③]。这是一个重要的发现,因为钱先生为向来难以把握、确认的神韵诗及其诗派划出了一个较为确定的范围,既有题材的规定,也有风格的规定,实在是对神韵诗研究的深入。山水诗是非功利

---

① 吴调公:《神韵论》,人民文学出版社,1991年版。
② 王小舒:《神韵诗史研究》,台湾文津出版社,1994年版。
③ 钱仲联:《古代山水诗和它的艺术论》,《梦苕庵清代文学论集》,齐鲁书社,1983年版,第209页。

化的,它主要表达的是人们对大自然的审美感受,起到的是陶冶、净化人们灵魂的作用,直至今天,人们经常吟诵的许多不正是那些清新感人的诗篇么?可见这类诗歌的审美价值超越了时代的阻隔,对于构铸中国人的精神品格发挥着重要作用。

然而属于清远一派山水诗的审美内涵究竟有哪些?它与其他类型山水诗的区别又在哪里呢?针对这个问题,王小舒在《神韵诗史研究》一书中提出了自己的看法,认为神韵诗由四个要素构成:第一,它是一种表现人与自然审美关系的诗体;第二,它是抒写个人性情的诗体;第三,它是含有审美距离的诗体;第四,它是一种追求审美超越的诗体,超越是对现实的一种扬弃,只有在人与自然的审美交流中达到超越的体验,才能进入理想的境界。根据这四个要素,作者勾勒了一条始自魏晋,经陶渊明、谢灵运、谢朓,到唐代孟浩然、王维、李白、韦应物、柳宗元,再到宋代晚唐派、四灵派,以及明代古澹派,直至清代王士禛的神韵诗派主脉。当然,它仅是中国诗歌史当中的一支,面比较狭。但却比较实在,可以对应神韵这一概念。而且,事实上四要素还具有一种向外辐射的功能,也即是说,其他类型的诗歌实际上或多或少也具有其中的某些特点,因此在某种程度上说,神韵派也是一个相对开放的概念。

与诗歌史的研究同步,着力更多、且创获更大的是诗学理论研究。这方面的成果主要集中在风格论、创作论和鉴赏论三个层面。风格论方面,有一派主张与郭绍虞接近,而又有所发展,如王英志《王士禛"神韵说"初探》一文认为[①],神韵乃是要求诗歌以简练的笔

---

① 王英志:《王士禛"神韵说"初探》,《古代文学理论研究丛刊(第六辑)》本,上海古籍出版社,1982年版,第186页。

触、含蓄的意境、平淡清远的风格去抒发作者主观内心的性情。王文还认为,作为一种阴柔美的风格典型,神韵最推崇的是清远、冲淡和清奇三品。吴调公的看法与王英志相类,他认为,传说为司空图所作的《二十四诗品》中的冲淡、高古、自然、超诣、清奇、飘逸等品皆属于清远的范畴,而严羽所谓的"优游不迫"则是清远风格另一种形式的表达,"它通过韵味的有余不尽而入神",因此可以说神韵乃是对司空图和严羽两家风格论的合理继承①。另一派与之不同,如薛祥生和丁纪闽认为,神韵并不是一味地偏向清空淡远,含蓄蕴藉,而是要求"内含豪雄劲健之力","是要淡泊、苍劲兼而有之"②。这一派将神韵分为内外两个层面,外柔而内刚,即"在冲和淡远里寓沉着痛快,于风神幽秀里包雄浑刚健"。两派意见各有依据,相持不下。有关神韵说风格论的争论和探讨无疑对中国诗歌风格美学是一种推进和深入。

实际上,作品风格的形成与诗人的创作方式也分不开,神韵说对此也有精湛的论述,因其牵涉到创作心理和审美心态,尤其受到研究者的关注。皮朝纲指出:"王士禛的神韵说是对审美心理特殊规律的探索","他很强调艺术创作要注意撷取刹那间所获得的印象和感受","审美认识(兴会)是一种似乎未经过理智活动或逻辑思考的刹那间所获得的知觉感受。"③吴调公对此更有精彩的论述:"神、韵的结合表现了主客观相结合的情景的流动过程,特别是源于诗人心灵观照而物化的过程。……与其说它是情与景合,还不如说这是诗人

---

① 吴调公:《神韵论》,人民文学出版社,1991年版,第177页。
② 孔繁信、邱少华:《王渔洋研究论集》,山东文艺出版社,1991年版,第318页。
③ 皮朝纲:《王士禛审美理论琐议》,《四川师范学院学报》1982年第2期。

的审美感受具有一种穿透力,深入到那一个渗透在客观景物之中而终又突破于客观景物之外的艺术境界。这种境界用情景交融的说法来解释还不够准确,因为它实在是渊源于一种以悟解为基础的直观体验,带有朦胧意味,也就是庄子说的一种似乎玄妙、但却切合、难以言宣的诗人的审美心理状态,……唯其凭借这一种能超越于表面具象和有限时空的直观,所以由诗人意象深化而成的超越显在意识的传神境界的展示,不但有其偶然性和突发性,还更有其创造性,即以神变形,不似而似。这种创造性便是:由传'神'而得'韵'。"[1]不少学者在论文中还指出,王渔洋的"兴会神到"说固然承之于严羽的"妙悟"说,然而又远不止此,刘勰《文心雕龙》的"物色篇"就已有"情往似赠,兴来如答"之说,钟嵘《诗品》也有"文已尽而意有余,兴也"的说法,王渔洋的创作论与诗歌批评史上"兴"这一概念的关系实在是深远悠长的,可以说它是传统的"比兴"说不断发展、深化和完善的结果。

神韵说之风格论、创作论最终又都指向了鉴赏论。王渔洋认为,读者必须经历与作者类似的心理体验才能进入诗歌的境界,他说:"观王、裴《辋川集》及祖咏《终南残雪》诗,虽钝根初机,亦能顿悟。"[2]"六朝人诗,如'池塘生春草','清晖能娱人',及谢、何逊佳句多此类,读者当以神会,庶几遇之。"[3]对此,崔元和认为,王士禛上段话中所说的"读者当以神会"就是指对于嵇康、谢灵运等人具有"妙在象外"审美意味的作品,欣赏者只有通过能动的审美再创造思维

---

[1] 吴调公:《神韵论》,人民文学出版社,1991年版,第25—26页。
[2] 王小舒、陈广澧:《王士禛诗选译》,巴蜀书社,1994年版,第24页。
[3] 王士禛:《古夫于亭杂录》,中华书局,1988年版,第30页。

活动才能体悟到；或者说具有"妙在象外"韵味的审美意境最终完成于欣赏者与作品相互作用的具体过程中[①]。赵伯陶也认为，所谓妙悟、兴会，无非是作者或读者通过语言材料感悟世界的一种豁然开朗的通达，有类于禅宗心领神会的顿悟，它属于作者，也属于读者，神韵说意图通过诗歌以沟通作者与读者联系的用心，是明显的[②]。对这方面的探讨再一次揭示了神韵说内涵的有机性特点，贯穿于其中的实际上是主客体间的审美交流，它属于主体创造性的艺术思维活动。

新时期对神韵诗论的研究还不限于文学圈子，而是扩及到了其他领域，这与人们的文化寻根意识有关。经历了数度的历史沉浮后，人们已不满足对神韵诗说只进行文学式的观照，而是要挖掘出深层的文化意蕴，确认其在中国传统文化中的地位和价值。有学者指出，中国古典诗学有两大精神源头，一个以儒学为中心，占据着正统地位，它又被某些人称之为现实主义源头；另一个就要追寻到老庄哲学，有人称之为浪漫主义源头。王渔洋标举的神韵诗学就属于后一个范畴，他的美学追求与道家的人生观及审美态度是一致的。目前越来越多的研究者倾向于赞同这种观点。吴调公进一步认为，受到玄学风气影响的魏晋风度对神韵论的影响更为直接："魏晋风度在神韵论中以新的姿态出现，是渔洋整个审美观的中心"，"它既需要以'濯濯如春月柳'的神貌来表现人物的'宏邈'的'风度'，也需要

---

① 桓台国际王渔洋讨论会组委会编：《桓台国际王渔洋讨论会论文集》，山东大学出版社，1995年版，第364页。

② 桓台国际王渔洋讨论会组委会编：《桓台国际王渔洋讨论会论文集》，山东大学出版社，1995年版，第272页。

用最最疏简而毫不胶着的笔墨为人物的风神气韵传神阿堵。"①这样一来,神韵所包含的精神品质与人格因素就都有了文化依据。其实佛学中禅宗一支对神韵论的影响也同样十分深刻,思维方法上,禅宗主张"不立文字",主张"顿悟本性",这对严羽和王渔洋都有很大启发,他们都曾经以禅喻诗,而王士禛更进一步,提出:"舍筏登岸,禅家以为悟境,诗家以为化境,诗禅一致,等无差别。"②将禅与诗等量齐观。

除了哲学、宗教之外,艺术门类当中,神韵诗说与画论的关系最为密切,"神韵"一词最初就是由画界提出,到了明代后期才引入诗学领域来的,而且山水画与山水诗一直保持着一种借鉴和促进的关系,古代即有"无声诗"与"有声画"的说法。这方面学者们有许多专论,钱锺书、钱仲联、张少康、吴调公等人均指出了山水画中的南宗一派与神韵论之间的血缘关系,神韵论中许多观点都是从南宗画论中借鉴而来,张少康甚至提出"南宗诗论"这样一个概念,他认为,如果董其昌的画论可称为南宗画论的话,那么王渔洋的诗论则可称为南宗诗论,他们在文艺美学思想上是一致的。他还进一步指出,王渔洋诗论的核心不是在冲和淡远或沉着痛快,也不是在宗唐或宗宋,而是在他与南宗画论一样的美学思想上,也就是说,南宗画论与神韵说的审美标准均集中于"重天工""合乎自然造化"和"伫兴而就"这样几方面,实际上它们都超越了狭隘的某类风格的局限③。这又使得神韵论的范畴趋向于宽泛化了。

---

① 吴调公:《神韵论》,人民文学出版社,1991年版,第213页。
② 王士禛:《香祖笔记》,上海古籍出版社,1982年版,第146页。
③ 桓台国际王渔洋讨论会组委会编:《桓台国际王渔洋讨论会论文集》,山东大学出版社,1995年版,第223页。

20世纪80年代以来,神韵诗学的研究确实取得了重要的成就,实现了一次历史的飞跃,现代意义上的独立系统的神韵诗学应该说已经确立起来了。但是,此时回过头来反思,我们发现,缺憾也是十分明显的,事实上这些年来的研究都在做"还原古人"的工作,审美的眼光也好,文化的寻根也好,都没有超出这个界限。这种工作必要与否呢?当然是绝对必要的,要了解本民族的文化传统,要认识历史,就必须这样做。然而如此是否就够了呢?研究神韵的目的又何在呢?显然这种研究的方式仍然缺乏现代观念。新方法的采用,新角度的开拓,并不意味就是现代学术,只有植根于现在,着眼于世界文化交流,将过去、现在和未来熔铸为一体的研究才可能建立真正的现代学术,我们的研究也才能真正融入新世纪的文化建设之中。关于这一点,最近已经有一些学者发表了初步的意见,比如神韵诗与朦胧诗之间的内在承接关系,比如人与自然的和谐相处问题,比如现代社会的精神净化问题,再比如健康的人格培养问题,等等,这些都是极有价值的研究课题,它们可以在新的起点上激活神韵诗学的研究,使我们对神韵诗学获得崭新的理解。神韵是讲究超越的,但超越的目的恰恰是为了回到生活本身,而不是要脱离生活。

假如我们能够找到过去与现代的契合点,能够在传统诗学中发现对待现实人生的有益启示,如郭绍虞说的"应付生死的智慧",那么神韵就不会死去,不会变为锈色斑斓的古董,只有在此意义上,现代神韵诗学才能真正确立,传统诗学才能和当代诗学实现真正的沟通,它的狭义和广义也才能彻底打消隔阂,融而为一。而这又绝不仅仅是神韵诗学一己的使命。

第二章　清中期诗歌研究

第一节　乾嘉诗坛研究综述

清乾嘉时期的诗坛有几个很显著的特点:诗派分次林立,名家多而大家罕,诗学理论丰富繁杂。这个时期,诗派众多,性灵派、格调派、肌理派、秀水派、浙派、高密诗派、桐城诗派、常州诗派,大多数在诗坛稍有声名的诗人都可以纳入一种以诗学理论为基础建构的创作体系中。

而这时期诗学和诗歌创作则呈相反的趋势发展,诗学理论争奇斗艳,诗歌创作差强人意。与前期的钱谦益、吴梅村、六大家,后期的龚自珍相比,乾嘉诗人往往难在热点研究范围之内。

乾嘉诗坛的这一特点深深影响了学界对这个时期诗人诗歌的研究。

一、诗文集及其整理情况
(一)总集整理

乾嘉时期诗人有两部比较重要的诗歌总集。

《湖海诗传》,诗总集。清王昶编。四十六卷。选录清康熙五十一年(1712)至嘉庆八年(1803)间六百余位诗人作品。书中只选交游所及诗人的作品,不选其他诗人的作品。以诗人科第为序编排,无功名者则略以年齿为序。所收诗人皆附小传,又每以遗闻轶事入诗话。有嘉庆八年(1803)三茆渔庄刊本,同治四年(1865)绿荫堂重刊本。另有民国二十六年(1937)商务印书馆《国学基本丛书》排印本,1958年重印。

《卯须集》,诗总集。清吴翌凤编。二十一卷。全书选收清代乾隆、嘉庆间诗人414家各体诗作。凡前集八卷,续集六卷,又续集六卷,女士诗一卷。各作者名下列小传。有嘉庆十九年(1814)刻本。

(二)别集整理

1900—1949年期间,乾嘉诗人诗集的是归属于丛书中的。出版界对乾嘉诗人的诗文出版已经表现出了相当的重视。上海商务印书馆排印的《国学基本丛书》(1935年)和《丛书集成初编》(1936年),中华书局排印的《四部备要》(1936年)收入了很多乾嘉诗人的集子,如《丛书集成初编》中的《瓶水斋诗集》《烟霞万古楼诗选》,《国学基本丛书》中的《瓯北集》《洪北江诗文集》,《四部备要》中的《小仓山房集》等。

后来,随着学界对乾嘉诗人的重视,各家的诗歌集也开始被整理出版。1962年,中华书局根据郑燮的手写刻本,加以校勘,增补了若干首曾被印本抽去的诗歌,整理出版了《郑板桥集》,后面还附有《郑板桥年表》。齐鲁书社于1985年又出版《郑板桥全集》。袁枚、赵翼、洪亮吉、张问陶、厉鹗、宋湘等在乾嘉诗坛的重要诗人的诗歌集也在此后陆续出版,大部分诗人的诗歌都经过了校对整理,有本可按。

二、生平事迹研究情况

乾嘉诗人生平事迹可以从相关的年谱、评传和论文中了解。因为乾嘉诗坛的研究热点集中在袁枚、黄仲则和郑燮三人身上,所以对这三人的研究起步就比其他诗人早;同时,乾嘉诗人诗作风格迥异,造成了研究点的分散。民国时,已经有了《袁枚评传》①、《黄仲则年谱》②。1962年,《郑板桥年表》问世。80年代后,《张问陶年谱》③、《袁枚评传》④、《赵翼年谱》⑤、《黄仲则年谱考略》等相继刊行⑥。同时也出现了多篇考订乾嘉诗坛诗人交游情况的论文,张兵、王小恒《厉鹗扬州交游考略》⑦,朱则杰《袁枚蒋士铨订交考》⑧,王英志《袁枚与赵翼交游考述》等⑨,为梳理乾嘉诗坛诗人们的创作和生活情况提供了许多重要的资料。

三、诗学研究情况

《中国诗学通论》中指出,清代,诗学理论呈现争奇斗妍的局面。各种观点鲜明、自成体系并有代表性的诗学主张,在总结、继承前人成果的基础上,相继出现。其中,最著名的有王士禛的"神韵说"、沈德潜的"格调说"、袁枚的"性灵说"、翁方纲的"肌理说"和王国维的

---

① 杨鸿烈:《袁枚评传》,商务印书馆,1933年版。
② 黄逸之:《黄仲则年谱》,商务印书馆,1934年版。
③ 胡传淮:《张问陶年谱》,巴蜀书社,2000年版。
④ 王英志:《袁枚评传》,南京大学出版社,2002年版。
⑤ 李君明:《赵翼年谱》,兰州大学出版社,2004年版。
⑥ 许隽超:《黄仲则年谱考略》,上海古籍出版社,2008年版。
⑦ 张兵、王小恒:《厉鹗扬州交游考略》,《西北师大学报(社会科学版)》2008年第3期。
⑧ 朱则杰:《袁枚蒋士铨订交考》,《苏州大学学报(哲社版)》2000年第3期。
⑨ 王英志:《袁枚与赵翼交游考述》,《徐州师范大学学报(哲社版)》2002年第1期。

"境界说"①。

格调说、性灵说和肌理说是乾嘉诗坛重要的诗学理论。由于袁枚乾嘉诗坛巨子的身份,性灵说成为研究中的重点,20世纪初已经出现了多篇论述袁枚诗学的论文和顾远芗的《随园诗说的研究》②。对沈德潜的格调说和翁方纲的肌理说的论述更多是散见于各版的文学批评史中。

前中期研究中,郭绍虞的观点颇具代表性。郭绍虞认为,沈德潜"论诗宗旨,全本衡山叶氏","昔人之述归愚诗论者,或举其温柔敦厚,或称其重在格调,实则仅得其一端。归愚诗论,本是兼此二义的",沈氏看重的"三唐之格"是由"'诗之本'规定的重格",而温柔敦厚的诗教,"乃是由'诗人之本规定的重格'"。温柔敦厚重在比兴、蕴蓄、反复唱叹、婉陈、主文谲谏,格调则要求论法、学古、讲诗格、讲诗体。"他既讲格调,又讲温柔敦厚,所以不致如神韵说之空廓,同时也不致如性灵说之浮滑"。翁方纲"诗学虽出自渔洋,但以欲矫神韵之弊,所以拈'肌理'二字以救之。神韵之说偏于虚,于是肌理之说偏于实"。这是肌理说的理论动机,由此可见"翁氏论诗,所不满者即是随园一派的性灵之说。至于神韵、格调二说,他并不反对,不过想本于肌理说的立场加以修正而已"。格调说和神韵说都是"摹拟""袭取",都"不能立格",所以要讲"肌理"。肌理"有义理之理和文理条理二理之义。由义理之理言,所以药神韵之虚,因为这是正本探源之法。由文理条理之理言,又所以药格调之袭,因为这又是穷形尽变之法",正本探源,必"充实学问",穷形尽变,需"以古人为师"③。

---

① 袁行霈、孟二冬:《中国诗学通论》,安徽教育出版社,1994年版,第887页。
② 顾远芗:《随园诗说的研究》,商务印书馆,1936年版。
③ 郭绍虞:《中国文学批评史》,上海古籍出版社,1979年版。

80年代后对格调说和肌理说的研究慢慢打开了局面。出现了几篇颇有参考价值的论文,如王琳和孙之梅《沈德潜对明代复古派理论的修正》①、王顺贵《沈德潜研究的回顾与展望》②、赵杏根《论翁方纲的"肌理说"诗歌创作》③、郑才林《肌理派研究述评》等④。

王琳和孙之梅的文章中指出,"沈德潜的格调论在继承明代复古派的文化精神的同时,更重要的是对其进行了修正":一是"强调文学的社会作用";二是"强调沿流讨源",既注意"纵向的源流变化",又要"了然一代文学横断面的整体状态";三是修正了"别才""别趣"说,"对诗歌创作中的学养、见识给以高度的重视";四是"对前后七子批评杜甫的拨正"。该文总结了沈德潜作为复古派理论的总结者对发轫于严羽、展开于明代的复古派理论的继承和修正,从文学批评的源流方面梳理了沈德潜的格调论。

赵杏根认为,在"肌理说"中,性情、事件、景物等等诗歌内容范畴,要表现出"义理","义理"就是诗歌内容的精髓,它应以六经等正统载籍中的思想为准则。而诗之文理,亦即诗歌艺术表现技巧,亦即种种"诗法"。性情、事件、景物等表现义理的诗歌内容,是诗人独有的,法为表现内容服务,因此不能拘泥于古人之法,而是要以古人之法为我所用,为我表现诗歌内容所用。赵文又大略分析了翁方纲的

---

① 王琳、孙之梅:《沈德潜对明代复古派理论的修正》,《齐鲁学刊》2004年第2期。

② 王顺贵:《沈德潜研究的回顾与展望》,《上海师范大学学报(哲社版)》2003年第5期。

③ 赵杏根:《论翁方纲的"肌理说"及其诗歌创作》,《福州师专学报(社会科学版)》2000年第8期。

④ 郑才林:《肌理派研究述评》,《中国韵文学刊》2005年第4期。

诗歌创作,认为他虽有学问,但乏诗情,翁氏的学问诗终是不能"凌空万象"。

王文由纵向概述、沈德潜诗学体系研究、"格调"说和"温柔敦厚"研究、关于沈德潜在唐诗学上的贡献这四部分组成。该文资料丰富、条理清晰,对学界关于沈德潜的研究成果给了一个很好的概括。

郑文从肌理派研究的纵向述要,肌理说的内涵、理论动机与渊源,肌理说的主要内容,对肌理派的意义和影响的评价形态这四个方面系统论述梳理了学界对肌理说的研究情况,对了解肌理说的研究有很大的辅助作用。

四、诗歌研究

朱则杰在他的《清诗史》的序言中指出[①],康乾之际,诗人们相继在诗歌的艺术形式上进行探索,提出了各种理论,出现了不少流派,如正统一派的沈德潜、浙派的厉鹗、秀水派的钱载,以考据为诗的翁方纲和怪奇涩拗的胡天游。但是,他们和清初诗人一样,大抵都没能绝去依傍,越出唐宋的藩篱,而至多只是做了一番综合和改造。直到乾隆中,袁枚出来,才得到根本的改变。

朱则杰认为,"性灵"说的提出,对于清代诗歌,无疑是一个解放。由此产生的"性灵"诗,与以往任何一个朝代的诗歌都大不相同,因而最能显示清诗的特征。乾嘉时期的绝大多数诗人如与袁枚并称为"江右三大家"的赵翼、蒋士铨,及其宋湘、张问陶和黄景仁、舒位、王昙,都不同程度地围绕在袁枚的周围,形成声势浩大的"性

---

① 朱则杰:《清诗史》,江苏古籍出版社,2000年版。

灵"派,几乎笼罩了当时的整个诗坛[1]。由此可以看出,袁枚及其领导的性灵派在整个乾嘉诗坛的地位,20 世纪对乾嘉诗歌的研究更是看重袁枚这个诗坛巨子。

对袁枚、郑燮和黄仲则的研究是乾嘉诗歌研究的热点,不同时期的各版文学史中均有对他们的介绍和论述。20 世纪的前期,学界多将目光放在袁、郑、黄三家研究上,有研究三人的诸多论文。而对其他诗人则少有问津,只是零星的分布在几版文学史中。对于乾嘉诗坛其他重要诗人和诗歌流派的研究工作在 20 世纪后期才开始步入正轨,但对乾嘉诗坛纷复繁杂的诗群诗派来说,很多诗人的研究仍然缺乏相关的专著和论文,这导致乾嘉诗坛的研究存在大片留白,还有很多可开掘之处。

性灵派的研究是 20 世纪中后期研究中的一大热点,不仅性灵派主将袁枚受到重视,对性灵派其他成员的研究也掀起了一个小高潮,解决了其他性灵派诗人研究留白的问题,性灵诗派的内部网络被构建了起来。对赵翼和张问陶的研究呈井喷之势。郑燮研究的论文虽然数量繁多,但专业性始终不强,过于琐屑。除了性灵派的主要成员,对袁枚的大弟子孙原湘,乾隆后三家之一的舒位以及随园女弟子研究也得到了开展,并且出现了研究袁枚和性灵派的专家——王英志。目前他已经出版了有关袁枚及性灵派的多部相关专著,整理了《袁枚全集》、注评了《续诗品》,发表了关于袁枚、赵翼、张问陶、随园女弟子等性灵诗人研究的多篇论文。性灵派研究的突出成果,确实是同一时期其他诗人研究无可比拟的。

而在前期被学界冷落的各诗派诗人研究也有了可以填补以前学

---

[1] 朱则杰:《清诗史》,江苏古籍出版社,2000 年版,第 6—7 页。

界研究空白的重要作品，如汪辟疆《论高密诗派》[1]、朱则杰《论厉鹗的诗》[2]、刘世南《厉鹗与浙派》[3]、陈永正《岭南诗派论略》[4]、王小舒《体兼唐宋，气合刚柔——浅议姚鼐的诗及诗论》等[5]。

汪辟疆的《论高密诗派》，是研究高密诗派的奠基之作。此前学界对高密诗派的研究可谓是一片空白。而在此后，研究高密诗派的论著超过此文者罕有。汪辟疆不仅在论文中系统论述了了高密诗派的创始人"高密三李"（李宪噩、李宪暠、李宪乔）的创作特点与交游情况，梳理了高密诗派的发展特征，而且提出了许多独到的见解。认为三李"亲见举世皆阿谀取容，庸音日广，慨然有忧之"，则"精研中晚唐人格律，而救以寒瘦清真，一洗百年以来藻缋甜熟之气"，"以寒瘦为高境，以独造为本领，以真挚见情景，以融合见苦辛"，所以"虽当时排斥者实繁有徒，然数十年中清才拔俗之士，多有闻而信之者"，"高密三李之诗派垂二百年尤未绝也"。

朱则杰的文章从厉鹗描写杭州风景的山水诗为切入点，认为厉鹗的山水诗将"自然美和艺术美融为一炉，给人以美的享受和陶冶"。山水诗作的产生，既与厉鹗所处的杭州等地自然风光的秀丽密切相关，也和厉鹗一生郁郁不得志的遭遇及喜爱山水的性格有极大的关系。而"厉鹗诗艺术形式上最突出的特点就是宗宋"，"一是师法宋代诗人"，"一是好用宋代典故"，且是"世所稀见的冷僻

---

[1] 汪辟疆：《论高密诗派》，《南京大学学报（人文科学版）》1962年第4期。
[2] 朱则杰：《论厉鹗的诗》，《杭州师院学报（社科版）》1983年第3期。
[3] 刘世南：《厉鹗与浙派》，《苏州大学学报（哲社版）》1994年第2期。
[4] 陈永正：《岭南诗派论略》，《岭南文史》1999年第3期。
[5] 王小舒：《体兼唐宋，气合刚柔——浅议姚鼐的诗及诗论》，安徽大学桐城派研究所编《桐城派与明清学术文化》，安徽大学出版社，2007年版。

小典故"。而这两点结合起来,就是浙派诗人共同的创作倾向,"善写景,主空灵;宗宋诗,重学问",真正将"诗人之诗"与"学人之诗"合而为一。厉鹗的诗歌,写景和宗宋融为一体,最能显示浙派诗的特征。

刘文则从浙派的产生、厉鹗的诗论、厉鹗的诗和对浙派的评价这四个方面全面分析了以厉鹗为首的浙派。文章中指出,厉鹗提倡宋诗,以"孤淡"来纠正王士禛、朱彝尊两家的弊病。但需注意的是,浙派的形成并非厉鹗的本意,厉鹗"根本反对建立诗派",他强调的是"诗之体"。厉鹗的诗论包括以下四个方面:"诗贵清","诗不以穷达为从违";"书为诗材","多读书才能把诗写好";"反对模拟","强调自出新意";强调诗必近理。厉鹗的诗歌,"从内容到形式,都浸染着'孤淡'的情调",表现在艺术手法上,就是用心曲折,用字迥不犹人和使用冷僻典故。而历史上诸家对厉鹗及浙派的评价,虽有"谈言微中之处,但总体来看,却并不准确和公平"。

由于桐城文派的声名鼎盛,对桐城诗派的研究长期被学界忽略。除了严迪昌的《清诗史》、朱则杰的《清诗史》和刘世南的《清诗流派史》对桐城诗派有所论述外[1],其他涉及桐城派诗歌创作的专业性论著不多。王小舒的《体兼唐宋,气合刚柔——浅议姚鼐的诗及诗论》是其中较中肯的一篇。王文指出,姚鼐在诗歌创作上兼法唐宋,他古体诗的代表是"兼有唐宋体格、气势浑雄、带有歌行性质"的七古长篇,近体诗则为七律最优。姚鼐的七律,"有的句子以意境铸造为主,有的又以哲理表达为主,抒情、议论兼而有之,写实、想象彼此交替,句型也是王(维)、李(颀)、杜(甫)、苏(轼)、黄(庭坚)彼此交错,

---

[1] 刘世南:《清诗流派史》,人民文学出版社,2004年版。

合为一炉"。这种诗风的形成，与他提倡"刚柔并举"的诗学标准是分不开的。"唐宋兼融和刚柔相济对姚鼐来说，又是互相联系、彼此补充、不可分割的两方面"，而这两大特点应该说奠定了桐城诗派在清代诗歌史上的地位。

陈文则细数了岭南诗派发展中的主力诗人，从创始者唐初的张九龄，至道光时期的"粤东七才子"，将历朝历代的岭南诗派的代表人物，一一排举，细致梳理了岭南诗派的发展脉络和诗风演变，为岭南诗派修了一篇"简谱"。陈永正认为，"岭南诗派，发轫于唐宋，形成于明，大盛于清，至近代而变化更新，历时六百余年而不衰"。"岭南诗派是一个整体的名称，它包含了不同时期的各个诗人群体及其代表人物。每个时期都有当时公认的领袖"，"岭南诗派只局限于岭南地区，诗派中的人物都是岭南人或落籍岭南的人。由于地处偏远，诗派人物较少与中原相接，不随时代风气转移，所以岭南诗歌能长期保持较一致的风格"。岭南诗派的特色是：标举唐音、诗风雄直、地方色彩鲜明、富于革新精神和善于向民歌学习。

总的来看，20世纪初学界对乾嘉诗坛研究有一个良好的开端，整理出很多宝贵的文献资料，也发表了重要的研究成果，发掘出了袁枚、黄仲则、郑燮等研究热点，但涉及的诗人少，对诗人的定位太死，使研究过于僵化。第二阶段的研究十分沉寂，没有多少重要的研究成果。而20世纪末的最后20年是乾嘉诗坛研究的回暖时期，这个时期乾嘉诗坛的研究有了长足进步与发展，不仅对各诗歌流派有了全面的分析、把握，而且对很多诗人进行了重新定位，发掘出新的文学史价值和意义。不足之处在于，乾嘉诗坛研究的很多方面还有留白，需要靠进一步的研究去填充。

第二节 袁枚和性灵派研究

整个20世纪对乾嘉诗坛的研究,袁枚是一大热点。袁枚本身可以开掘的研究点也很多——性灵说、性灵诗和性灵派等。20世纪上半期的研究中,多数研究者们赋予了袁枚在文学史上的角色——思想家或有思想解放意识的文学批评家。袁枚诗人的身份隐藏在诗学批评家之后。直到1980年以后,对袁枚诗歌的研究才真正被人重视起来,与对性灵说的研究并驾齐驱。在这个时期,性灵派其他的主要诗人也得到了研究者们的重视,性灵派的主要框架被建构了起来。

一、袁枚研究

袁枚(1716—1798),字子才,小字瑞官,号简斋,又号存斋,世称随园先生,浙江钱塘(今杭州)人。著有《小仓山房诗文集》和《随园诗话》,倡"性灵说",其诗也以"性灵"著称,广收弟子,男女皆有,创乾嘉时期名动一时的"性灵派",为"乾隆三大家"之一。今世研究也以其"性灵"之说和性灵诗为重。

(一)诗文集及其整理情况

袁枚的诗文别集为《小仓山房集》,八十二卷。其中诗集古今体诗三十七卷,编年起自乾隆元年(1736),迄于嘉庆二年(1797);诗集补遗二卷,为删余之作。文集古文三十五卷,内第二十四卷后为续文集,再由赋开始分体,外集骈文八卷。诗集前有薛起凤序及蒋士铨、赵翼、李宪乔之题辞、赞语。袁集有多个刊本,有乾隆间随园刻本,收入《随园三十种》,也有嘉庆随园刻本。同治五年(1866)三让睦记重刊。光绪十八年(1892)勤裕堂排印《随园三十八种》本,民国二十五年(1936)中华书局据原刻排印《四部备要》本。1988年上海古籍出版社点校排印本,收入"中国古典文学丛书"。1993年,王英志主编的《袁枚全集》出版,则选用嘉庆刻本的袁枚著作为主编,袁枚选编或校订作序的八种诗文集为副编,存疑备考两书为外编,另外还附录了袁枚的年谱、传记、评论、逸事四种参考资料。

袁诗选集,有王名超《袁枚诗选》①、周舸岷《袁枚诗选》②,李灵年、李泽平《袁枚诗文选译》③,王英志《袁枚诗选》等④。

(二)生平事迹研究

1933年,上海商务印书馆出版了杨鸿烈的《袁枚评传》。这是20世纪袁枚研究中的第一本系统性论述的著作。在此之前,为袁枚作谱的有清人方濬师,其《随园先生年谱》中⑤,除按年记叙袁枚一生的经历外,还记叙《小仓山房集》《随园诗话》和笔记小说《子不语》等著作的创作过程,但袁枚的生平记录多有错漏之处,杨谱中多予订正。方谱后被收入《袁枚全集》附录中。

杨书分为导言、年谱(约占全书一半篇幅)、袁先生思想的根本、袁先生的人生哲学、袁先生的文学、袁先生的史学、袁先生的政治经济学和法律学、袁先生的教育学、袁先生的民俗学几部分。从目录的设定就可以看出,作者旨在把袁枚定位为"大思想家",而"袁先生思想的根本,便是打破道统"⑥。

---

① 王名超:《袁枚诗选》,北方文艺出版社,1987年版。
② 周舸岷:《袁枚诗选》,江苏古籍出版社,1989年版。
③ 李灵年、李泽平:《袁枚诗文选译》,巴蜀书社,1990年版。
④ 王英志:《袁枚诗选》,人民文学出版社,2009年版。
⑤ 方濬师:《随园先生年谱》,大陆书局,1933年版。
⑥ 杨鸿烈:《袁枚评传》,商务印书馆,1933年版,第146页。

这部书中有显著价值的地方,首先便是袁枚年谱,尽管其中也仍有一些错误疏漏,但对于袁枚八十多年的人生历程,做了一个比较条理的梳理,为后人的袁枚研究打开了方便之门。其次,则是关于袁枚诗歌的论述。总的来说,《袁枚评传》虽是将袁枚定位为"大思想家",但也是同时期研究论著中为数不多的重视袁枚的诗人身份及其诗歌创作的论著之一。

在袁枚研究长期沉寂后,20世纪后半期涌现了多本袁枚的年谱和评传,有傅毓蘅的《袁枚年谱》[①]、王英志的《袁枚评传》[②]、罗以民的《子才子——袁枚传》等[③]。近期出版的评传,多以写意散文的笔法,对袁枚的生平做更具戏剧化的文学处理。

这个时期也有多篇考证袁枚生平交游情况的论文,如朱则杰《袁枚蒋士铨订交考》[④]、王英志《袁枚家族考述》等[⑤]。

朱文先分析袁枚见蒋士铨题壁诗地点应是南京燕子矶弘济寺,然后又结合两人的作品,对二人因题壁诗订交的过程细致梳理,分析出来10个时间层次,指出了两人自己的记载中也存在的部分出入。资料翔实丰富,是研究袁、蒋交游情况的主要论著。

王文则从袁枚荣耀的先世,式微的祖、父辈,亲和的手足辈,妻妾子女这四个方面,全面考证了袁枚的家族谱系,属于袁枚身世的开拓性研究。

---

① 傅毓蘅:《袁枚年谱》,安徽教育出版社,1986年版。
② 王英志:《袁枚评传》,南京大学出版社,2002年版。
③ 罗以民:《子才子——袁枚传》,浙江人民出版社,2007年版。
④ 朱则杰:《袁枚蒋士铨订交考》,《苏州大学学报(哲社版)》2000年第3期。
⑤ 王英志:《袁枚家族考述》,《聊城师范学院学报(哲社版)》2000年第1期。

（三）诗学研究

在20世纪前半期对袁枚的研究中，袁枚文学批评家的形象更受到研究者们的青睐，这个时期发表的研究成果多是涉及袁枚诗论的，认为袁枚的文学史价值在于他是一个思想解放的诗论家。

这个时期最有价值的专著是顾远芗的《随园诗说的研究》[①]。

顾远芗《随园诗说的研究》一书包括十章：倡性灵诗说者袁枚、性灵诗说的意义、性灵诗说的源流、性灵诗说的时代背景与当时的诗派、性灵诗说底诗的概观、性灵诗说底诗的内容论、性灵诗说底诗的形式论、性灵诗说底诗的创作论、性灵诗说底诗的鉴赏论和结论。这是第一本完整介绍和研究性灵诗说的研究著作，涉及性灵诗说的理论构成、源流、发展等各个方面。在书中，顾远芗提出了自己对"性灵"的解读，"性灵诗的性灵，是不能用前人的几种解释来解释的"，不能作"天趣""智慧"，也不是"灵悟""情感"，"这里的性灵是做内性的灵感讲，所谓'内性的灵感'是内性的感情和感觉的综合"[②]。

另外，本书第一章除了袁枚的小传之外，还附录了袁枚的大事年表、几代族谱、妻妾表、子女表、随园风景表、著作表、女弟子选录表，资料翔实，可与《袁枚评传》前的年谱对照看。

这个时期还有研究袁枚文学批评的多篇论文，钱文晋的《袁枚的文学论战》[③]、李振东《袁枚的文论类抄》[④]、朱东润《袁枚的文学批

---

① 顾远芗：《随园诗说的研究》，商务印书馆，1936年版。
② 顾远芗：《随园诗说的研究》，商务印书馆，1936年版，第51页。
③ 钱文晋：《袁枚的文学论战》，《中央大学半月刊》1929年第1—3期。
④ 李振东：《袁枚的文论类抄》，《燕大月刊》1929年第2期。

评论述评》[①]、黄家敏的《袁枚性灵说的研究》等[②]。

钱文晋和朱东润的论述都是既摘录袁枚的原著加以佐证,又配上自己的分析。钱先生将袁枚的文学批评细分为以下几个方面:论真伪、论自得、论模拟、论格调、论变、论今古、论新旧、论门户、论专兼、论艳诗宫体、论性情男女、论词藻、论声韵。相形之下,朱东润的文章文学味更浓,从袁枚诗宽文严、深入的论诗言论、随园诗话对当时人诗的过情之誉等几个方面,系统地分析了袁枚的诗学观。而李振东研究则偏重于摘录,少了必要的分析。

这个时期首屈一指的性灵说研究论文,是郭绍虞的《性灵说》[③]。文章从性灵诗的源头杨万里开始论述,经袁宏道至袁枚。对袁枚的研究则分五个部分:与当时诗坛之关系、性灵与神韵、怎样建立他的性灵说、性灵说的意义、修正的性灵说。

郭绍虞对性灵的理解是:性近于实感,灵近于想象,"而随园诗论也即是实感与想象的综合";性是情的表现,灵是才的表现,"随园诗论也可以说是情与才的综合";性近于韵,灵近于趣,"随园诗论又可说是韵与趣的综合"。而情和韵重在真,才和趣重在活和新。郭文指出了当时的铃木虎雄对袁枚性灵诗的误判,认为"随园论诗虽重天分,然而却不废功力;随园作诗虽尚自然,然而却不废雕琢"。随园的性灵说,是修正后的性灵说,不废词藻、音节、用典,"以学问济性情,以人巧济天籁"。

中期学界袁枚研究的热度不高,有郭沫若的《读随园诗话札记》

---

① 朱东润:《袁枚的文学批评论述评》,《国立武汉大学文哲季刊》1931年第3期。
② 黄家敏:《袁枚性灵说的研究》,《文会丛刊》1948年第2期。
③ 郭绍虞:《性灵说》,《燕京学报》1938年第23期。

一书①。这本书更像郭沫若读《随园诗话》的随笔之作,里面评诗话内容共有77条,也有独特之见解。但单纯从学术批评的完整性角度来看,内容琐屑,不成体系。

后期袁枚又成为学界关注点,各种对袁枚诗学的见解层出不穷,百家争鸣,继承的有之,开创的亦有之,难有定论,仔细梳理,总结了20世纪以来对性灵说的四种主要的说法。

一是性情说,王运熙等人认为,袁枚的"性灵","主要是自然地、风趣地抒写个人自己的真实感情"②。而严迪昌也认为,"袁枚也许有时用词有'性灵'、'性情'的不同,然其本旨则是一致的,就是诗是个性情心的载体,没有个人心灵跃动等于无诗。他强调的是涵义似宽而实际没有游移性的个人一己的真情实感","所以,'性灵'就是'性情',正如心灵活动即个性情感活动一样,本是一回事"③。

二是性情、灵感统一说。郭绍虞从20世纪初的研究开始就坚持这一观点,他在《中国历代文论选》中说:"性灵之说,不仅重视性情之真,同时十分强调艺术上的灵感作用。"④邬国平等认为"性情和灵机构成了'性灵说'的基本内容"⑤。张健的观点是"由性情往上说到主体是主体之天性,由灵机往上说是主体的天才,这两方面合起来就是袁枚自己所云的'才性'……性灵说是才性论在诗学领域的体现"⑥。

---

① 郭沫若:《读随园诗话札记》,作家出版社,1962年版。
② 王运熙、顾易生:《中国文学批评史》下卷,上海古籍出版社,2006年版,第220页。
③ 严迪昌:《清诗史》下卷,浙江古籍出版社,2002年版,第777页。
④ 郭绍虞:《中国历代文论选》第三册,上海古籍出版社,1980年版,第471页。
⑤ 邬国平、王镇远:《中国文学批评通史·清代卷》,上海古籍出版社,1995年版,第479页。
⑥ 张健:《清代诗学研究》,北京大学出版社,1999年版,第726页。

三是灵感说,叶嘉莹对"性灵"的理解是"重在心灵与外物相交的一种感发作用"①。

四是王英志的"真情、个性、诗才"三要素说,"性灵说的理论核心是从诗歌创作的主观条件的角度出发,强调创作主体必须具有真情、个性、诗才三方面要素"②。

(四)诗歌研究

早期的研究者对袁枚诗歌的重视程度虽不及袁枚的诗学,但是研究者们也都普遍承认袁枚作为乾嘉诗坛领军人物的地位。同时,袁枚诗歌通俗性情这一巨大特点,得到了文学史编撰者的一致肯定。这段时期出版的文学史,普遍认为袁枚"以为诗是人之性情,性情以外无诗"③,"长处在能直抒胸臆,不加桎梏"④,"而诗体有时流于谐谑,不无轻佻之弊"⑤。

而这个时期两本比较重要的关于袁枚的专著,也提出了自己对于袁枚诗歌的见解。

杨鸿烈的《袁枚评传》⑥,将袁枚的诗歌分成了人事界的抒情诗、自然界的抒情诗、应酬诗等几种。举出了自己推崇的佳作,如人事界的抒情诗中的《哭阿良》《还杭州》等,自然界的抒情诗中的《雨过湖州》《真州竹枝词》等。并且对不同类型的诗做了点评,如评价人事界抒情诗"这类诗中最有不朽价值的作品",说袁枚的应酬诗"直拙

---

① 叶嘉莹:《迦陵论词丛稿》,河北教育出版社,1997年版,第211页。
② 王英志:《袁枚与随园诗话》,上海古籍出版社,1990年版,第61页。
③ 龚启昌:《中国文学史读本》,乐华图书公司,1936年版,第235页。
④ 张振镛:《中国文学史分论》第一册,商务印书馆,1934年版,第225页。
⑤ 谢无量:《中国大文学史》第十卷,中州古籍出版社,1992年版,第22页。
⑥ 杨鸿烈:《袁枚评传》,商务印书馆,1933年版。

无味","尤其令人讨厌","赠某郎的诗和纳妾及其他不干净的诗,令人读了怀疑到诗人的人格并且产生一种强烈的嫌恶,这真是大缺点"。

在袁枚的诗歌见解方面,作者也予以了总结:文学可远离道德范围而自有其独立的价值在、论男女两性的恋爱方式成为诗的重要成分、作诗应该以性灵和学问并重但偏重于性灵等。

而顾远芗在结论中认为袁枚"就大概说,其诗多情感浓厚,才气四溢,而尤以清新隽妙胜"[1],可惜有的诗"过于争奇,每易流于滑稽,随园集中,尤其是五七古,游戏之作太多"[2]。这也是对袁诗一个比较全面的评价了。

近年来,随着袁枚诗人身份的研究深化,研究者们把袁枚的"性灵诗"作为研究重点,王英志在他的《袁枚性灵诗的艺术特征》中指出,袁枚诗可称性灵诗,具有明显的艺术特征。这些艺术特征使袁枚性灵诗歌在乾隆诗坛崇唐模宋的创作风气中别树一帜,独具特色,成为清代诗歌史上绝少依傍,而真正具有自己面目的诗歌。其主要方面表现在选材的平凡、琐细,诗歌意象的灵动、新奇、纤巧,情调的风趣、诙谐,以及白描手法与口语化等[3]。

多数清诗研究者们都对袁枚的"真性情诗"持肯定态度。王英志认为,袁枚"性灵诗的主要特色正在于抒写特有的真情实感"[4]。严迪昌在《清诗史》中说:"论定袁枚的诗,应该将视野集注于他的'真性情'上,他的诗创作实践与其诗理论倡导是一致的,至少是同

---

[1] 顾远芗:《随园诗说的研究》,商务印书馆,1936年版,第204页。
[2] 顾远芗:《随园诗说的研究》,商务印书馆,1936年版,第211页。
[3] 王英志:《袁枚性灵诗的艺术特征》,《江苏社会科学》2001年第4期。
[4] 王英志:《袁枚与随园诗话》,上海古籍出版社,1990年版,第21页。

步的。而他在表现'真性情'时的艺术功力是足以托擎起一泓深情"①。朱则杰也有类似的观点。而在界定"真性情诗"的内涵时,几家观点又有不同。

王英志认为袁枚的"真性情"诗中,"最动人心弦、入人心脾者当为抒写悲欢离合之作与较为健康的情诗和直抒胸臆的个性诗",而"悲欢离合之作首推悼亡诗",这类诗歌"感情之真挚、笔触之轻灵、语言之自然,当然非格调诗与考据诗可比拟与万一的"②。除了"真性情诗"外,王英志认为,袁枚的诗歌还有讽喻诗和山水景物诗两类。袁枚的讽喻诗可以分为咏史诗、咏物诗,通过这些诗揭露了社会弊端,反映了民生疾苦。袁枚的山水景物诗"以独有的审美体验、空灵脱俗或富于生气的形象,行云流水般自然的语言"取胜③,而其写山之诗尤富神采。而袁诗的缺点在于"诗作中社会意义深刻之作不多,而游戏笔墨或格调低卑之作难免","有一些诗亦喜欢卖弄学问,采用生僻典故","有些诗则意向重复"④。

严迪昌的观点是,"袁枚诗的情真意挚,可从他的大量亲情诗中感受到"⑤。"随园诗中写人生感受,寄寓某种哲理,或有慨于时世而暗示特定事理的篇什,是不胜枚举的。袁枚极擅于述理,他写来既不枯燥又不浅露,更无晦涩味。似平实曲,深而不艰涩,是其特点"⑥。而袁枚的山水诗也"别具妙意",足以堪称名家,值得重视。

---

① 严迪昌:《清诗史》,浙江古籍出版社,2002年版,第809页。
② 王英志:《袁枚与随园诗话》,上海古籍出版社,1990年版,第21—25页。
③ 王英志:《袁枚与随园诗话》,上海古籍出版社,1990年版,第46页。
④ 王英志:《袁枚与随园诗话》,上海古籍出版社,1990年版,第56页。
⑤ 严迪昌:《清诗史》,浙江古籍出版社,2002年版,第809页。
⑥ 严迪昌:《清诗史》,浙江古籍出版社,2002年版,第811页。

朱则杰在他的《清诗史》中说,最能表现袁枚"真性情诗"的,是那些"带有反封建色彩、体现民主主义倾向的诗篇",而这些诗篇可以分为"直接抨击封建制度""极其重视下层人民""大胆表现男女之情"三种类型。而"袁枚诗歌最根本的一点就是抒写诗人自己的真性情"。在艺术形式上,袁枚的诗歌具有"自由独创的特点",诗歌的风格特征则是"风趣诙谐,时近幽默",故而袁枚的诗歌创作"确乎实践了他的理论主张","大大冲破了传统的束缚,形成了自我的面貌",这种性灵诗,"真正显示了清诗自己的特色"[①]。

刘世南提出了袁枚"以通俗小说为诗"的新观点,在"'性灵诗'的特色"一节中提出了"性灵诗"的七大特色:表现市民意识,公然宣称自己好财好色;凡事(包括对历史人物的评论)都有新见解;善写琐事;善写异事;咏物诗别出心裁,饶有寄托;想象丰富,比喻新巧;灵心妙舌,令人失笑。认为性灵诗"大量运用口语,而且俗得有趣","极少用典,基本白描"[②]。

石玲在《袁枚诗论》中总结出了袁诗的美学特征:语必惊人总近情;灵动活脱,清新绚丽;万般物事天然好;摇曳多姿的风格和意境[③]。

二、赵翼研究

赵翼(1727—1814),字云崧,亦作耘松、耘崧,号瓯北,江苏阳湖(今常州)人。平生所著,合为《瓯北全集》。其中诗歌的部分,因编

---

① 朱则杰:《清诗史》,浙江古籍出版社,2002年版,第250—259页。
② 刘世南:《清诗流派史》,人民文学出版社,2004年版,第314—322页。
③ 石玲:《袁枚诗论》,齐鲁书社,2003年版。

排体例的不同,分成《瓯北集》和《瓯北诗钞》两种。因其史学家和诗人双重身份,善写论史诗。"乾隆三大家"之一,今研究者多认为其从属性灵一派。

(一)诗文集整理和生平研究

赵翼著有《瓯北集》,五十三卷。凡正集五十卷,续集三卷。收诗四千三百余首。有嘉庆十七年(1812)湛贻堂刊本,收入《瓯北全集》。另《瓯北诗钞》二十卷,其中五言古诗四卷,七言古诗五卷,五言律诗二卷,七言律诗七卷,绝句两卷。嘉庆二十五年刊,亦收入《瓯北全集》,有民国间商务印书馆排印本,收入"国学基本丛书"。

现在的整理本有华夫主编的《赵翼诗编年全集》[①]、李学颖、曹光甫校点的《瓯北集》[②],凤凰出版社2009年出版的曹光甫校点《赵翼全集》。另有胡忆肖选注的《赵翼诗选》[③]、王英志编选的《袁枚赵翼集》这两种选集[④]。

生平研究方面,有李君明编著《赵翼年谱》[⑤]、赵兴勤的《赵翼评传》专著两本[⑥],还有赵兴勤《赵翼交游考述》等多篇论文[⑦]。

(二)诗学和诗歌研究

由于赵翼的史学家身份更被研究界看重,在20世纪前两个研究阶段中,学界对赵翼诗论诗歌的评价,在那时撰写的文学史中更能凸

---

① 华夫主编:《赵翼诗编年全集》,天津古籍出版社,1996年版。
② 李学颖、曹光甫校点:《瓯北集》,上海古籍出版社,1997年版。
③ 胡忆肖选注:《赵翼诗选》,中州古籍出版社,1985年版。
④ 王英志编选:《袁枚、赵翼集》,凤凰出版社,2009年。
⑤ 李君明编著:《赵翼年谱》,兰州大学出版社,2004年版。
⑥ 赵兴勤:《赵翼评传》,南京大学出版社,2002年版。
⑦ 赵兴勤:《赵翼交游考述》,《河池学院学报》2007年第4期。

显出来。直到 1980 年后,赵翼的诗歌研究才开始发轫。在对赵翼的诗歌论述中,大部分研究者都认为,赵翼的诗歌才气纵横,诙谐幽默,好发议论,其论诗诗尤为出色。不同时期对其诗歌的特点评述都是大同小异。

>其诗才气纵横庄谐并作。
>
>或评其诗曰:"虽不能及杜子美。已过杨诚斋矣。"瓯北傲然曰:"吾自为赵诗耳。安知唐宋。"①
>
>才气纵横,其诗庄谐并作。
>
>以上袁、蒋、赵三家,思想毫无足道……惟其作诗艺术尚有可取者。其为诗皆明白如话,尤以瓯北为最。②
>
>作诗自由放肆,富于思理,其论诗数首最有文学见地。也有点嫌他的诗太多议论,但他总是以诙谐风趣的态度出之。③

游国恩认为,赵翼"特别强调诗的发展、进化的观点……认为后来的诗总比前代的新,先后相承……只是他所强调的新或新意,虽与'世运'联系,但依然未着实际,主要指的是形式、语言等等表现技巧的翻新,因而不可能离开形式主义道路。赵翼的诗有打破束缚、冲口而出的特点,但议论太多,语句亦觉沉重板滞"④。

朱则杰对赵翼诗歌特征的研究比较到位,涵盖了赵翼诗歌的大部分特点。他认为,"赵翼的诗歌能抒写诗人自己的真性情,从中体现反封建的民主精神,以及语言通俗晓畅,风格幽默诙谐,这

---

① 谢无量:《中国大文学史》第十卷,中州古籍出版社,1992 年版,第 22 页。
② 龚启昌:《中国文学史读本》,乐华图书公司,1936 年版,第 236 页。
③ 胡云翼:《新著中国文学史》,北新书局,1935 年版,第 266—267 页。
④ 游国恩等:《中国文学史》第四册,人民文学出版社,1963 年版,第 295 页。

些地方都和袁枚基本相同","但他在诗歌中大量描写祖国的大西南,这就绝非袁枚所能笼罩","在诗歌的艺术上明显地表现出以文为诗的创作特征","其诗也擅长议论","他的议论之作,更其突出",总体来看,他的诗歌"既讲通俗,又主顺畅,近乎自然,趋向口语化"①。

赵翼的诗学研究在20世纪后期取得了突破。严迪昌认为,"赵翼卓特的史学观体现在诗史理论上的深厌'荣古虐今'的'趋新'意识,有力地支持了袁枚的'性灵说'"②。而王殿明所撰的《从〈瓯北诗话〉看赵翼的诗学思想》对赵翼的诗学观总结得更为系统和详细③。王文指出,赵翼的诗学思想可以分为诗史论、作家论、创作论和诗体论四个部分。赵翼"认为诗歌归根结底是社会生活的反映,作为诗歌的最根本内容的社会生活在不断发生变化",诗歌也应"随世运演变进化"。创作的才、情、气三个概念构成了赵翼的诗才论,"诗人最重要的条件是要有才分",作诗要有"豪健英杰之气",同时"要求诗人能抒写性情"。"求创新是赵翼创作论的核心",其新主要指题材和立意之新,也要注重"诗法自然"。赵翼讲究诗歌形式的创新,为杂体诗辩护。这是赵翼诗学研究中比较全面的一套论述。

而这个时期出版的研究赵翼诗歌诗学的专著也较多,如梁扬、黄海云《古道壮风——赵翼镇安府诗文考论》④、李鹏《赵翼诗歌与诗论

---

① 朱则杰:《清诗史》,江苏古籍出版社,2000年版,第274—276页。
② 严迪昌:《清诗史》,浙江古籍出版社,2002年版,第934页。
③ 王殿明:《从〈瓯北诗话〉看赵翼的诗学思想》,《社科纵横》2004年第5期。
④ 梁扬、黄海云:《古道壮风——赵翼镇安府诗文考论》,中国社会科学出版社,2005年版。

研究》等①。

三、郑燮研究

郑燮(1693—1766),字克柔,号板桥,江苏兴化人。"扬州八怪"之一,人谓"诗书画三绝",诗歌创作主张"自写性情,不拘一格",为性灵派重要羽翼。

(一) 诗集整理和生平研究

郑燮是乾嘉诗人中被学界看好的热点。在 20 世纪初,郑燮的集子就被大量整理出版,拥有多个版本。

郑燮著有《板桥集》,诗文别集七卷,凡《板桥诗钞》三卷,《板桥词钞》一卷,《板桥小唱》一卷,《板桥题画》一卷,《板桥家书》一卷。《小唱》系道情十首,《题画》系题于画卷之诗文。有乾隆十四年(1749)年上元司徒文膏精刊本。1962 年中华书局上海编辑所据旧刻本排印,增入补遗一辑,不分卷,附录作者传记、年表,题《郑板桥集》出版。1979 年增补新收十首题画诗文,将原"补遗"中"题画"部分重新编排,再次印行。中国书店 1985 年影印 1924 年扫叶山房本出版刊行。

1935 年,国学整理社整理《郑板桥全集》,世界书局出版,中有家书、诗钞、词钞、小唱和题画五部分。1992 年,中州古籍出版社出版此书的影印真迹本。

1985 年,齐鲁书社排印卞孝萱辑本,为《郑板桥全集》。全书分板桥集、板桥集外诗文、板桥研究资料三部分,其中《板桥集》全据原刻。此版是所有版中录入资料最全的。

---

① 李鹏:《赵翼诗歌与诗论研究》,汕头大学出版社,2007 年版。

另外,还有多本郑燮的诗歌全集选集,如王锡荣注《郑板桥集详注》①,吴泽顺编注《郑板桥集》②,赵文慧选《郑板桥诗词选析》③,立人选注《郑板桥诗词文选》等等④。

在生平研究方面,有房文斋《郑板桥》⑤,丁家桐《绝世风流郑燮传》⑥,王同书《郑燮评传》⑦,还有王家诚《郑板桥传》等多本传记⑧。只是这些传记更接近于文学著作,而非学术著作。

党明放所著的《郑板桥年谱》是郑板桥生平研究的最新成果⑨。此年谱关于郑板桥生平活动的重要佐证资料均以郑的诗文集、传世书画作品题跋及相关史料为依据,同时对郑板桥生平中交游人物及发生的重大事件,均有注释,每年末附入石涛及"扬州八怪"人物为主的主要事迹及国朝重大事件。在年谱中还收入了郑板桥官宦期间的诗文、尺牍,在潍县所作诗文及范县、潍县任上所留判词。书尾附家世考略、书画印章知见录、僧友道友人名录等郑板桥研究的相关资料,条理清晰,资料翔实,是极其重要的学术成果。

(二)诗歌研究

作为与袁枚同属性灵派的郑燮,研究成果颇为复杂,甚至找不出可以概括郑燮论著的方向属性。郑燮研究在20世纪乾嘉诗人的研

---

① 王锡荣注:《郑板桥集详注》,吉林文史出版社,1986年版。
② 吴泽顺编注:《郑板桥集》,岳麓书社,2002年版。
③ 赵文慧选:《郑板桥诗词选析》,广东人民出版社,1989年版。
④ 立人选注:《郑板桥诗词文选》,作家出版社,1997年版。
⑤ 房文斋:《郑板桥》,贵州人民出版社,1988年版。
⑥ 丁家桐:《绝世风流郑燮传》,上海人民出版社,2001年版。
⑦ 王同书:《郑燮评传》,南京大学出版社,2002年版。
⑧ 王家诚:《郑板桥传》,百花文艺出版社,2008年版。
⑨ 党明放:《郑板桥年谱》,首都师范大学出版社,2009年版。

究中属于热点,从对他诗歌的整理和大量的生平研究中就能得出这一结论。但实际上关于郑燮诗歌或者文学专业性质的研究成果并不多,由于郑燮的"诗书画三绝"和他身上众多的逸闻趣事,分散了学界对郑燮诗歌的注意力。这个特点,贯穿于整个 20 世纪的郑板桥研究。

20 世纪前半期,研究郑燮的论作有黄苗子《郑板桥》[①]、湘如《郑板桥不是言志派》[②]、亦明《郑板桥的思想概观》[③]、姜华《郑板桥的文学》等等[④]。《郑板桥不是言志派》记述一些郑燮的逸闻趣事,而《郑板桥》的侧重点则是郑燮的生平经历,里面征引了许多郑燮的诗歌。

亦明的《郑板桥的思想概观》归纳了郑燮思想中博爱、平均地权、重农、对私刑的攻击、愤世嫉俗这几个方面,依据来自郑燮的书信、诗歌等资料。作者将郑燮定位为"我国思想史上一位超越时代的人物"。

姜华的论著则真正属于文学方面,该文主要分析郑燮具有浓厚感情色彩的诗篇,他的"情感文学"包括记录自己生平生活的诗歌和男女两性爱情诗词两类。在对第一类诗歌解析时,加入了生平介绍,并摘录部分诗歌,如郑燮的《哭子诗》五首。而对后一类,作者做了合理化存在的议论。整体来说,文章还是倾向于感情化介绍,而不是系统化的分析。这个时期郑燮研究的体系还没有形成。

在 20 世纪中后期的研究中,郑燮诗歌的特征慢慢被学界发掘了

---

① 黄苗子:《郑板桥》,《良友画报》1935 年第 107 期。
② 湘如:《郑板桥不是言志派》,《北洋画报》1935 年第 1309、1310、1313、1315 期。
③ 亦明:《郑板桥的思想概观》,《文风》1936 年第 2 期。
④ 姜华:《郑板桥的文学》,《中大季刊》1926 年第 2 期。

出来,即写实、真挚,能揭露民生的疾苦,反映社会的黑暗。

北大55级编著的《中国文学史》指出,郑燮诗歌创作的几大特点:一是"他的诗不为当时的复古主义风气所囿,能不拘束的抒写思想感情",二是"诗中充分洋溢着同情人民、憎恨贪官墨吏的情感","充满了人道主义的精神"。他在"文学思想上继承了明末公安派积极的一面,因此强调人应该具有真性情、好品格"①。游国恩的说法与此相类似。

朱其铠的《郑板桥及其诗》中说:郑燮的诗"是他直摅血性之作,是当时的现实生活在板桥这个特定人物头脑中的反映",他的不少诗作"揭露了这个时代繁盛所孕育的衰败、欢乐所掩盖的悲伤"②。

朱则杰认为,郑燮的诗"从内容到形式,其特点都是'真',也就是有个性。在郑燮的诗歌中,有不少反映民生疾苦、揭露社会黑暗的写实之作,相当著名"③。对郑燮诗歌反映民生的看法承衍了前期的研究,学界的观点大略如此。同时,他又指出了郑燮诗歌的另一个重要特点"最擅长的还是题之作"④。

林同在他的《郑板桥的题画诗》给出了系统的分析,认为郑板桥的题画诗,"都是绝佳的小品","写得生动形象,别具一格,谐趣中寄哲理,锋芒中存忠厚"⑤。

---

① 北京大学中文系文学专门化55级编:《中国文学史》第四册,人民文学出版社,1958年版,第54—55页。
② 朱其铠:《郑板桥及其诗》,《山东师范大学学报(人文社会科学版)》1979年第6期。
③ 朱则杰:《清诗史》,江苏古籍出版社,2000年版,第266页。
④ 朱则杰:《清诗史》,江苏古籍出版社,2000年版,第266页。
⑤ 林同:《郑板桥的题画诗》,《新疆大学学报(哲社版)》1996年第1期。

四、张问陶研究

张问陶(1764—1814),字仲冶,号船山,四川遂宁人。著《船山诗草》,四川李岑注、江海清增注而成《船山诗注》。张问陶为性灵派后劲,而其诗歌中最突出的却是带有浓烈"骚屑之音"写实之作。

(一) 诗文整理和生平研究

张问陶著有《船山诗草》,二十卷,补遗六卷。《船山诗草》有嘉庆二十年(1815)石韫玉编次刊本、同治九年(1870)席珍山馆刊李岑、江海清《船山诗注》本,《补遗》有道光二十九年(1849)陈葆森据张立轩处所得遗稿刊行本。今通行本为1986年中华书局据嘉庆本《船山诗草》、道光本《补遗》排印的"中国古典文学基本丛书"本,附录张问陶研究资料。又《船山诗草选》六卷,黄丕烈选,收诗五百余首,有嘉庆二十二年黄氏士礼居刊本。

张诗的选集有赵云中选注《张问陶诗选注》[1]、周宇徵编《船山诗选》[2]、石韫玉录《船山诗草选》[3]。

在生平研究方面,有胡传淮所作的《张问陶年谱》[4]、赵云中的《张问陶及其诗歌创作》一书中的张问陶年谱[5]。胡谱(2004版)分为谱前、年谱、附录三部分。谱前主要介绍了张问陶世系(从张船山入川始祖开始考证,至张问陶为第十三世)和张氏家族诗人。附录中收入了张问陶研究资料汇编和研究资料索引、朝议公家书和朝议公行述四部分。该书是研究张问陶比较重要的学术成果。

---

[1] 赵云中选注:《张问陶诗选注》,四川文艺出版社,1985年版。
[2] 周宇徵编:《船山诗选》,书目文献出版社,1986年版。
[3] 石韫玉录:《船山诗草选》,中华书局,1985年版。
[4] 胡传淮:《张问陶年谱》,巴蜀书社,2004年版。
[5] 赵云中:《张问陶及其诗歌创作》,西南师范大学出版社,1987年版。

(二)诗歌和诗学研究

与赵翼研究一样,张问陶也是在20世纪末期开始受到研究者重视的。这段时期出版了较多的关于张问陶研究的论著,如温秀珍的《张问陶及其论诗诗研究》[1]、《张船山全国学术研讨论文集》[2]。

赵云中的《张问陶及其诗歌创作》一书分为生平与思想、张诗总述、创作与理论和张问陶年谱四部分,还有一附录,辑录了研究张问陶的部分资料。温著则倾向于分析、解读张问陶的诗学批评,有张问陶生平与思想研究、张问陶论诗诗研究、张问陶论历代作家和作品和张问陶诗论研究及张问陶论袁枚、赵翼、洪亮吉四部分组成。

在诗歌理论和创作上,研究者们都认为张问陶带有浓厚的性灵派特征。

赵云中认为,"就其诗论主张的流派而论,张问陶应归属于'性灵派'诗人","自己在诗歌创作的理论上,也力主'性灵说'","诗人在诗歌创作中,必须写出诗人自己的真实感受";"坚决反对拟古,反对模唐规宋的钉铛文学";"反对脱离实际的考据文学";创作时,要达到真与善的统一[3]。

霍有明、黄芸珠在其论文《清人张问陶诗学理论及创作观照》中也指出:张问陶"首先推重'性情'","在重'情'的同时,又标举'风骨'",在诗歌创作中追求一种"空灵"的境界[4]。张洪梅《论张问陶

---

[1] 温秀珍:《张问陶及其论诗诗研究》,中国文联出版社,2007年版。
[2] 温秀珍:《张船山全国学术研讨论文集》,中国三峡出版社,2002年版。
[3] 赵云中:《张问陶及其诗歌创作》,西南师范大学出版社,1987年版,第164—170页。
[4] 霍有明、黄芸珠:《清人张问陶诗学理论及创作观照》,《复旦学报(社科版)》2008年第5期。

诗歌的美学风格》中提到,张诗总体上形成了"清"这一主导风格。其诗表现出了"语言风格洗练准确、洁净清纯,有种精纯自然之美","意象风格明净清澈、不隐不隔,有种空灵透明之美"和"整体风格空灵沉郁,符合'清'之标准"的这三个美学特质①。

作为"性灵派"后期的主力之一,张问陶的诗歌确实如学界所说,其诗风与袁枚相近,但同时许多研究者都认为他的很多诗篇反映了盛世没落、黎民疾苦的现实,而这些诗篇也恰是张诗中出类拔萃者。

谢无量曾在《中国大文学史》中指出"当时诗格与袁赵相近者,又有张问陶"。游国恩等主编《中国文学史》表示了赞同,同时提出,在张问陶的诗歌中,《戊午二月九日出栈宿宝鸡县题壁十八首》是他较为出色的作品,因为"他描写见闻,不仅流露了同情人民、厌恶官军的感情,客观上也揭露了'盛世'的虚伪和深刻的社会矛盾,具有一定的历史意义"②。

严迪昌认为,张问陶"力持以真性情的性灵诗则最先敏捷地导播出末世的哀唱"③。朱则杰也强调,"张问陶的诗歌与袁枚最大的不同……有一种相当强烈的'骚屑之音'。它不仅在一般意义上反映民生疾苦,揭露社会黑暗……"④赵云中指出,"张问陶的政治诗,是他诗歌创作中最宝贵、最具有社会现实性的一个重要部分。他在这些政治诗篇里,敢于面对社会现实,触及当时的时事……如他的

---

① 张洪梅:《论张问陶诗歌的美学风格》,《社会科学家》2007年第S2期。
② 游国恩等:《中国文学史》,人民文学出版社,1963年版,第296页。
③ 严迪昌:《清诗史》,浙江古籍出版社,2002年版,第946页。
④ 朱则杰:《清诗史》,江苏古籍出版社,2000年版,第289页。

《戊午二月九日出栈宿宝鸡县题壁十八首》"①。

五、随园女弟子研究

随园女弟子是乾嘉诗坛一个独特的文化现象,它隶属性灵派的范畴,是难得的女性文化群体。

女性文学的研究在20世纪初,已经开始进入研究者的视野。学界在20世纪初就开始对随园女弟子的现象加以关注,乾嘉诗坛女性文学家的代表就是随园女弟子。

诗集整理情况:1931年上海光华书局出版了匡来明选编的《随园女弟子诗词》,1934年新文化书局出版薛恨生标点的《新式标点——随园女弟子诗选》。在王英志主编的《袁枚全集》中,其副编收入了《袁家三妹合稿》和《随园女弟子诗选》。

文学史中也很早就开始对女诗人有所关注,谢无量《中国大文学史》指出:"闺阁女流亦多执贽,有随园女弟子。"②

顾远芗在他的《随园诗说的研究》中附录了随园女弟子的图表,简要地介绍了随园女弟子的姓名、籍贯、身份和诗作情况。而这个时期对随园女弟子研究最深入的是梁乙真。他出版了《清代妇女文学史》一书③,书中专分三章,介绍袁枚门下重要的女诗人:席佩兰、归佩珊、陈淑兰、吴琼仙、金逸、王倩、廖云锦等人(参见该书第二章上),第三章中又介绍了袁氏三妹附诸女孙,第四章介绍了其他与袁枚有关的女诗人,是第一部全面研究随园女弟子诗作的专著。梁乙

---

① 赵云中:《张问陶及其诗歌创作》,西南师范大学出版社,1987年版,第87页。
② 谢无量:《中国大文学史》第十卷,中州古籍出版社,1992年版,第23页。
③ 梁乙真:《清代妇女文学史》,中华书局,1932年版。

真认为"乾嘉之际,妇女文坛之稍露头角者,莫不与随园有直接或间接之关系",他在书中给随园女弟子作有简短而完整的生平介绍,名家对她们诗作的品评,附以大量作者选取的诗歌,以及作者对诗歌的点评。这部书在研究随园女弟子方面是重要的资料。

而在20世纪后期的研究中,随园女弟子随着性灵派研究的发展更加受人注目。此时期研究清诗和女性文学的专著,也对随园女弟子给予了很大的关注,如严迪昌《清诗史》的"袁枚论"第三节就是"随园女弟子风潮"。王英志的《性灵派研究》第九章[①],段继红的《清代闺阁文学研究》下编第一章[②]、马清福的《文坛佳秀妇女作家群》二十一、二十二章都专门论述了随园女弟子[③]。

这个时期,也出现了研究随园女弟子的多篇论文,有《大家之女与贫者之妇——随园女弟子钱孟钿与汪玉轸》[④]、《随园第一女弟子——常熟女诗人席佩兰论略》[⑤]、《关于随园女弟子的成员、生成与创作》[⑥]、《随园女弟子之鲍印、鲍尊古、史鲍印考证》等[⑦],其中多数都是王英志撰写的。

---

① 王英志:《性灵派研究》,辽宁大学出版社,1998年版。
② 段继红:《清代闺阁文学研究》,南开大学出版社,2007年版。
③ 马清福:《文坛佳秀妇女作家群》,辽宁人民出版社,1997年版。
④ 王英志:《大家之女与贫者之妇——随园女弟子钱孟钿与汪玉轸》,《苏州大学学报(社科版)》1994年第4期。
⑤ 王英志:《随园第一女弟子——常熟女诗人席佩兰论略》,《吴中学刊(社科版)》1995年第3期。
⑥ 王英志:《关于随园女弟子的成员、生成与创作》,《井冈山师范学院学报(社科版)》2002年第1期。
⑦ 孙毓晗:《随园女弟子之鲍印、鲍尊古、史鲍印考证》,《高等教育与学术研究》2008年第2期。

对于随园女弟子诗歌的主要特点,王英志认为,女弟子"多以其聪慧的创作才气写诗"。她们的诗作"题材一般限于眼前的小景、身边琐事,视野不宽,内容不丰,意境较窄","其所抒发的感情,多为伤春悲秋、思夫悼亲之类,凄苦之音多,欢愉之言少"。"但其抒情写意,确乎发自内心,毫不伪饰做作"。"诗之风格大多柔婉清丽,含蓄蕴藉,具有阴柔之美","常常捕捉到细致入微的艺术形象,并赋之以性灵,体现出风趣","以白描为主,语言自然清新"。"题材则少古体,多近体,尤擅七绝"[①]。

第三节　黄仲则研究

黄景仁(1749—1783),字仲则,一字汉镛,自号鹿菲子,江苏武进(今属常州)人,著《两当轩集》。年少高才,命途坎坷,其诗悲凉慷慨,多做哀声。今研究者皆认为其为乾嘉诗坛不可多得之天才。

一、诗文整理

黄仲则著有《两当轩全集》二十二卷。凡编年诗十六卷、词三卷、遗文一卷。补遗诗两卷。后有附录序跋、传状志文、年谱、诗话与先友爵里名字考四卷,考异两卷。收诗一千一百七十首,词二百一十六首,文六篇。先是翁方纲选刻黄诗为《悔存诗钞》八卷,后又有嘉庆四年(1799)赵希璜选刻、二十二年郑炳文完工的《两当轩诗钞》十四卷、《竹眠词钞》两卷,收诗八百五十四首、词七十九首。至咸丰八年(1858)黄氏之孙志述刻成《两当轩全集》二十二卷,附录六卷,考

[①] 王英志:《性灵派研究》,辽宁大学出版社,1998年版,第292页。

异二卷,版毁于太平天国战火中。其妻吴氏于光绪二年(1876)重刻,删去附录题赠两卷,赠诗九十八首,词两首。1983年上海古籍出版社出版李国章标点的《两当轩集》,该版以光绪本为底本,补收光绪本漏刻诗八首,增加咸丰本《酬唱集》两卷,《补遗》中又收入三篇佚作,是目前流通最完备版。

其他黄诗选本有金民天校《黄仲则诗词》[①]、朱建新选注《黄仲则诗》[②]、蒋剑人选《音注黄仲则诗》[③]、止水选注《黄仲则诗选》[④]、胡忆肖选注《黄景仁诗词选》[⑤]、李圣华选注《黄景仁诗选》[⑥]、《昨夜星辰:李商隐　杜牧　黄景仁诗选》等[⑦]。

二、生平研究和诗歌创作

与同时期其他研究相比,黄仲则的研究要正统和系统得多,研究者们的目光从一开始就紧紧地锁定在了黄仲则的生平和创作方面。从研究伊始至今,对黄仲则及其诗歌的定位表现出一脉相承的特点:经历坎坷的天才型诗人与以凄凉哀婉为主色调的质朴自然的诗歌。

生平研究方面,20世纪最早的比较全备的年谱应该是由黄逸之编写的《黄仲则年谱》[⑧]。1980年台湾商务印书馆又再次刊行,曾收

---

① 金民天校:《黄仲则诗词》,光华书局,1932年版。
② 朱建新选注:《黄仲则诗》,商务印书馆,1937年版。
③ 蒋剑人选:《音注黄仲则诗》,中华书局,1937年版。
④ 止水选注:《黄仲则诗选》,广东人民出版社,1985年版。
⑤ 胡忆肖选注:《黄景仁诗词选》,华中工学院出版社,1988年版。
⑥ 李圣华选注:《黄景仁诗选》,人民文学出版社,2009年版。
⑦ 李圣华选注:《昨夜星辰:李商隐　杜牧　黄景仁诗选》,岳麓书社,2002年版。
⑧ 黄逸之:《黄仲则年谱》,商务印书馆,1934年版。

入《新编中国名人年谱集成》(第10辑)。黄谱作者根据清咸丰年间毛庆善编撰的《黄仲则先生年谱》增订,参考了诗话、文集、年谱等各种资料近三十种。不仅对黄仲则短暂的一生有比较详细的记录,而且对与黄相来往的亲友也附录表字、官职、著述等比较翔实的资料。这部年谱从乾隆十四年(黄仲则生年)编至光绪二年《两当轩集》重刊,乾隆四十八年(即黄仲则卒年)后,只将亲友为黄所做悼诗、挽联、祭文或有关黄仲则诗文集刊刻等事的年份,排入谱中。此书也可以看作黄诗的一本编年体著作,在记录黄仲则生平的同时,将他的诗歌创作情况按年序收录进书中,重要的诗篇全文录入。

2008年上海古籍出版社出版许隽超著《黄仲则年谱考略》,这是最新的关于黄仲则的生平研究资料。本书采用了众多第一手资料,对黄仲则《两当轩集》中大部分作品作了准确的系年,厘清了黄仲则的世系,对其生平事迹有多处重要订正和发现,较清晰地勾勒出黄仲则的一生,并且梳理出其多位师友的生平资料,为坊间某些工具书作了补正。该书逻辑严谨,材料翔实,对黄仲则研究来说,有重要参考价值。

其他有参考价值的著作有:黄葆树、陈弼等编《纪念诗人黄仲则》[1]、黄葆树编《黄仲则研究资料》[2]。这两部书都是黄仲则后人主编的。另有《诗国寒星:纪念黄仲则逝世220年诗文集》一书[3]。

《纪念诗人黄仲则》中收入了黄仲则的传状,故居、遗物及著作版本图片,黄仲则的手迹、篆刻等,古今各家纪念黄仲则的写意画、匾

---

[1] 黄葆树、陈弼等编:《纪念诗人黄仲则》,学林出版社,1983年版。
[2] 黄葆树编:《黄仲则研究资料》,上海古籍出版社,1986年版。
[3] 常州舣舟诗社编:《诗国寒星:纪念黄仲则逝世220年诗文集》,常州舣舟诗社,2003年版。

额、题词、诗意画、诗词楹联等。

《黄仲则研究资料》则是研究黄仲则详细、重要的资料汇编。该书收录了自清始至本书刊印前两百年间的书籍和有关刊物中黄仲则的文字资料,未收录的则以索引的形式在书末附录中刊出。全书分为四辑:第一辑,传记、行状、墓志铭、年谱;第二辑,唱酬、题赠、诗评;第三辑,评传、综论、题词;第四辑,序跋、遗迹、故居、墓址。该书内容丰富,资料翔实,条理清晰,是黄仲则资料汇集的重要成果。

整个学界在20世纪对黄仲则诗歌的认识是一个不断细化和深入的过程,也是不断感情化的过程。20世纪初的学界就对黄仲则诗歌的主要风调给了一个比较明确的定位,后期研究者一直在不断强化这个定位,并不断深化黄仲则对整个乾嘉诗坛甚至清朝诗坛的意义:

> 乾嘉之际……只有一位黄景仁可以说是这时期诗坛里面的健将……一部《两当轩诗集》实可领袖清代诗坛,所作多雄肆悲壮,追拟李白;而凄凉哀婉,较李诗尤为感人。①

20世纪初,对黄仲则的生平和诗歌实行的是双管齐下的研究,数篇论著走的就是这种路子。章依萍的《黄仲则评传》是这种研究套路的开山之作②,此外还有陶愚川的《论诗人黄仲则》③、伍合的《黄景仁评传》等等④。这些研究多按照前言—生平—诗词创作这个套路进行,其观点的新颖之处往往在点而非在面。

---

① 胡云翼:《新著中国文学史》,北新书局,1935年版,第267页。
② 章依萍:《黄仲则评传》,北新书局,1930年版。
③ 陶愚川:《论诗人黄仲则》,《大夏期刊》1932年第3期。
④ 伍合:《黄景仁评传》,《教育时报》1943年第15期。

单就诗歌研究来看,淦克超的《黄仲则的诗》更具专业性[①]。对黄诗的论述品评中,淦文将自己欣赏的黄诗按体裁加以区分,分析出不同类型黄诗的好处来,并对黄诗同唐代等诸多大家进行对比点评。

在20世纪中后期的研究中,对黄诗的风格特征的论断并没有多大改变,只是更加细致、更加深入地探讨黄诗的审美特质和形成这种特质的原因。

20世纪中期的两部文学史,北大55级编著的文学史与游国恩版文学史对黄诗的赏析在很大程度上不谋而合。前者认为,"其诗多愁善感,充满了颓废的情调","黄景仁诗受李白和李商隐的影响很深,因此每在奔放的气势中杂以绚丽的语言"[②]。而后者认为黄景仁"怀抱不平,但缺乏力量",其诗"表现了哀怨婉丽的独特风格"[③]。20世纪后期,最重要的,也是最全面的研究黄仲则的论文是严迪昌的《论黄仲则》[④]。严文的论述包括四个方面:黄仲则的潦倒人生与凄怆心魄;《两当轩诗》的认识意义;《两当轩诗》的审美特征;黄仲则诗文化渊源辨。文章指出,黄仲则的诗情张扬刻厉,"敢以放言肆无忌惮地倾泻'盛世'现实在他心头积聚的怨愤,其诗情的张扬刻厉实为康雍以还、乾嘉之际少见"。他在诗中尖锐地抨击"是非不分、人情险恶、行尸走肉、倒行逆施的世道",揭露了人性的浇薄,黄仲则身上有一种"不甘俯就、难堪束缚的'野性'"。他"从切身的贫困生涯体验中触发起对平均境界的追求","他的哀民生之思有着自己的切

[①] 淦克超:《黄仲则的诗》,《晨报副刊》1927年1月24日、27日。
[②] 北京大学中文系文学专门化55级编:《中国文学史》第四册,人民文学出版社,1958年版,第56—57页。
[③] 游国恩等:《中国文学史》下册,人民文学出版社,1963年版,第296页。
[④] 严迪昌:《论黄仲则》,《明清诗文研究丛刊》1982年第1期。

肤之痛"。黄仲则的情思"哀乐过人",他的诗以情胜,"不仅景语皆情语,而且理语含情致",《两当轩》诗原是"诗人的一脉痴情、怨情、愤情所化成"。而"'野性'难羁的黄仲则,其诗歌创作也决然不会只去印合前人的履痕",在对前人师法的问题上,黄仲则诗"确是博取精粹、不名一家,富有'离立之势'而不墨守泥古"。这就成就了《两当轩诗》之"悲慨而不萧飒,俊逸中见辛辣"之独特风格。

许隽超的《略论黄仲则诗歌的艺术风格和意象》一文中也指出:"黄仲则一生的悲苦际遇,正是造成其诗歌凄苦忧伤基调的主要原因。无论何种题材,到了黄仲则笔下,都蒙上了一层感伤的色调,无处不在宣泄着自己的失落和不平"。但黄仲则诗歌又有着"飘洒俊逸,有如'舞风病鹤'"的另一面,所以"黄仲则诗歌中的许多佳作,正是那些把凄苦忧伤和飘洒俊逸两种风格结合得比较好的篇什,才情焕发,伤而不颓,是这些诗歌的总体特点"。"在黄仲则的诗歌中,'秋虫'和'鹤'正是他常用且极具特色的两个意象。既象征着他的独特人格和心态,又体现着他的审美意趣与诗歌审美风格"[①]。在语言表现上,黄诗讲究"工整绮丽"这一特色,与其诗歌的艺术风格又是紧密地结合在一起的。这些成分的组合使黄诗达到了一种感人至深的艺术效果。

---

① 许隽超:《略论黄仲则诗歌的艺术风格和意象》,《中国韵文学刊》2002年第1期。

第三章 晚清近代诗坛研究

20世纪的前五十年,就整体而言,受传统文学观念的影响,近代诗歌仍然居于一种正统地位,还没有完全没落。在研究者中,出现了几位把近代诗歌作为整体来研究的大家,最重要的当属汪辟疆,他可说是近代诗歌研究的开山之祖,留下了许多重要的论著。

汪辟疆关于近代诗的研究成果主要集中在《近代诗派与地域》《光宣诗坛点将录》《近代诗人小传稿》和《光宣以来诗坛旁记》等文中,前两篇分别发表在《文艺丛刊》《甲寅》上。后两篇是为其近代诗选所做的前期准备工作,由于种种原因,诗选最后没有完成,不过这两篇文章材料丰富,见解精深,仍有着独特的价值。汪辟疆认为:"近代诗分为道咸和同光(宣)两段。道咸年间,诗人往往着力于经世致用之学,发之于诗,风格自然发生变化。延至同光(宣),诗人无论在朝在野,无论是显是达,发为歌咏,无不悯时伤乱,有文有质。"在此文中,他高度评价了近代诗歌的成就,认为近代诗超越了宋诗的成就。主要体现在以下四个方面:第一,"近代诸家,虽尝问途宋人,然使事但求雅切,属对只取浑成。"第二,"近代诗家虽尝学宋,然力惩刻露,有悃悃不甘之情,故调高而思深,言近而旨远。"第三,"近代诸家,审音辨律,斟酌唐宋之间,具抑扬顿挫之能,有谐邕不迫之趣。"第四,"(近代诸家)皆学术湛深,牢笼百氏,诗虽与宋殊途,要足与学相俪,则又两宋诸诗家所未逮也。"①

他把整个近代诗坛分为六派,即湖湘派、闽赣派、河北派、江左派、岭南派和西蜀派。

汪氏将近代诗歌视作一个整体,肯定了其艺术价值,并把风格和地域联系起来,勾画出了近代诗歌的整体面貌。这不仅是对近代文学研究的重大贡献,而且使整个文学发展的脉络得以清楚起来。在他的另一部著作《光宣诗坛点将录》中或论人,或论诗,揭示了光宣诗坛的发展概况。

钱萼孙的《近代诗评》也对晚清诗歌做了极高的评价,他说"诗学之盛,极于晚清,跨元越明",并且认为,晚清诗歌从风格上讲可分为四大流派:一是"瓣香北宋,私淑西江,法梅、王以炼思,本苏、黄以植干";二是"远规两汉,旁绍六朝,振采蜚英,《骚》心《选》理";三是"无分唐宋,并咀英华,要以数邑为宗,不以苦僻为尚";四是"驱役新意,供我篇章,越世高谈,自僻户牖"。且每一风格下都列举了若干名家,分别点明他们的特点。

以上诸家对近代诗做了较高的评价,但同时也有另外一种声音。在朱右白的《近代诗无大家论》中,通过与唐宋诗人之才情、创作成就的比较得出结论,认为近代诗人没有称得上大家的。

除了单篇论文,在此期编纂的文学史对近代诗也有所涉及。三十年代写成四十年代初版的刘大杰的《中国文学发展史》中指出:"自鸦片战争前后至于晚清,国势日非,在阶级矛盾日益尖锐、帝国主义侵略极其深化的历史环境下,诗风求新求变,作者蒿目时艰,身经世变,发之于诗,多愤世哀时之音,爱国图强之意,时代精神甚为显

---

① 汪辟疆:《近代诗派与地域》,《中国学报》1943年第1期。

著。较之前期的诗歌,无论内容、形式,都有了变化"①。陈冠同的《中国文学史大纲》中则说:"十九世纪中间,诗人殊为寂寞。"②顾实的《中国文学史大纲》也对这一时期的诗坛作了简要描述③。

建国后出版的几部文学史著作和论文对近代诗坛的把握仍延续前代的说法,略而不述。

20世纪80年代以后,钱仲联有《近代诗坛鸟瞰》一文,把近代诗歌发展和中国当时特殊的时代背景结合起来看待。他认为:"近代诗歌,以它鲜明的时代色彩、突出的爱国主义精神和艺术形式的可以创新、风格流派的争奇斗妍,在中国诗歌史上,划出了一个全新的发展时期。"④钱氏对近代诗歌的发展演变,作了一个整体勾勒。首先是开创一代诗风的杰出诗人,力主诗歌革新的龚自珍、魏源等人。第二期则是由于鸦片战争的风暴,使诗坛发生了强烈的震荡,不少诗人跳出了个人生活的狭隘天地,改变了以往吟风弄月、应对酬唱的无聊诗风,写出了深刻反映这一历史现实的一代史诗。第三期则是以郑珍、何绍基、莫友芝等人为代表的宗宋诗派。第四期是太平天国革命失败以后,诗坛上兴起的"诗界革命"运动,以及继之而起的资产阶级民主革命的战士诗人和资产阶级民主革命的"南社"诗人。除了勾勒出近代诗坛的分期,该文还介绍了不同时期的诗风、作家创作特点。这篇文章介绍全面,论述深刻,既是对前代研究成果的继承,又为后来的近代诗歌研究奠定了基础。

---

① 刘大杰:《中国文学发展史》,复旦大学出版社,2006年版,第261页。
② 陈冠同:《中国文学史大纲》,民智书局,1931年版,第173页。
③ 顾实:《中国文学史大纲》,商务印书馆,1929年版。
④ 钱仲联:《近代诗坛鸟瞰》,《社会科学战线》1988年第1期。

第一节　近代启蒙诗人研究

一、龚自珍诗歌研究

在对近代诗人的研究中，龚自珍向来是热点之一。据孙文光、王世芸编《龚自珍研究资料集》①，仅20世纪前50年中，就有上百名学者从不同的角度、运用多种形式对龚自珍及其诗歌创作进行了深入研究，这些学者中，包括梁启超、钱锺书等大家。50年总共出版龚自珍诗文集二十多部，有关龚自珍及其诗歌研究的专著、论文也为数众多。但是对龚自珍的评价却褒贬不一，梁启超早在20年代曾认为："嘉道间龚自珍、王昙、舒位号称新体，但亦粗犷浅薄，不足称赞。"②但到了30年代，肯定龚诗的人越来越多。20世纪30年代纪念龚自珍诞生一百四十年之时，张荫麟发表文章，评论《己亥杂诗》："其中除写景纪游之外，有感时讽政之作，叙交游品人物之作，有谈禅说偈之作，有话家常描琐事之作，亦有伤身世道情爱之作。自有七绝诗体以来，以一人之手，而应用如此之广者，盖无其偶。"具体说来，一是其"能参错谣谚、谶繇、佛偈、词曲之音调语法入此体，又能变化无端，得大解放，而为七绝创一新风格"；二是其在艺术上有"声情沉烈，恻悱遒上，如万玉哀鸣"的魅力。又说："《杂诗》三百余首，实呵成一气，可作自珍之自序传读。而欲攫取嘉道间之'时代精神'者，尤不可不于此中求之。但有此作，即无其他造诣，自珍亦足千古矣！"③此

---

① 孙文光、王世芸编：《龚自珍研究资料集》，黄山书社，1984年版。
② 梁启超：《清代学术概论》，中华书局，1954年版，第75页。
③ 张荫麟：《龚自珍诞生百四十年纪念》，《大公报·文学副刊》1933年第260期。

段话既点评了《己亥杂诗》的内容和风格特点,又评价了龚自珍在文学史上的地位。

龚自珍研究最具代表性的专著是朱杰勤的《龚定庵研究》[①]。此书分别传、革命思想、掌故学、诗学、史地学、金石学等章节。其中"诗人龚定庵"一章着重论述龚诗的独创性、诗人的天赋、生活的环境、诗歌的渊源、创作方法等方面。作者认为,龚自珍诗的高超之处在于:第一,诗中之思想幽渺奇瑰,故"格虽守常,而意有独创","思出幽深,不肆狂热,而雍穆之情,令人深叹"。第二,龚自珍诗个性极强,处处皆有我在,故其诗有时毗于李白,有时近于陆游,但亦不甚相类,自有其一己之精神面貌在。第三,龚自珍之诗,纯以古文之法行之,故形式上变化复杂,一首之中,句法长短,都无一定,皆可举重若轻,"一首诗中自四言变五言,五言变为七言,而八言,而十言"。朱杰勤认为,龚自珍诗的成功非徒恃其天才,天才之外,龚自珍还能转益多师,深入生活,扩大眼界。以诗之渊源论之,陶潜、李白、陆游、吴伟业乃至佛教文学皆对龚自珍有深刻影响;以生活的体验而论,龚自珍戎马关山,行吟于青天碧海之间,与山水结缘,即以自然为诗料,处处有新环境、新意象。龚自珍之诗,能多所创作,又非纯书本功夫者可比也。

周策纵在《龚定庵的诗和词》中则从"气"的角度评价龚自珍的诗说:"能够妖冶,也很雄奇;有极悠长的神韵,亦有很沉重的生气,这都关系于他的性情和笔力。"他诗中的思想特点有三,一是政治上的观感,二是学术上的意见,三是生物学的人生观。作者认为,龚诗

[①] 朱杰勤:《龚定庵研究》,原载《现代史学》1935年第2卷第4期,1940年商务印书馆出版。

有真性情存在①。

20世纪40年代,钱锺书从龚诗的影响角度展开论述,列举龚诗中的《偶成》《夜坐》《秋心》等诗,证明龚诗对蒋湘南的影响。

40年代出版的刘大杰《中国文学发展史》,对龚诗也做了高度评价,认为他的诗"求新求变,而其精神,是对当日的黑暗现实表示强烈不满,从多方面透露出他对光明、理想的渴望和追求。在他的诗歌里,反映出当日进步知识分子对于这一时代的苦闷、彷徨的感情。"《己亥杂诗》表明,他期待狂风和春雷的冲击,来展开一个新的局面。不满旧的,追求新的,正是龚自珍诗歌的主要倾向,浪漫主义精神的表现。"心情沉重,感慨万端,而语言瑰丽,风格高昂,形成他抒情诗歌的特点。"此书不仅概括了龚自珍的诗歌特点,还提及他的诗论:"龚自珍论诗,主张'平易''天然'而有'感慨'。他说'欲为平易近人诗,下笔情深不自持。'又说'万事之波澜,文章天然好。'又说'天教伪体领风花,一代人材有岁差。我论文章恕中晚,略工感慨是名家。'(《歌筵有乞书扇者》)"他对于古代诗人,最尊屈原、李白和陶潜,从不满现实、追求理想的热情,愤世嫉俗、不可同流合污的品质,富于浪漫主义精神等诗歌风格来说,他们在精神上有相通之处。由上述可知,刘大杰不只停留在对其诗歌的评价上,更是挖掘了龚诗的精神内涵。这也为后人对龚自珍的启蒙精神研究打下了基础。

建国后,古代文学研究受政治影响较大,对龚自珍的研究也不例外。最突出的就是把对龚自珍的研究和儒法斗争联系起来,尤其是70年代中期以后发表的近十篇文章,还有《法家著作选读》编写组编

---

① 周策纵:《龚定庵的诗和词》,《国光杂志》1936年第18期。

的《龚自珍著作选注》都把龚自珍归作法家[1]。现在看来,当然是无稽之谈。此期对龚自珍的研究固然与政治运动联系紧密,但大多数研究者仍然从思想和艺术方面做了客观评价。任访秋在《龚定庵文学论略》中评价龚自珍的诗说:"定庵的诗,不仅表现了他个人的思想感情,同时也反映出当时的时代精神,同时代面貌。"[2]认为龚诗表现方法曲折隐晦,内容广泛复杂。最后他总结出龚诗的艺术特征,一是艺术表现手法上象征和寓言的运用,二是极其丰富的想象。尤其是他提出的第一点,颇具开创性。刘逸生在70年代末的《试论龚自珍诗的艺术特色》一文,可看作此期龚自珍诗歌研究的总结。刘逸生认为:要谈龚自珍诗的艺术性,需要把它放在历史的背景中考察。正如龚氏的思想是处在时代的转折点一样,龚自珍的诗也是中国封建社会末期和近代社会开始之际出现的一种新风格艺术。他着重从《己亥杂诗》末尾"程金凤女士"写的一段跋尾来分析龚诗特色,认为龚诗在语言文字方面"行间璀璨,吐属瑰丽";感情方面则是"声情沉烈,悱恻遒上";龚自珍以其妙笔,写出一种"光景在目,欲捉已逝"的奇妙境界。

这一时期,游国恩等创作的几种中国文学史相继出现,这几种文学史著作普遍认为,龚自珍诗的艺术特色基本上是浪漫主义的。并概括出以下几点:一、政治思想和艺术概括的统一。二、丰富奇异的想象,构成生动有力的形象。三、形式多样,风格多样。四、语言清奇多彩,不拘一格。华南师范学院中文系编著的《龚自珍的诗文》一

---

[1] 《法家著作选读》编写组编:《龚自珍著作选注》,人民出版社,1976年版。
[2] 任访秋:《龚定庵文学略论》,《河南大学学报(社会科学版)》1963年第2期。

书，评价龚诗的思想与艺术时说："它反映了封建社会解体时期地主阶级进步思想家的思想和愿望，表现了当时要求变革的时代呼声，展现了鸦片战争前夕中国社会的时代风貌，在艺术上冲破了复古主义、形式主义的束缚，形成了近代别开生面的新诗风，赢得了'三百年来第一流'的称誉。近代诗的发展，龚自珍无疑起着承前启后的作用。"[1]

80年代至今，龚自珍诗歌的研究空前繁盛，但大多并未突破前人的论述。80年代初郭延礼在他编选的《龚自珍诗选》前言中对龚自珍做了全面的分析，点明了龚自珍生活的时代及龚自珍诗歌对那个时代的揭露和批判。他说："作为一位诗人，龚自珍又用另一种构思与形象描绘了封建社会的'衰世'图和官僚集团的百丑图。"[2]《伪鼎行》和《馎饦谣》是其代表。认为龚自珍是生活在"衰世"的"杰出的思想家"和"始终坚持抗击外来侵略的爱国主义者"。对于龚自珍诗歌特色，郭延礼概括为以下几点：首先是积极浪漫主义的；其次是善于运用以小见大的手法通过日常小事、小景物来表现重大主题；语言上瑰丽新奇、大气磅礴。

80年代有代表性的研究者当属季镇淮，他在《龚自珍简论》一文中对龚自珍诗歌艺术特色的概括延续了游国恩本《中国文学史》的说法[3]。一大突破是把龚自珍现存六百多首诗歌从思想内容上分为两部分：第一，"伤时"与"骂坐"思想构成了诗的主要内容。代表作是写于1825年的一首《咏史》七律，题目虽曰"咏史"，实际反映的是现实政治社会问题。同样的情绪也反映在《释言四首之一》和《己亥

---

[1] 华南师范学院中文系编写组：《龚自珍的诗文》，中华书局，1979年版，第57页。
[2] 郭延礼：《龚自珍诗选》，齐鲁书社，1981年版，第4页。
[3] 季镇淮：《龚自珍简论》，《北京大学学报》1985年第1期。

杂诗》的一部分作品中,这些诗句是清代史论或政论的概括,反映了当时社会的主要矛盾,具有深刻的现实意义和历史意义。第二,是具有复杂思想内容的抒情诗,这些诗表现了诗人深沉的忧郁感、孤独感和自豪感。如《夜坐》七律二首、《秋心三首》七律等。张永芳在其《龚自珍的诗文》一文中认为"龚自珍的诗歌,主要是对黑暗现实的敏锐感受和深刻揭露,同时表现出对美好理想的热烈追求和强烈的信念"。"龚自珍诗作中的情感,绝非叹老嗟悲的一己私情,而是有关国计民生和历史发展的深沉感伤"。

这一时期,对《己亥杂诗》的研究明显增多。张永芳在《龚自珍的〈己亥杂诗〉》一文中①,把《己亥杂诗》的政论性特点概括为:一是对世势的忧虑和对劳动人民的同情;二是对黑暗现实的揭露和对当权的统治者及其爪牙的讥讽;三是直抒自己的政见,呼吁变革的风雷;四是抒写壮志难伸的苦闷和对改革理想的热烈追求。表现手法上因小见大,随意点染;借题发挥,寄予深意;直抒怀抱,淋漓尽致。另有几篇论文从佛学思想和对七绝发展的角度研究了《己亥杂诗》。

80年代起,构成龚自珍诗歌独特艺术风貌的奇特意象——"剑"与"箫"——受到了研究者的极大关注。黄纪华《剑态箫心,回肠荡气——关于龚自珍的诗》②、吴调公《兼得于亦剑亦箫之美者——论龚自珍的审美情趣与意象内涵》③、王恒展《箫心剑气定庵诗——龚

---

① 张永芳:《龚自珍的〈己亥杂诗〉》,《古典文学知识》1996年第6期。

② 黄纪华:《剑态箫心,回肠荡气——关于龚自珍的诗》,《湘潭大学社会科学学报》1984年第3期。

③ 吴调公:《兼得于亦剑亦箫之美者——论龚自珍的审美情趣与意象内涵》,《文学评论》1984年第5期。

自珍诗歌艺术风格散论》①、季镇淮的《龚自珍简论》②,都抓住"箫"与"剑"这一核心意象来分析龚自珍诗的审美特征、风格、意境。季镇淮在引述了"一箫一剑平生意,负尽狂名十五年"和"少年击剑更吹箫,剑气箫心一例销"后,指出"剑"和"箫",或"剑气"和"箫心"正是反映诗人思想中矛盾的概念。这里有逃向虚空的消极因素,更多的积极意义在于诗人对无可奈何的现实社会环境的极端厌恶和否定,而确信前所未有的巨大时代变化必然到来,希望"风雷"的爆发扫荡一切的迅急气势,打破那令人窒息、一片死气沉沉的局面。钱仲联看法相反,在他的《钱仲联讲论清诗》中认为:"现今人谈龚自珍诗,只云剑气箫心,浅薄之极。以剑气箫心论龚自珍,是表面的,其本质是'童心',是'真',因此他的学问,他的诗总是要谈童心。"③发表于90年代初的邹进先的《龚自珍的心态与其诗歌的审美意蕴》一文认为,"剑"与"箫"象征着龚自珍的独特人格和心态,体现着诗人的审美意趣和诗作的审美风格。他们是龚自珍文化性格和思想感情的两个侧面,随着诗人的人生阅历和遭际的变化,"剑气"与"箫心"所蕴含的思想感情也就越来越丰富与复杂。严迪昌在《清诗史》中认为"剑气"是思想家的凌厉锋芒,"箫心"则是名士才人的凄清潜转。前者形狂,后者见痴。狂则文思霸悍,成"怪魁";痴则诗意骚雅,为情种④。

吕芃的《龚自珍诗艺发微》可以说是一部研究龚自珍诗歌较为

---

① 王恒展:《箫心剑气定庵诗——龚自珍诗歌艺术风格散论》,《山东师大学报(社会科学版)》1986年第6期。
② 季镇淮:《龚自珍简论》,《北京大学学报》1985年第1期。
③ 魏中林:《钱仲联讲论清诗》,苏州大学出版社,2004年版,第91页。
④ 严迪昌:《清诗史》,浙江古籍出版社,2002年版。

全面、理论观点较新的著作①。此书着重从诗歌构成的几个要素方面,对龚自珍诗歌的意象运用、行文体式、隐喻手法、象征方式诸方面,进行考察、分析。吕芃揭示出了龚自珍诗歌中许多前人未曾发现或约略言及而语焉不详的特征,如龚自珍的近体诗,较之以前诗歌意象密度降低了;多数近体诗对仗程度大大降低了。意象的减少,不受诗歌传统格律的束缚,也就意味着传统诗歌意识的消解、淡化,使诗歌有可能成为诗人随心所欲载体的"开放性问题"。书中还对龚自珍诗歌中的隐喻手法和象征方式做了详尽研究,归纳出龚诗中多种隐喻类型,揭示出龚自珍对诗歌隐喻的加强,以及对某些隐喻和象征方式的偏爱。最后对"秋""夜""剑""箫"四个象征性意象,作了具体细致的研讨,也就是在"言"与"意"、"象"与"所象"的关系上进行分析,超越了笼统的感悟,进入了诗艺的研究,从而作出了更深切的解读。

二、林则徐诗歌研究

20世纪前半期,评论林则徐诗歌的文章极其罕见。50年代起,对林的诗歌研究主要是从爱国主义角度入手。游国恩《中国文学史》把他的诗歌创作分为前后两期,前期主要是政余抒情和官场酬唱之作;后期是查禁鸦片到谪戍伊犁时期的部分诗篇,表现了强烈的爱国主义精神,也表达了对投降派的指责和愤慨。"苟利国家生死以,岂因祸福避趋之"!这是林氏常不离口的著名诗句。钱仲联在《钱仲联讲论清诗》评价他"诗极好,功力深厚"。

第一个全面论述林则徐诗歌的是陈友琴,60年代初他发表了

---

① 吕芃:《龚自珍诗艺发微》,山东大学出版社,1996年版。

《略谈林则徐的诗及其文学活动的影响》[1]。新世纪郭延礼著《中国近代文学发展史》[2],对林则徐诗歌做了深入细致的研究。郭延礼认为,林则徐早期"诗宗白傅",写过一些揭露社会弊端、讽喻时政之作,代表作是《病马行》《驿马行》《答陈恭甫前辈寿祺》。后期是从禁烟运动到遣戍伊犁时期。反殖民主义战斗的风云、个人不幸的遭遇、塞外意象的感受,不时地触发这位爱国政治家的诗兴,尤其是遣戍途中和到达伊犁之后,他诗作尤多,所谓"诗情老去转猖狂",抒发了这位老诗人的爱国情思和感时忧愤之怀,他的诗歌创作呈现出新的风貌,与前期相比,后期诗歌更值得珍视。郭书认为林诗主要有以下几个主题:一是鸦片战争之作;二是抒写逆境中念念不忘国事、置个人得失与度外的旷达情怀;三是对民间疾苦的关注。郭延礼高度评价了林则徐的塞外风光之作和他的《回疆竹枝词》,认为这些诗作是诗人"穷而后工"的产物。认为《回疆竹枝词》较全面而真实地反映了维吾尔族的历史文化、宗教活动和风俗民情,其中渗透着诗人对清王朝统一新疆的讴歌。最后,郭延礼评价林则徐诗歌的艺术风格特点是质朴谨严、气体高壮、感情深挚。前期表现为"稳惬流美",后期则"沉郁、苍凉"。此后对林则徐诗歌的研究多集中在西域诗歌创作上,但立论多未超出郭延礼论说的范围。

三、魏源诗歌研究

20 世纪前半期,极少有人研究魏源的诗。

---

[1] 陈友琴:《略谈林则徐的诗及其文学活动的影响》,《光明日报·文学遗产》1960 年 3 月 20 日。

[2] 郭延礼:《中国近代文学发展史》,高等教育出版社,2001 年版。

钱仲联在《钱仲联讲论清诗》中评价魏源诗"实在,写风景诗多。境界开阔,表里纵横,表现出突出的世界意识"[1]。研究者在研究魏源诗歌创作时多把他的诗分为政治诗和山水诗。这方面最具代表性的论作应属孙静的两篇论文,分别论说魏源的政治诗和山水诗。在《何不借风雷,一壮天地颜——论魏源的思想及其政治诗》一文中[2],孙静指出:魏源的政治诗都是他成长和战斗历程的产物,深刻地反映了鸦片战争前后的社会状况、政治面貌和作者的思想与追求。这些诗以其深刻的现实性、先进的思想性、尖锐的斗争性为鸦片战争前后的诗坛开了新生面。从较早的年代起,魏源的诗笔便显露出面向现实的明显倾向。《道中杂言》《北上杂诗》是这方面的代表。作为一个关心时务、时时希冀革新政事的改革家,魏源不以一般的反映民生疾苦为满足。他以时务的眼光观察现实,着眼于统治者的政策举措,在反映现实状况时,着重揭露政事弊端,予以有力的抨击,表现出"衣垢必澣弦必彻,天运有旋道有捷"(《君不见》其十六)的急切变革心情。他自题"效白香山体"的两组《新乐府》(《江南吟》和《都中吟》),是这方面的代表,往往能够通过形象的或是富于风趣的笔墨,揭示出政事积弊之深,吏治腐败之烈,人民受害之深。鸦片战争爆发后,魏源写了大量反映鸦片战争的诗,以《寰海》《寰海后》《秋兴》《秋兴后》四组诗最为集中。作者在这些诗里抨击统治集团昏庸愚蠢的举措,揭露投降派贪鄙怯懦的嘴脸和对抗战派的残酷摧残,歌颂爱国将士和人民群众的抗敌斗争,陈述自己的主张,发抒忧国的感

---

[1] 魏中林:《钱仲联讲论清诗》,苏州大学出版社,2004年版,第104页。
[2] 孙静:《何不借风雷,一壮天地颜——论魏源的思想及其政治诗》,《北京大学学报(哲学社会科学版)》1983年第6期。

慨,有事有情,激动人心。魏源诗中呈现出来的抒情主人公是一个热心济世的志士形象。

孙静的《宇宙灵秘,山水真面——谈魏源的山水诗》是研究魏源山水诗的经典之作①。文中指出,魏源"好游览,遇胜辄题咏",他的山水诗是广涉博历祖国名山巨川游屐耕耘的收获,是最严格意义上的山水诗。它们既非一般的田园景色,也不是人工造作的庭苑风光,而是名副其实的大自然山水。他游山又具有挖掘山水奇险的浓厚兴趣,自言"好奇好险信幽僻"(《游山吟》)。他慨叹世人游屐浅尝辄止,不能尽得山水佳胜:"世人游山不游谷,何异升堂遗奥曲。……华山西谷水帘下,亘古屐齿谁知之?开先石梁三叠泉,庐瀑只涉其藩篱。始知桃源别天地,只在目前人不知。"(《游山后吟》)魏源这种穷幽极深,探奇访胜的态度,使他的山水诗不仅展示了祖国河山的广阔画面,而且多奇景胜景。魏源往往能鲜明地勾画出山水的真切形象,使人有亲临其境之感。总之,魏源独有的思想、性格、学识、际遇、艺术趣味,渗透在他的山水诗中,构成了个性鲜明的独特风格,即奇峭雄拔,气势磅礴,形象飞动。他的山水佳篇多为五七言古体,豪健奔放,雄奇警动。同时,魏源承接宋诗派和同光体诗重趣的路数,故其诗笔也多以"藏趣克服平直",使其诗显得"意趣盎然,引人入胜"。

王飚则认为,魏源的政治诗与山水诗,原本风格不同。但鸦片战争后的部分诗作,却将两者结合起来,融自然、历史、哲理于一体,从而形成魏源独特的风格,代表作如《钱塘观潮行》。大体而言,魏源的政治诗以思想深刻见长,山水诗则以艺术功力取胜,成就最高的倒

---

① 孙静:《宇宙灵秘,山水真面——谈魏源的山水诗》,《文学评论》1985年第6期。

是把两者结合起来的如上述《钱塘观潮行》和《秦淮灯船引》《金焦行》等。并且说他的五言古诗沉着谨朴,七言歌行雄浩奔放,新题乐府语言通俗而时过于白露,近体七律用典工切而或失之晦涩。郭延礼在其《中国近代文学发展史》评价魏源的诗说,魏源政治诗的主题,正如他诗中所说:"梦中疏草苍生泪,诗里莺花稗史情",即忧国与忧民。山水诗是魏源诗的大宗,所谓"昔人所欠将余俟,应笑十诗九山水"。他的山水诗数量之多,描写范围之广,寓意之深,是前所罕见的。

2003年夏剑钦发表的《魏源的忧患诗》一文①,对魏源诗受到的冷遇大抱不平,高度评价他的忧患诗。说:"他那忧国忧民、感时愤世,几于山河风景中亦莫不契入深悲大痛的忧患诗,更是使人回肠荡气,一经接读便不可辞"。夏文认为魏源忧患诗有四忧:一忧民生之多艰,灾祸之频仍;二忧军事之衰弱,国家之式微;三忧吏治之腐败,弊政之殃民;四忧人才之虚患,恨八股取士之荒谬绝伦。夏剑钦认为,要真正读懂魏源,研究魏源,要特别注意他的忧患诗。

第二节 鸦片战争时期的爱国诗潮

20世纪30年代起,许多研究者把鸦片战争时期表现爱国主义的诗歌作为一个整体进行研究。进入80年代后,涌现出大量以鸦片战争诗歌为研究对象的论文,其中较有代表性的研究者是钟贤培。他在《鸦片战争时期诗歌发展论略》一文中首先从社会、经济的环境

---

① 夏剑钦:《魏源的忧患诗》,《中国韵文学刊》2003年第2期。

分析这一时期诗歌的发展特点[1],又从理学发展的角度进一步论述。他举例探讨了东南沿海处于抗敌第一线诗人的作品,概括出鸦片战争时期诗歌的特点:第一,具有反封建的特点;第二,具有爱国主义性质。在形式上则以组诗为主,开了"诗界革命"的先河,叙事诗在形象化、人物性格刻画方面有了长足的进步。这篇文章分析全面、透彻,为以后鸦片战争文学研究奠定了基础。

一、张维屏诗歌研究

张维屏早有诗名,但是 20 世纪前五十年对他的研究却与其创作不成比例。40 年代出版的刘大杰的《中国文学发展史》认为,张维屏的诗一般比较平凡,但几篇反应鸦片战争的诗如《黄总戎行》《三将军歌》《三元里歌》,都是气壮词雄,《三元里歌》尤为杰出。80 年代中期黄刚以《三元里》和《三将军歌》为例,论述了张维屏的爱国主义诗歌,但深度不够。第一个进行全面研究的是郭延礼,他在《反帝爱国诗人张维屏诗歌简论》中说,当鸦片战争的炮火在虎门上空燃烧,面对英国殖民主义者的侵略暴行,张维屏毅然走出"小隐聊自娱"的生活圈子,拿起诗笔,写出了著名的歌颂中国人民英勇斗争精神的反帝爱国诗篇《三元里》,在鸦片战争文学中,这是一首"最具有灿烂不朽光辉"的英雄史诗[2]。郭延礼认为,张维屏的诗歌创作以鸦片战争为界分为前后两期。前期的诗作不少是应酬玩赏之作,缺乏深刻的

---

[1] 钟贤培:《鸦片战争时期诗歌发展论略》,《华南师范大学学报(社会科学版)》1986 年第 3 期。

[2] 郭延礼:《反帝爱国诗人张维屏诗歌简论》,《山东社会科学》1987 年第 1 期。

社会内容,但有些作品仍有一定的思想意义。如《狷虎吟》《狱卒威》《蝇头篇》等。这类作品虽有一定的社会内容,但对当时清王朝政治腐败、阶级矛盾日益加剧的社会现实缺乏深刻的把握和描写。对人民生活的疾苦是了解和同情的,但未能写出几篇真正反映民间苦难和血泪的作品。鸦片战争爆发后,侵略者的暴行刺激着诗人的心灵,真挚的爱国主义思想诱发着他的诗兴,他拿起自己的诗笔写了歌颂人民英勇反抗精神的诗篇,最著名的是他的《三元里》和《三将军歌》。他的《中国近代文学发展史》也持同样观点。钱仲联则认为,张维屏的诗"代表乾嘉以前,主要从性灵派流衍过来,不代表近代。……《三将军歌》爱国作品。但就艺术性看,较鲁一同、姚燮等人差得远。《三元里》,名作"。

二、张际亮诗歌研究

"张际亮名气很大,但诗作较粗。'同光体'出后,亨甫声价一落千丈。贬之以粗猥,但不尽公道,宋湘对他评价极高,而陈衍贬之极矣。我认为,张亨甫得名在与宋湘之前,故其出名不仅在为友朋义气,宋湘所记即可为证"[①]。70年代末,王俊义发表《试论鸦片战争时期的爱国诗人张际亮》一文[②],指出张际亮是鸦片战争时期的著名爱国、进步诗人,与林则徐、黄爵滋、龚自珍、魏源、姚莹、汤鹏等,形成开一代风气的进步思潮。张一生穷愁潦倒不得于志,虽被林则徐等器重,认为"有经世才",却难以施展,只能以诗抒发怀抱。张际亮前

---

① 魏中林:《钱仲联讲论清诗》,苏州大学出版社,2004年版,第105页。
② 王俊义:《试论鸦片战争时期的爱国诗人张际亮》,《厦门大学学报(哲学社会科学版)》1979年第3期。

期仕宦无门，为生计所迫，游历过程中，写下了大量同情劳动人民的诗歌。如《十五日夜宿弋阳筱箬岭述感》《自沂州至郯城夜宿郊外有感》等。在反帝、反封建的鸦片战争中，他的爱国、进步思想又和反对外国资本主义侵略结合起来，有了新发展，写了如《浴日亭》《传闻》等作品。

王飚以《一个黑暗社会所不容的狂士——张际亮》为题[1]，说明诗人不幸遭遇本身就说明了社会的黑暗，而这不幸却使他有可能更深切地认识这个黑暗的社会。随着对现实认识的深化和思想倾向的进步，他的诗学观也发生变化，发出了改革诗风的呼声。他的创作也改变了早期"力求与古人似"的诗风，转而为将"目之所见，耳之所闻，身之所阅历，心之所喜怒哀乐，口之所戏笑诃骂，一切托诸诗"。他的诗描绘了这个黑暗的世界，简练地写出当时整个中国的现实。1840至1843年间，作者写了大量以鸦片战争为题材的诗，表现了作者一片反帝爱国热忱。

郭延礼在《中国近代文学发展史》中还概括了张际亮诗的艺术特征，说"张际亮的诗多系五古和歌行体，语言浅近流畅，很少用典，这些诗多用白描和陈述"[2]。2007年王飚的《张际亮与近代初期诗风新变》一文[3]，详细论述了张际亮在近代初期诗坛上为革新诗风所做的贡献，是近年来张际亮研究的一大突破。王飚认为，在近代诗史

---

[1] 王飚：《一个黑暗社会所不容的狂士——张际亮》，中国社会科学院文学所《中国近代文学百题》编写组：《中国近代文学百题》，中国国际广播出版社，1989年版。
[2] 郭延礼：《中国近代文学发展史》，高等教育出版社，2001年版，第120页。
[3] 王飚：《张际亮与近代初期诗风新变》，《厦门教育学院学报》2007年第2期。

上,最早自觉以转移诗风自任,并以此相号召的,是张际亮。因此,就对当时诗坛的影响和推动诗风转变而论,张际亮占有特殊地位。张际亮在批评"格调""性灵""肌理"各派的基础上,提出了革新诗风的目标。他认为诗分三类:才人之诗、学人之诗、志士之诗。"志士之诗"的提出,反映了社会和时代正在发生的巨大变化以及生活道路、社会地位对诗人的影响。他对诗坛流弊的批评,为转移诗风廓清了道路;而他提出的"志士之诗",则显示了鸦片战争前后诗风新变的历史趋势。

三、朱琦诗歌研究

朱琦是鸦片战争时期重要诗人,钱基博在30年代有介绍朱琦的《怡志堂诗文》一文发表,开了研究朱琦的先河。到了80年代初,研究朱琦的文章才大量涌现出来。钱仲联说朱的诗"风格循规蹈矩,以古人风格为诗,十分高古"。研究者多对他的反映鸦片战争的诗歌进行研究。莫恒全《试论爱国诗人朱琦及其诗》中把他的诗分为四类[①]:第一类反映鸦片战争的诗歌称为"抗英反帝的史诗"。这一类诗歌,注重描绘形象,注重对比反衬,往往把对爱国将领的歌颂、对反帝民众的赞叹同对帝国主义的痛恨、对卖国投降派的愤慨交织在一起。如《关将军挽歌》《老兵叹》等。第二类诗反映他"医国救时的忧思",这类诗往往揭露时弊,要求改革现状,医国救时,充满爱国忧患意识,如《漯安河》。第三类是"牵系黎民衷肠"的诗。在多灾多难的近代社会里,朱琦诗歌的爱国主义精神还表现对民生疾苦的理解与同情。诗人对劳动人民苦难的同情是始终如一的,不论是出仕之

---

① 莫恒全:《试论爱国诗人朱琦及其诗》,《学术论坛》1989年第6期。

前还是为官之后,不论是青年时期还是晚年时期,都是如此。第四类"寄寓山水的深情"之景物诗,这类诗不但显示出诗人状物抒情的才华,更表现出诗人对祖国山水的无限深情。可以说,这类作品也是朱琦爱国主义诗歌的有机组成部分。如《白岳》《幽兰》等。

由于突破了宋诗运动的樊篱,朱琦的诗歌形成了自己独特的风格。大而言之,朱琦的叙事诗深受杜甫、白居易的影响,明显体现出乐府诗歌的现实主义传统;他的抒情诗则深受李白诗风的熏陶,洋溢着瑰丽的浪漫主义色彩。至于兼取诸家,不一而足。郭延礼在《中国近代文学发展史》中着重论述了朱琦鸦片战争时期的诗歌,认为他此时的诗歌创作成就尤高。如《感事》《老兵叹》等。并指出这类诗中,更为读者注目的,是他的歌颂爱国将士英勇抗战、壮烈报国的诗,如写"将军徒手犹搏战"的水师提督关天培(《关将军挽歌》)。这类诗中,《王刚节公家传书后》写的尤具体生动。2007年王德明在《朱琦诗:近代广西诗歌史上的一部"诗史"》一文中高度评价朱琦"诗史"特征[①],作者分三点来阐述朱琦诗歌的诗史特征:第一,朱琦力图用诗歌作史;第二,朱琦力图用诗歌反映社会;第三,朱琦诗歌重视人物情感的表达。并把朱琦诗与杜甫诗做了比较,得出结论说:朱琦的诗与"诗史"之祖杜甫诗有许多形似神似之处,人们称之为"诗史"应是当之无愧的。

四、姚燮诗歌研究

20世纪40年代出版的刘大杰的《中国文学发展史》评价姚燮

[①] 王德明:《朱琦诗:近代广西诗歌史上的一部"诗史"》,《广西民族大学学报(哲学社会科学版)》2007年第2期。

说:"(鸦片战争)使他的作品发生了转变,诗歌内容扩大了,诗歌技巧也提高了。"[1]在这一时期姚燮写了许多诗篇,表现出爱国热情,歌颂了抗敌牺牲的民族英雄,对清军和官吏中的各种黑暗现象,进行了指责和讽刺。这部分诗收在《复庄诗问》的二十一到二十五卷中。刘书高度评价了他的七律,说"语言精美,善用比兴,而又蕴藉宛转,有微吟深讽之妙。"

80年代起,研究姚燮的论著逐渐增多。钱仲联认为:"姚燮在鸦片战争中是最为独出冠时的诗人,本领多方面,比较全面,他能在艺术上学古而化。"洪克夷的《论晚清诗人姚燮》算是较早研究姚燮的论文[2],但此文所论比较宽泛,没有展开详细论述。稍后张志良的《姚燮反映鸦片战争的爱国诗歌》一文[3],则是专门谈姚燮鸦片战争时期爱国诗歌的。文中重点论述了姚燮反映鸦片战争的爱国诗篇,归结为四点:第一,"真实地反映历史"。如《兵巡街》《捉夫谣》等。这些具体描写,抗诉了英国侵略者的滔天罪行,记录了给人民带来的深重苦难,从而真实地反映了历史事件。第二,"典型地描述人物事件"。如《北村妇》写一位妇女的悲惨遭遇。这类诗,可以说是达到了历史的真实性和艺术的典型性的完美统一,思想内容与艺术形式的完美的统一。第三,"古朴、雄健、清新、悲壮的艺术风格"。第四,"正面书写与侧面烘托相结合的艺术方法"。赵杏根在《时代的现实,进步的思想——论姚燮诗歌创作的主要内容》中重点论述了姚

---

[1] 刘大杰:《中国文学发展史》下卷,复旦大学出版社,2006年版,第291页。
[2] 洪克夷:《论晚清诗人姚燮》,《杭州大学学报(哲学社会科学版)》1983年第1期。
[3] 张志良:《姚燮反映鸦片战争的爱国诗歌》,《苏州大学学报》1984年第4期。

燮诗的内容。归结为四个方面：第一是"下层社会形象的展现"，以《谁家七岁儿》《莲花棚所见者》等为代表。第二是"鸦片战争时期浙东的历史画卷"，以《客有述三总兵殉难事，哀之以诗》等为代表。第三是"具有时代意义的婚姻悲剧"，以长篇叙事诗《金八姑鹤骨洞箫诗为沈琛其赋》和《双鸩篇》为代表。第四是"山水诗的思想意义"。认为姚燮写山水诗是"留恋远离社会现实的山林、田园、江湖仙境，正是以此来反衬现实社会的黑暗，来否定现实社会"。

21世纪初纪锐利的《姚燮山水诗初探》一文着重论述了姚燮的山水诗创作及成就[①]，得出结论说，姚燮的山水诗风格上以雄健俊逸为主，同时又呈现出一种深沉苍茫之气；题材内容上以描写普陀、四明为最多，诗体形式上意以五言诗为主，尤以五古见长，并且往往篇幅宏大。同时也指出了姚燮山水诗的缺点，认为原因有二：其一，因姚燮的诗歌大多为长篇巨制，这种形式虽有利于更多的文字来充分全面地表达思想，详尽地描景状物，但也正因为如此，往往把话说尽，反而不够含蓄；其二是有些诗歌往往议论化倾向严重。

五、贝青乔诗歌研究

40年代出版的刘大杰的《中国文学发展史》评价贝青乔《咄咄吟》，说："在他的诗歌里，用艺术形象表现了悲愤和感情，一百多首诗，几乎都是佳作，描绘了抗敌斗争时期的生活内容，表达了爱国热情，都是激动人心的好作品。"[②]《咄咄吟》在体例上比较有特色，即每

[①] 纪锐利：《姚燮山水诗初探》，《聊城大学学报（社会科学版）》2005年第3期。

[②] 刘大杰：《中国文学发展史》下卷，复旦大学出版社，2006年版，第293页。

首诗的后面,有一段文字,说明这首诗的本事。

60年代游国恩等主编的《中国文学史》说,贝青乔是一个"跌宕有奇气","生平最具干济才"的爱国者,并引用他的《咄咄吟》加以分析。

到了80年代,研究贝青乔具有开创意义的是王永健。他在《试论贝青乔的〈咄咄吟〉》一文中,对贝青乔及《咄咄吟》作了全面分析,认为《咄咄吟》的艺术形式和语言特点有四:第一,"因事作诗,就诗作注,以诗纪史,以史征诗,诗与小注互为补充",但其组诗是在继承前人遗轨的基础上创造的。第二,无论歌颂或讽刺人物,都"描绘的栩栩如生,有一定的典型性"。第三,"叙事状物,细致具体",将"政论性与讽刺性有机结合"。第四,语言通俗、自然,并将方言俗语及新名词、译名入诗。郭延礼的《中国近代文学发展史》中重点分析了《咄咄吟》的讽刺艺术,认为诗人善于运用反语和幽默的口吻造成讽刺效果。并指出《咄咄吟》艺术上的缺点,主要是形象差,有些诗离开小注,就很难理解其内容。宁夏江与魏中林合写的《论贝青乔的诗歌》[1],着重指出贝青乔后期的诗歌需要注意的两点:一是他的哀民诗显示出强烈的人民性,指出了清政府苛捐重赋、竭泽而渔、民不聊生是农民起义的真正原因,肯定了官逼民反、百姓暴动的正义性和合理性,怒斥官兵杀人如麻,无恶不作。如《哀甬东》。二是他的诗歌比较集中地反映了清王朝风雨飘摇中无法维持腐朽统治的现状。

六、金和诗歌研究

对金和的研究主要集中在叙事长诗《兰陵女儿行》上。自80年

---

[1] 宁夏江、魏中林:《论贝青乔的诗歌》,《苏州大学学报(哲学社会科学版)》2008年第2期。

代以来,第一篇有分量的文章是马群的《略论金和的讽刺诗及其〈兰陵女儿行〉》[①],文中说"金和有一部分暴露黑暗、针砭清王朝腐朽吏治、抨击帝国主义侵略者的讽刺诗,在近代诗歌发展史上放射着灿烂的光彩,不容抹煞"。金和写下了《初五日纪事》《十六日至秫陵遇赴东灞兵有感》《双拜冈纪战》《军前乐府》四首讽刺诗。这些诗包孕着丰富而生动的现实性,从各个不同角度揭露了清朝官兵的丑态。从讽刺小说中吸收养料,从而发展乐府诗的表现手法,创造出别具一格的讽刺诗,乃是金和对近代诗歌发展的一大贡献。作者认为,金和的《兰陵女儿行》有了重大的突破,表现在两个方面:首先金和的大胆创新使叙事诗小说化了;其次金和很少用典使事,接近口语,并能吸取元、白"长庆体"的长处,而又不受它的束缚;在整齐的对偶之中,杂以汉乐府长短不齐的句式,搭配得非常自然。郭延礼在《如何评价近代诗人金和》一文中对金和诗作了全面的评价[②],指出金和诗反映了时代内容:首先,他站在爱国主义立场上写了一些反映鸦片战争之作。《围城纪事六咏》《陈忠愍公死事诗》是其代表作。其次,揭露清军的腐败,是金和诗中十分有特色的主题之一。《初五日纪事》是其代表。第三,反映民间疾苦,也是金和诗中的重要主题。在这方面,他写有《印子钱》《苜蓿头》《破屋行》等。又分析了金和的三首叙事长诗,特别指出《兰陵女儿行》在塑造人物形象方面,值得学习和借鉴的两点艺术经验:第一,诗人善于通过正面描写、侧面烘托、反面陪衬等多种艺术手段来塑造人物,使兰陵女这一艺术形象具有鲜

---

① 马群:《略论金和的讽刺诗及其〈兰陵女儿行〉》,《人文杂志》1981 年第 3 期。

② 郭延礼:《如何评价近代诗人金和》,《社会科学战线》1987 年第 2 期。

明的个性色彩和较高的审美价值。第二,诗人通过富有节奏变化和个性色彩的独白、对话来刻画人物性格。

此后的论文多指出金和诗的"诗史"特征和讽刺艺术,没有多少突破。

七、江湜诗歌研究

江湜虽也生活在封建末世,但他的诗歌却"没有充分反映出以爱国主义为主旋律的时代精神,而把更多的才华用在了抒写自己的坎坷遭遇和忧郁情怀上。然而,在艺术风格上,他则独树一帜,足以和大家媲美"。江湜的诗有以下特色:第一,以朴实无华的形式表现幽怨悲苦的内容。第二,以系风捕影的诗笔表现瞬间即改的情景。第三,以浅显流畅的诗语表现宛转曲折的情思。第四,以幽默诙谐的笔调表现对黑暗现实的嘲讽和自己坎坷生涯的调侃[①]。

郭延礼在《中国近代文学发展史》中详细论述了江湜诗歌创作的见解[②]。首先,江湜主张写实要有真性情,反对无病呻吟。其次,主张诗贵独创。第三,主张诗的明白晓畅。刘世南《"旅怀伊郁孟东野,句律清奇陈后山"——江湜"伏敔堂诗"的风格及其成因》一文中认为[③],"江湜诗主要是学习并发展了韩愈和黄庭坚的诗风",且"出以白傅、诚斋之貌,仍然独创了一种清刚的风格"。内容上主要

[①] 王守国:《江湜诗歌的艺术风格》,《河南师范大学学报(哲学社会科学版)》1993年第5期。

[②] 郭延礼:《中国近代文学发展史》,高等教育出版社,2001年版,第212—213页。

[③] 刘世南、刘松来:《"旅怀伊郁孟东野,句律清奇陈后山"——江湜"伏敔堂诗"的风格及其成因》,《文学遗产》2009年第1期。

有以下三个方面：第一，"终抱平生心，未忍学干谒"；第二，"科举法不变，吾其死山茨"；第三，"学成抱微才，志欲为时出"。江湜之清刚是"情真、语浅、意味深"，是"拗体与以文为诗"。该文认为江湜诗清刚风格的形成主要有两个原因，一是"道衰而文敝的时代因素"，二是"自身的遭遇与个性"。

第三节　近代宗古诗派研究

一、郑珍和近代宋诗运动研究

宋诗运动是清末道咸年间诗坛上学宋诗派的总称。自明朝以来文学走上了复古的道路，复古派文学家辈出，有的主张学汉魏六朝，有的主张学唐，更有甚者只学盛唐，唐诗似乎成了一条不可逾越的鸿沟。到了清代才有人学宋，但仅止于苏轼而已。到了道咸时期，诗坛发生了一大转折。陈衍说："道咸以来，何子贞（绍基）、祁春圃（寯藻）、魏默深（源）、曾涤生（国藩）、欧阳磵东（辂）、郑子尹（珍）、莫子偲（友芝）诸老，始喜言宋诗。"[1]这里的宋诗不仅仅是苏轼的诗了，而是包括了以黄庭坚为代表的江西诗派的诗。从此便揭开了近代诗坛上宋诗运动的序幕。宋诗运动成为同治、光绪间诗坛上一大潮流，该时期这派诗被称为"同光体"。什么叫"同光体"？乃郑孝胥、陈衍等人戏称同治、光绪以来一班不墨守盛唐而参加"宋诗运动"的诗人。姚鹓雏评近代诗派，也说："若同光体诗，海藏（郑孝胥）、石遗（陈衍）之伦，与义宁公子（陈三立伯严）《散原精舍集》出入南北宋，标举山谷、荆公、后山、宛陵、简斋，以为宗尚。枯涩深微，包举万象。"又汪

---

[1]　陈衍：《石遗室诗话》，人民文学出版社，2004年版，第4页。

辟疆诗云:"同光二三子,差与古澹会。骨重更神寒,意匠与俗避。"①由此,我们可以略知"同光体"的由来和宗旨。陈三立和郑孝胥是其代表。

直到20世纪80年代,关于"宋诗运动"的研究才兴盛起来。时萌在《近代宋诗运动的渊源与倾向》一文中对"宋诗运动"的渊源、发展作了详细阐述②。得出了"与杜(甫)、苏(轼)背离,得韩(愈)、黄(庭坚)真传,这就是宋诗运动——同光体的渊源真相"的结论。并且分析了"宋诗运动"的倾向,认为"宋诗运动是清代严酷的思想统治之产物,也是封建文学'日之夕矣'的回光返照而已"。文中批评"宋诗运动"的作家"设藩篱以自囿,不敢越雷池一步,对血淋淋的现实只有漠然置之了。一言以蔽之,他们都安于修身养性,如此而已"。王飚则指出了宋诗运动发展的三个时期,以及各个时期的特点。他认为,第一个时期,是早期宋诗派或可称"学人诗派"时期,主要有程恩泽、祁寯藻、何绍基、郑珍、莫友芝等。第二阶段,宋诗派经曾国藩的支持和倡导,成为与桐城古文比肩而立的一大文学流派。同光体的出现形成了宋诗运动的第三阶段,成为一个人数众多,影响广远,占据晚清诗坛重要地位的诗派。刘世南在《清诗流派史》中把宋诗运动的特点归纳为三点:(1)"乱世"不能为"盛世"之音。(2)狭义的宋诗派标举学人之诗与诗人之诗合而为一,实指兼取唐宋。(3)狭义的宋诗派只提神韵、格调两派,是把自己和这两派并列正统。他指出宋诗运动的诗论有两个特点:一是重视人品,二是重视学

---

① 徐珂:《清稗类钞》,中华书局,1986年版。
② 时萌:《近代宋诗运动的渊源与倾向》,《中国近代文学论稿》,上海古籍出版社,1986年版,第339页。

问。而人品尤在学问之先。

梁启超在《清代学术概论》中认为清代作家中只有郑珍、黎简以及清末的金和、黄遵宪和康有为的诗稍可观。而胡先骕的《读郑子尹〈巢经巢诗集〉》中说:"独郑珍(子尹)卓然大家为有清一代冠冕。纵观历代诗人,除李、杜、苏、黄外,鲜有能远驾乎其上者。则又非仅稍可观而已也。"①接着,胡先骕结合郑珍的诗歌创作,认为:"巢经巢诗最足令人注意之处,即其纯用白战之法,善于驱使俗语俗事一入诗也。其以点染俗语俗事擅场之诗句。如:'行得山水绿,望家如隔邻。隔邻未即到,人情觉已亲。'"还说:"巢经巢诗写景抒情皆有过人之长。""至其描写、叙述极平易。庸俗之事,而生动空灵,尤征作者想象力之强。初不待雕琢堆砌一炫人耳目也。""至于言情,则尤为巢经巢诗所擅长。"从巢经巢诗风格的不同角度展开论述,说明了郑珍高出同辈诗人之处。

钱大成在1935年发表的《郑子尹诗论略》中说:"有清一代之诗郑子尹(珍)为一转变之关键。道光以前之诗人,皆祖述三唐不作宋人语。……子尹初学王孟,浸淫于韩者四十余年。学东坡、涪翁而上窥杜陵。时亦效东野、昌谷语。然皆浑然脱化无迹可求者也。同光派之师法宋人实导源由子尹。然则子尹唐宋兼采,镕为一炉,力求变化,卒成大家。岂如近人煖煖姝姝,第得宋人之一丘一壑者所能比拟。"②再次,作者高度评价了郑珍在近代宋诗运动中的作用,并且论及了他对同光体作家的影响。同样是在这篇论文中,还对他的《巢经巢诗集》后集遗诗分为四个时期加以论述。

---

① 胡先骕:《读郑子尹〈巢经巢诗集〉》,《学衡》1922年第7期。
② 钱大成:《郑子尹诗论略》,《国专月刊》1935年第2期。

50年代到70年代末研究郑珍的论著很少,没有突破。至80年代以后,出现了大量论著。

从郑珍诗歌思想内容方面进行研究的有王飚,他在《贵州诗人郑珍》一文中说,"这种含辛茹苦的生活,使诗人更多地接近下层人民并对他们的苦难有较深切的体验,写出了许多描绘农民悲惨境遇,揭露官吏敲骨吸髓、鱼肉乡民的罪恶。其中有名的是《经死哀》"。黄万机的《论郑珍诗歌的"诗史"品格》一文则说,"郑珍的诗歌,对清代道咸之际的历史大变乱,作了颇为广泛而深刻的反映,称之为'诗史'是当之无愧的。尽管个人境遇如此不幸,但郑珍并不只为个人的愁苦而悲吟,常常关心和同情那些比他更加不幸的乡邻和受尽兵、官、劣绅压榨的广大民众;勇敢地揭露社会黑暗和压迫者的罪行,写下了《经死哀》《南乡哀》等八哀诗"[1]。

郑珍诗歌的艺术风格,历来说法不一。陈衍认为"生涩奥衍",刘大杰认为是"横恣俊峭",似泛泛而谈,并不能真正代表郑珍诗歌的全部风貌。专文论述郑珍诗歌艺术风格的是黄万机,他在《论郑珍诗歌的艺术风格》一文中,以郑珍诗歌的创作实践为例论述郑珍的诗风,分为早、中、晚三个时期。认为郑珍早期的诗歌,除了奇奥峭折这一风格外,也还有淳厚自然、清新艳丽的作品。中期形成酸涩苍郁的特有风韵。晚期则是于淳厚中见真率,于平淡中寄寓苍郁,形成淳厚自然的艺术风格[2]。自此以后,研究郑珍诗风的文章渐少,由于郑珍诗歌涉及的题材较广泛,不同的题材内容显现出不同的风格,故难以定论。

---

[1] 黄万机:《论郑珍诗歌的"诗史"品格》,《贵州文史丛刊》1994年第6期。
[2] 黄万机:《论郑珍诗歌的艺术风格》,《苏州大学学报》1987年第3期。

近年来，郑珍研究一个新趋势是山水诗的研究越来越多。80年代践各的《郑珍山水诗评介》开了先河，他在文中首先点明郑珍创作山水诗的原因是："在政治腐败、时局动荡的社会，他一生除做过短期幕僚或学官外，大都在贫苦人民中生活，自然而然将其注意力转向山水诗创作。"[①]并且总结了郑珍山水诗的思想艺术成就：其一，郑珍的山水诗作显示出，诗人身在草野，关心时政。其二，诗人一生笃于亲友之交，心热而情厚。诗人观察细致，体物入微，他的山水诗既吸取了情景交融、形神兼备的传统山水诗、画、赋、文的营养，又有想象奇特、形象瑰丽的创造。其四，显示出诗人博学广识，根底雄厚，他能灵活多变地驾驭诸如比兴手法的艺术语言，而创作出大量脍炙人口的作品。2005年王英志的《郑珍山水诗论略》指出郑珍山水诗在其创作中的特色是：其山水诗风格并不拘于"生涩奥衍"一格，甚至主要不是"生涩奥衍"，而是百花齐放，风格多样。首先，郑珍山水诗能抓住黔、湘山水具有典型意义的特征，穷形尽相，曲尽其妙。其次，郑珍善于以山衬水、以水衬山，把山水视为一个生命整体，在山与水互动之中，表现山水的美质与特征，或显示自然山水的生命活力。再次，郑珍山水诗的语言功力颇深，变化多端，反差甚大，但皆与诗的风格密切相关[②]。

二、陈三立和同光体研究

20世纪60年代出版的游国恩《中国文学史》论及"同光体"时

[①] 践各：《郑珍山水诗评介》，《贵州教育学院学报（社会科学版）》1988年第3期。

[②] 王英志：《郑珍山水诗论略》，《齐鲁学刊》2005年第4期。

说,"所谓'同光体',照陈衍的说法,就是'同光以来诗人不墨守盛唐者',也就是以杜韩苏黄为模仿对象的宋诗运动的发展"[1]。

到了80年代时萌在《近代宋诗运动的渊源与倾向》一文中进一步阐述了这一说法。他说,"'同光体'诗派是由道、咸之际的宋诗派演变而来的。其诗宗主三元:上元即开元,宗杜甫;中元即元和,学韩愈;下元即宋代元祐,取黄庭坚而兼及苏轼。同光体诗人们自诩打破分唐分宋界限而兼采并蓄独创一格"。钱仲联发表《论"同光体"》,主张对同光体诗不能全盘否定,一概抹倒,他指出同光体的主要诗人,如沈曾植、陈三立、沈瑜庆、林旭等,"在清朝光绪年代,都参加过戊戌维新变法运动","都是较进步的而不是反动的士大夫"。"初期的同光体诗人,并不都是一味追求艺术、脱离政治的"[2]。王镇远的《同光体初探》一文则主要从"同光体主要作家的师法对象、诗歌创作及理论主张入手,辨其异同,一窥见其诗歌风貌"。他认为,同光体诗人正是以元和诗风为师法对象,造成了三种不同的风格:(一)杜、韩派。以陈三立、沈曾植和范当世为代表。(二)韦、柳派。以郑孝胥、陈宝琛为代表。(三)元、白派。以陈书、陈衍为代表。[3] 近来关爱和的《同光体诗人的诗学观与创作实践》一文指出"同光体"共同的诗学价值取向是:(一)不墨守盛唐,力破余地。(二)诗为写忧之具,体当变风变雅。(三)学人之诗与诗人之诗合一而恣所诣[4]。

大多研究者都认为,陈三立是中国旧时代的"最后一位诗人"。

---

[1] 游国恩:《中国文学史》,人民文学出版社,1963年版,第1198页。
[2] 钱仲联:《论"同光体"》,见《当代学者自选文库:钱仲联卷》,安徽教育出版社,1999年版,第208—209页。
[3] 王镇远:《同光体初探》,《文学遗产》1985年第2期。
[4] 关爱和:《同光体诗人的诗学观与创作实践》,《文艺研究》2008年第1期。

60年代的游国恩等主编的《中国文学史》中称陈三立代表所谓"生涩奥衍"一派,"避俗避熟,力求生涩",反对"纱帽气""馆阁气"。说陈三立的诗是"官僚士大夫对现实社会运动的一种无可奈何的感慨,运之以生硬晦涩的造词遣意"[①]。胡迎建在《陈三立诗歌散论》一文中总结了陈三立诗歌的特点:(一)将主观强烈的爱憎性情浓缩,融入所咏景物之中,使事物折射人之情性。(二)由于幽忧怨悱的情感及诗人特有的敏锐,故设譬往往奇特新颖,呈现一种变态美,其联想之丰富,确实匪夷所思。(三)诗人既善于从虚处着笔,泼墨写壮阔之景,也善捕捉眼下细微之物,俨如工笔描画。(四)造奇语诡警技,通过炼字铸句,使其诗歌语言显得奥莹苍浑。胡迎建认为,"陈三立诗歌汲取宋诗用意、唐诗重兴象之长,避免了宋诗枯淡、唐诗肤廓之弊"[②]。刘世南在《清诗流派史》中则简要概括陈三立诗歌特点为"音调低沉、荒寒萧索"。语言风格上重炼字,兀兀独造的句式和以文为近体诗。

如果说宋诗运动的代表是郑珍,那么同光体的代表就是陈三立,二者自有其传承关系。胡迎建在《论郑珍与陈三立诗的异同》一文又从三个方面分析了二者不同[③]。思想内容上,"郑与陈都能挥如椽巨笔,写出深刻的内容。但在世界局势背景下写重大题材,乃至借助想像、幻觉等手法,郑珍不如陈三立"。诗歌渊源上,"郑珍早年学苏东坡,后转学杜少陵之沉郁、韩昌黎之奇雄、孟东野之瘦硬,兼取白居易之平易、梅尧臣之平淡",而"陈三立源自韩愈、黄庭坚,而能自成

---

① 游国恩:《中国文学史》,人民文学出版社,1963年版,第1198页。
② 胡迎建:《陈三立诗歌散论》,《江西社会科学》1990年第1期。
③ 胡迎建:《论郑珍与陈三立诗的异同》,《厦门教育学院学报》2008年第2期。

面目"。在句法上,"郑珍或清微淡远,或真朴瘦硬,但句法变化方面不如陈三立"。在炼字方面,"郑珍为状山水之险而炼字奇警……陈三立炼字更能以丰富的想象力将习见事物加以变形或挪位,或者将无形意识化为有形之物,突兀生新、可愕可怖"。

三、王闿运和汉魏六朝诗派研究

汉魏六朝诗派是近代一个带有极端复古主义倾向的诗歌理论及创作流派,以标榜和模拟汉魏六朝诗为主要特点。这个诗派的成员大多为湖南人,故又被称为湖湘派。此派代表人物是王闿运。

王闿运的创作因多摹拟而被人诟病。20世纪20年代,胡适就说《湘绮楼诗集》从头到尾都是"假古董"(《五十年来中国之文学》)。陈子展著《中国近代文学之变迁》、游国恩等主编的《中国文学史》也持同样观点。游国恩评价说,王闿运以为模拟古人诗,可以"治心",可以通入大道。因此他的模拟古人诗,实际只是脱离现实、自我麻醉而已[①]。但是近年来,不少学者对此说提出质疑。刘世南在《论王闿运诗的摹拟》一文中[②],通过对王闿运诗论的分析,认为王闿运欲追踪汉魏,以振大汉之天声,故薄宋诗以及中晚唐诗;继则由于身为肃(顺)党,为避网罗,需要托古以讽今。刘世南认为"王闿运的拟古诗能反映时代,有'我'在"。并且总结了王闿运诗摹拟的艺术特色:首先强调"学古变化";其次是严格辨清题义;第三是认为诗可以入考据,也可以如议论,但这种考据和议论,仍然必须"以词掩意"。近来景献力《王闿运的复古思想与文学自觉》一文则从"情"的

[①] 游国恩等:《中国文学史》,人民文学出版社,1963年版,第1199页。
[②] 刘世南:《论王闿运诗的摹拟》,《江西师范大学学报》1994年第3期。

角度阐述王闿运诗论和诗歌创作的价值①,认为王闿运的这一看法,一方面是主情思潮在文学上的反映,一方面也顺应了明清以来对文学抒情特征认识日益深入的文学自觉的发展趋势。

第四节 近代文学的变革

一、康有为诗歌研究

康有为在诗歌创作上的成就,远不如在戊戌变法运动中所起的政治作用大。但在上世纪初梁启超认为,康的诗"发于性情,故诗外常有人也"。梁启超在论及康有为诗歌时,指出"直至末叶,始有金和、黄遵宪、康有为,元气淋漓,卓然称大家"②。胡适也评价说"黄遵宪和康有为两个人的成绩最大"(《五十年来中国之文学》)。

20世纪80年代之后,赵慎修的《略论康有为的诗》认为,康有为戊戌变法前的诗虽有歌颂清朝的功德、掩盖民族矛盾与粉饰太平的一面,但忧时爱国、抒发有志难酬与虎豹当途的忧虑,却很鲜明。从流亡海外至1913年归国时的诗,题材虽丰富,但可称道者却不多。不过,后来的研究者却多侧重于康有为的海外诗,并给予肯定。如郭延礼《论康有为的海外诗》认为③,康有为的海外诗,描写了异国的风光,记述了世界各国的名胜古迹、风土人情,赞扬了资产阶级优秀的文化艺术和先进的科学发明,从内容上看,这方面的题材在中国古典

---

① 景献力:《王闿运的复古思想与文学自觉》,《安徽师范大学学报(人文社会科学版)》2008年第1期。
② 梁启超:《清代学术概论》,中华书局,1954年版,第75页。
③ 郭延礼:《论康有为的海外诗》,《东岳论丛》1984年第6期。

诗歌中是少有的。另一方面，康有为作为"诗界革命"时期新诗派的一位重要诗人，他的某些诗作也确实体现了梁启超所标榜的所谓"以旧风格含新意境"，而最能体现这一特色的是他戊戌之后的海外诗。《中国近代文学发展史》指出，"康有为诗中表现出来的关心国事的爱国热情，并非可以戊戌变法作简单的、机械的划界"[1]。他流亡海外思念祖国、哀悯华侨与关心人民苦难的作品，还是表现了爱国之情的。王英志《康有为山水诗论略》更是高度评价了康有为流亡时的山水诗，认为其海外山水诗开辟"异境"，于中国山水诗贡献尤为重大[2]。

二、丘逢甲诗歌研究

20世纪初，梁启超在称黄遵宪、夏曾佑、蒋观云"为近世诗家三杰"时，认为"若以诗人之诗论，则丘仓海（逢甲）其亦天下健者矣"[3]。随后，陈洌的《论〈红杏山房诗钞〉与〈岭云海日楼诗钞〉》，王越的《〈岭云海日楼诗钞〉述评——"四百万人同一哭，去年今日割台湾"》，马小进的《岭云海日楼诗钞》等文，对丘逢甲的诗歌创作进行了一些探讨，但较少论及诗歌艺术。建国后，研究者多从"爱国主义"角度看待丘逢甲的诗歌创作。邱铸昌的《血泪的诗篇，抗敌的鼓角——读爱国诗人丘逢甲的诗》较有代表性[4]。邱铸昌认为，"丘逢

---

[1] 郭延礼:《中国近代文学发展史》第二卷，高等教育出版社，2001年版，第80页。

[2] 王英志:《康有为山水诗论略》,《中国文学研究》2005年第4期。

[3] 梁启超:《饮冰室诗话》，人民文学出版社，1959年版，第30页。

[4] 邱铸昌:《血泪的诗篇，抗敌的鼓角——读爱国诗人丘逢甲的诗》,《中山大学学报（哲学社会科学版）》1979年第1期。

甲现存诗作中,怀念故乡台湾是最常见的重大主题",丘逢甲回到大陆后的作品,主要是抒写台湾沦陷后的悲愤和对于故乡真挚而又深沉的怀念。诗人并没有淹没在家乡沦亡的哀痛里,他的诗既悲且壮,具有悲壮高昂、凌厉雄迈,在沉郁之中表露豪气的风格特点。"痛恨帝国主义列强瓜分中国,呼吁富国强兵,这是丘逢甲现存诗作中又一重大主题"。文中引用柳亚子的诗来肯定丘逢甲的"爱国主义和英雄气概"。

进入80年代后,虽有多篇论文发表,但多重复前人。赵慎修在总结丘逢甲诗歌特色时认为,除了上述两点外,又加上一条,即"诗人表现了一种走向世界的开放意识"(见《中国近代文学百题》)。直到90年代初,张永芳始从丘逢甲与"诗界革命"的关系展开论述,认为丘逢甲不仅以创作支持了诗界革命,显示出诗界革命的实绩,而且明确拥护诗界革命的主张。文中还评价说,丘逢甲的诗,就形式和情韵说,实偏于保守,但他的诗作,具有强烈的现实感受和爱国激情,读之令人感奋不已。郭延礼在其《中国近代文学发展史》中总结丘逢甲诗的艺术特色,认为丘诗的一个显著特点是"感情的真挚与强烈","丘诗多慷慨悲歌,苍凉悲壮是其艺术风格的又一面"。以后的研究大多未超出上述观点。

三、秋瑾诗歌研究

唫佳发表于1934年的《革命诗人秋瑾女士》一文认为中国诗词向来以温柔婉约、含蓄蕴藉为正宗。但是,"秋瑾女士才气纵横,引吭高歌,自表抱负,很有击铁板而唱大江东去之概。"点明了秋瑾诗豪放的特征,并引诗为证,说明秋瑾诗中的英雄气概。

50年代后,代表秋瑾研究较高水平的是游国恩主编《中国文学史》。该书认为她的一部分较早的诗,以歌吟离情别绪、春柳秋菊为多,在一种孤独感中流露了坚贞不拔,追求理想的精神。"《杞人忧》则表现了感时伤世和爱国雄心",到北京后,由于思想的觉醒,秋瑾诗风一变而为慷慨高歌,基于爱国思想的豪情壮志,乃如重出闸门的洪流,直奔千里,不可约束。《宝刀歌》是这时期的代表。后期诗词中则表现了"为革命而准备献身的精神"[1]。

20世纪80年代后,秋瑾研究进入一个高峰期。梅正强的《试论秋瑾的诗》一文评价秋瑾诗说,她的诗歌不仅以犀利的思想,强烈的革命内容新人耳目,而且艺术上也富有创造性。所以,前人常用雄健、豪迈来评价秋诗[2]。郭延礼在《秋瑾诗词的艺术风格》一文中认为,秋瑾诗词的艺术风格是"刚健遒劲、雄浑豪放"的,具有浓郁的浪漫主义特色。与浪漫主义艺术风格相适应,在艺术表现上,秋瑾诗词创作有如下特色:第一,善于运用丰富的想象,通过夸张的手法来描写形象。第二,自抒胸臆,不假雕琢。第三,比喻的人格化。并且指出,秋瑾诗词受李清照的影响,"语言的基本风格是质朴自然、清新流畅"。由于有着革命豪情,所以也有"热烈奔放,清丽雄健的特色"。

21世纪初,龚喜平《秋瑾的"歌体诗"创作与中国近代诗体变革》一文则从诗歌发展的角度论述了秋瑾的"歌体诗"创作对近代诗歌体式变革的推动[3]。龚喜平认为,中国诗歌近代化过程经历了"新学诗""新派诗""歌体诗""白话诗"四个发展阶段,秋瑾便是中国诗

---

[1] 游国恩:《中国文学史》,人民文学出版社,1963年版,第1218—1219页。
[2] 梅正强:《试论秋瑾的诗》,《上饶师专学报(社会科学版)》1982年第1期。
[3] 龚喜平:《秋瑾的"歌体诗"创作与中国近代诗体变革》,《西北师大学报(社会科学版)》2000年第2期。

歌近代化过程中"歌体诗"阶段的代表诗人之一。其诗就形式而言，多数仍属旧体，律绝居多；少数为变通后的歌行体，时杂以骚句，更趋通俗自由。正是这一部分变化了的歌行和适应音乐教育新创的歌词，构成了秋瑾歌体诗的两翼。龚喜平评价这类诗说，作为一种诗体探索，它意味着秋瑾能够从语言、韵律、节奏、句式、章法等基点出发，进而打破旧诗形式，获得诗体解放的可贵努力和可喜成绩。

四、南社诗人群

南社作为一个文学史上特殊的群体，在 20 世纪二三十年代就成了研究的热点。说它特殊，是因为它带有浓厚的政治色彩。鲁迅在《论南社》一文中就说："清末的南社，便是鼓吹革命的文学团体，他们叹汉族的被压制，愤满人的凶横，渴望着'光复旧物'。"[①]说到南社诗人的创作特征时，认为南社的诗普遍带有浪漫主义色彩。1936 年曹聚仁在纪念南社大会上提到了南社诗文的革命性。他说："南社的诗文，活泼淋漓，有少壮的朝气，在暗示中华民族的更生。那时年轻人爱读南社诗文，就因为他是前进的、革命的富于民族意识的。"也提到了南社的缺点："南社的文学运动，自始至终不能走出浪漫主义一步。"以上两篇文章从不同的角度概括出了南社诗文的特征：革命性和浪漫主义。

"南社是个文艺团体，它主张文艺应当有为而发，反对模拟、复古，高旭的《愿无尽斋诗话》说：'世界日新，文界、诗界，当造出一新

---

① 鲁迅：《论南社》，见《中国近代文学论文集》（概论、诗文卷，1919—1949），中国社会科学出版社，1988 年版，第 228—229 页。

天地！'可说是南社对文艺主张的一种宣告"①。

80年代后,研究多从诗歌创作的角度入手。孙之梅《南社与"诗界革命派"的异同》认为②,南社在注重发挥诗歌社会功用的文学观念上与"诗界革命派"取得了共识;创作上,南社依然保留着"捃扯新名词以自表异"的痕迹。但是"诗界革命派"否定固有的诗歌传统和文化学术传统,企图通过建立新的学术根基,创作出输入新血的新诗。南社则选择了复社几社复兴古学的文化精神,诗宗唐音、词尚五代的审美趣味,以及用诗歌反清排满的社会功能,它们互为表里,显示出南社与"诗界革命派"的异同。龚喜平的《南社诗人与中国诗歌近代化》一文评价了南社诗人在"歌体诗"创作上的成绩③,以及柳亚子、高旭、马君武、苏曼殊、于右任等人的诗体变革和译诗实践,从主题意蕴、艺术趣味、语言韵律、体式章法诸方面大胆创新,为中国诗歌从古典形态走向现代形态的近代化过程做出了重要贡献。

柳亚子是南社公认的领袖和在诗歌创作上最有代表性的作家。建国前研究文章多介绍他的生活经历,而对其诗歌创作研究涉及较少。到了60年代,游国恩等主编的《中国文学史》评价说,柳亚子在这个时期(辛亥革命)的诗,追怀民族英雄,悼念革命烈士,揭露清王朝的腐朽黑暗,抒发革命的怀抱和理想,表现了旺盛的革命人情和意志,略和陈(去病)、高(旭)的诗相近。但在风格上却显然和他们不

---

① 李诗:《南社和它的宣传阵地》,见中国社会科学院文学研究所近代文学研究组编《中国近代文学论文集》(1949—1979诗文卷),中国社会科学出版社,1984年版,第648页。

② 孙之梅:《南社与"诗界革命派"的异同》,《山东师大学报(社会科学版)》2000年第5期。

③ 龚喜平:《南社诗人与中国诗歌近代化》,《兰州大学学报》2002年第2期。

同。说他是"南社诗人中一个少有的随着时代前进的爱国诗人"①。

80年代,马进在《柳亚子早期诗歌浅谈》中通过分析柳亚子在辛亥革命前后的诗歌创作,认为从这些诗歌中,我们可以看出他踔厉风发的斗争精神。他敢说、敢写、敢于抒发心中的不平,"虽触时忌勿顾"。从清末到民初,几乎一切大的事件都在他的诗中得到反映。但是也应当指出,在他早期的诗歌中有一定数量的作品思想比较感伤,情调比较低沉。反对形式主义,注重诗歌的内容,无疑是柳亚子早期诗歌的特点。这一点不仅直接表现在他的诗歌创作中,而且也表现在他的诗歌理论中。最后评价说:"他的精神是随着时代的进步而进步的。"②郭延礼在《中国近代文学发展史》中分析了柳亚子近代部分的诗歌创作,认为柳亚子的诗"历史内容极其丰富,且具有强烈的现实性和深刻的思想内涵"。表现在他前期诗歌中,主要有如下几方面:揭露清王朝的黑暗腐败和封建专制,讴歌反清的革命志士,从而呼唤民主革命,是柳亚子前期诗歌的中心内容。提倡民族气节,弘扬民族主义和爱国主义,是柳亚子诗歌的又一重要主题。再次,柳亚子的诗吸取了西方资产阶级启蒙主义思想,以及民主、自由、平等学说,带有鲜明的近代意识。近来,李海珉的《论柳亚子诗歌的思想内容及艺术特色》对柳亚子诗歌创作做了全面评价③。全文从诗人思想发展的轨迹、历史交替时期的深广社会内容和艺术特色三个部分展开讨论。李海珉认为,柳亚子的"史诗",特别是少年至中

---

① 游国恩等:《中国文学史》,人民文学出版社,1963年版,第1226—1227页。
② 马进:《柳亚子早期诗歌浅谈》,社科院文研所近代研究组编《中国近代文学研究集》,中国文联出版公司,1986年版,第236—243页。
③ 李海珉:《论柳亚子诗歌的思想内容及艺术特色》,《南京理工大学学报(社会科学版)》2006年第6期。

年时代的诗歌,反映了他从维新改良到反清排满,再到醉心马列这样一个思想发展的轨迹。新的思想给柳亚子增添了新的精神力量。柳亚子的"史诗"和时代脉搏紧密相连,全面反映了历史风云,蕴含了深广的社会内容。对于柳亚子的诗风,李海珉认为"柳诗显现了豪放昂扬的唐风",并且"洋溢着浓烈的浪漫主义气息"。

苏曼殊之所以成为研究热点,很大程度上缘之于苏曼殊的特殊身世以及他作品的特殊品位,更重要的在于他那浸透在诗中的别样情感。苏曼殊多才多艺,亦僧亦俗,使得他的诗歌呈现出独特的韵味,研究者大多称他为诗僧。40年代有研究者撰文评论苏曼殊的诗,认为他的诗"不事藻饰,无雕琢之弊,唯清雅绝俗,然纯出天籁"。其本事诗八十首,读之尤令人荡气回肠,不能自已。如:"春雨楼头尺八箫,何时归看浙江潮?芒鞋破钵无人识,踏过樱花第几桥。"丁丁《诗僧曼殊》一文认为苏曼殊的诗是情感的真实流露。他说:"大师的诗却能摆脱一切病的约束,而任情放浪,归还了诗本有的价值,所以大师的读者,无不啧啧称道"。"大师的诗,都是绝诗,而绝诗是诗中情绪最紧凑的"。"大师的诗,一部分是人的本色底情感之流露,而一部分是披了袈裟的和尚面孔,但一样有着攫得读者心响的魔力"[1]。这个评价就点明了苏曼殊诗中情感浓郁的特色,以及在诗中表现出的禅家意味。稍后王霆的《诗僧苏曼殊》一文认为,苏曼殊诗中表现出的浪漫情感是他苦痛身世中悲哀的升华。因此在他诗文之中反映出来的,不但没有轻浮淫冶之气,而富超旷绝俗之情,为古今所罕见。并且说,苏曼殊的诗境凄清温婉,也只有"灵明"二字可以

---

[1] 丁丁:《诗僧曼殊》,见《中国近代文学论文集》(概论、诗文卷,1919—1949),中国社会科学出版社,1988年版,第415—416页。

形容了。苏曼殊以灵明的心,自然流露在诗里,诗那得不好?他还说苏曼殊的诗是"真"的最高境界,是一种重噴无常的境界,而这种境界也是最高的禅机。此文把握住了苏曼殊生平际遇与创作之间的关系,概括了苏曼殊诗浪漫、凄清、哀婉、率真的特点。

建国后对苏曼殊的研究趋于沉寂。但是,80年代起对苏曼殊的研究出现井喷。孙之梅《苏曼殊诗的时代特征》认为,曼殊诗最感人的莫过于他的"悲情和愁况"[1]。认为苏曼殊是中国近代知识分子中觉醒的一个,他的诗有着时代特征,在内容方面一反古典诗歌的传统主题,深刻地表现了近代知识分子在反帝反封建的洪流中抗争、昂奋、憧憬、失望后的孤独、迷惘、感伤心态;在艺术方面以旧风格含新意境,其诗虽多为七绝,也用典故,但却注重新意境的创造,艺术上显得深邃、完美。曼殊所取得的成就,是受近代资产阶级对文学理论的探索和文学创作实践影响的结果,也是近代文化开放的产物。其他的论说大多沿用旧说,或对苏曼殊诗的浪漫主义色彩,或对他的独特身世在诗中的反映,或对他某一具体作品展开论说,没有实质性进展。

五、黄遵宪和诗界革命

关于"诗界革命"这一说法最早见于梁启超的《饮冰室诗话》,云:"吾党近好言诗界革命,虽然,若以堆积满纸新名词为革命,是满州政府变法维新之类也。能以旧风格含新意境,斯可以举革命之实也。""近世诗人能熔铸新理想以入旧风格者,当推黄公度。"[2]陈子展

---

[1] 孙之梅:《苏曼殊诗的时代特征》,《文史哲》1992年第1期。
[2] 梁启超:《饮冰室诗话》,人民文学出版社,1998年版,第51页。

在《中国近代文学之变迁》中认为,在黄遵宪之前,可以说维新派诗人已经做了一些有新材料的诗,倡为"诗界革命"。但是最初的诗界革命,不过用新的外来典故代替旧的固有的典故,好像徒以新军阀代替旧军阀的革命一样,自然不彻底,自然要失败。这就点明了诗界革命的首倡者是维新诗人,而第一个真正做出实绩的是黄遵宪。60年代吕美生撰写的《试论晚清"诗界革命"的意义》一文较为详细地论述了"诗界革命"的发生、发展①。他把"诗界革命"这一文学流派在理论上的见解概括为以下三点:第一,文艺批评重视政治标准。第二,在文艺实践上,反对盲目拟古和崇古。第三,要求扩大诗料和题材,并按照当代的物质文明和精神文明来开拓诗的境界,其中特别推崇向西方学习。总结这一流派的诗歌特色为:第一,具有民主主义的启蒙思想。第二,表现了炽热的爱国主义思想感情。第三,蕴孕了积极浪漫主义创作精神。并且认为,晚清诗坛正是以创新为特征的"诗界革命"和以守旧复古为特征的"同光体"的对峙,此论点明了"诗界革命"在中国诗歌发展史上的积极意义。

陈子展在他的《中国近代文学之变迁》一书中把黄遵宪的成功概括为以下几点:一、取材丰富。二、以作文之法作诗。三、他想做到"我手写我口",不避流俗语。黄遵宪对于"诗界革命"的主张,在《人境庐诗草》中说得很明白,在这篇自序中,一方面说明他作诗的方法和旨趣,另一方面又代表着"诗界革命"所取得的成果。质灵在《论黄遵宪的新派诗》中把黄遵宪的诗分为四类(依梁启超所定类名):一、性情之作。这一类古近诗都有,并且数量也很多,而以古体为擅长,《拜曾祖

---

① 吕美生:《试论晚清"诗界革命"的意义》,《文学遗产》增刊1962年第52期。

母李太夫人墓》为代表。二、纪事之作。叙写中华民族受帝国主义侵略的惨痛的史诗。诗体大半是长篇五古或七古,诗法则"用古文家伸缩离合之法以入诗",就是用作文章的方法来作诗,以《冯将军歌》为代表。三、说理之作。黄氏借诗发议论的地方,并没有什么特色,至于诗中纳入新哲理及科学知识的作品,如《以莲菊桃杂供一瓶作歌》。四、绮艳之作。这一类以《山歌》《都踊歌》为代表。山歌如:"催人出门鸡乱啼,送人离别水东西。挽水西流想无法,从今不养五更鸡。"

50年代后,由于受政治影响,发表的几篇文章仅涉及黄遵宪诗歌的爱国主义精神,只有章培恒的《论黄遵宪的诗歌创作》较全面地分析了黄遵宪的诗作[①]。章文从黄遵宪的政治立场出发,认为他的诗歌对封建文化的某些方面有所批判,对封建顽固派破坏戊戌变法有所谴责,对帝国主义的侵略和清政府在这种侵略面前的腐朽无能表现了某些不满之情,但基本倾向却是维护封建统治和敌视人民革命,并存在着直接攻击人民起义的作品。总之,此期对黄遵宪诗歌研究论说较为浅显,没有出现有分量的文章。

新时期的黄遵宪诗歌研究有两个新的热点,一是黄遵宪诗歌与外国文化的关系,二是黄遵宪诗歌与"诗界歌命"的关系。曹旭的《黄遵宪:诗界革命的巨擘》一文认为[②],正是黄遵宪出使国外的经历使他有了睁眼看世界的机会,能够受到欧风美雨的洗礼,心灵上受到震撼。所以提出了"我手写我口,古岂能拘牵"的进步主张。这也成了"诗界革命"的先声。通过进一步分析,认为"诗界革命"对以后的"新文学"的产生、发展起了奠基作用。

[①] 章培恒:《论黄遵宪的诗歌创作》,《学术月刊》1966年第4期。
[②] 曹旭:《黄遵宪:诗界革命的巨擘》,《文史知识》2009年第5期。

管华的《晚清诗坛双子星:黄遵宪与丘逢甲》认为,黄、丘二人都对中国传统诗歌形式向现代诗的过渡做出了巨大贡献[①]。同时,也对二人诗风的不同特点进行了比较。管华认为:黄遵宪诗歌以其世界视野之大气,熔铸史实的诗史精神,取得了令人瞩目的成就;丘逢甲诗歌以民族意志之强烈和诗情的浓郁,成就一代诗名。在题材选择上,二人有明显不同。黄诗题材广泛,视野开阔,内容宏富,给人博大宏深之感。相对而言,丘诗题材较狭窄,更专注于抒发失台、忆台、念台、梦台之思,其代表作多属感怀忆旧之作。黄诗题材新颖,独辟境界;而丘诗新题材较少。二人诗风相近者有四:第一,雄直的岭南诗派风格。第二,重长篇巨制,组诗多、长诗多。第三,新事物、新名词入诗。第四,受民歌熏陶和影响。二人不同之处则在于:其一,表现手法上,黄擅叙事,理切事信,形成现实主义风格特点;丘擅抒情,奇思妙想,颇具浪漫主义色彩。其二,意象选择上,黄诗意象繁复,增加了诗歌感染力;丘诗偏好奇伟意象,寄寓着奔放的豪情。其三,从蕴含的情感上看,黄诗哀痛多于忧愤;丘诗则以忧愤为主调。这篇论文论述了晚清两位著名诗人的异同,也点明了这一时期诗歌创作的时代特征。

---

① 管华:《晚清诗坛双子星:黄遵宪与丘逢甲》,《深圳大学学报(人文社会科学版)》2007年第3期。

下 编

20 世纪清词研究综述

第一章 清代前期词研究

第一节 清代前期词研究综述

20世纪以来的清词研究与两宋词研究相比,是颇为冷清的,民国词家或称其"复兴",或完全否定其价值。直到最近三十年,清词才逐渐受到人们重视,清词研究于20世纪基本上完成了向现代的转型,这体现在研究方法、研究侧重点和研究的整体走向上。

一、民国时期的清词研究

民国时期的清词研究虽然冷寂,但是却有开创之功。从早期的况周颐、王国维等词学家到后期赵景深、刘大杰等新派学者,清词研究开始了从传统向现代转型的历程。

王国维的词研究至今仍是中西方哲学相结合的典范,而从谢无量《中国大文学史》开始[①],民国学者受到西方影响,文学史著述成为潮流。虽然早期的文学史、词史在形式上和方法上仍然没有摆脱传统词话的痕迹,如刘毓盘《词史》[②],但是基本上勾勒出了词这种文体的演化过程,论及清词还是能切中要害。其中徐珂的《清代词学概

---

① 谢无量:《中国大文学史》,中华书局,1918年版。
② 刘毓盘:《词史》,群众图书公司,1931年版。

论》对清词研究的开创性意义是不容否定的①,《清代词学概论》是第一部清词研究的专著,其中详论了浙西词派和常州词派,分总论、派别、选本、评语、词谱、词韵、词话七章,对清词有比较详备的研究,从中可以看到清词研究向现代转型的端倪。

清代女性词人研究也在此期展开,谢无量有《中国妇女文学史》②,把妇女文学分上古、中古、近世三编,进行了梳理。梁乙真《清代妇女文学史》有意续《中国妇女文学史》③,论述了清代女词人百余家,对有清一代众多女词人作了介绍点评,将她们与清代词坛联系起来,归入各派(如将吴藻归于浙派中),清代女性词人的创作整体面貌得以展现,为以后的女性词人研究奠定了基础。

民国学者对清词的研究成果主要体现在总体评价上,一般有两种观点:

其一,清代是词的复兴时期,这种观点以刘毓盘、谢无量、吴梅为代表。刘毓盘的《词史》从词体的纵向发展来看清词的地位:"词者诗之余句。萌于隋,发育于唐,敷舒于五代,茂盛于北宋,煊灿于南宋,剪伐于金,散漫于元,摇落于明,灌溉于清初,收获于乾嘉之际。"④这样的比喻可看出刘毓盘对清词的定位,无疑肯定了清词的价值。谢无量也指出"清之骈体小词,均元明所不及"⑤。吴梅则给清词更高的评价,认为"词之清代,可谓极盛之期"⑥。

---

① 徐珂:《清代词学概论》,上海大东书局,1926年版。
② 谢无量:《中国妇女文学史》,中华书局,1916年版。
③ 梁乙真:《清代妇女文学史》,中华书局,1927年版。
④ 刘毓盘:《词史》,上海群众图书公司,1931年版,第213页。
⑤ 谢无量:《中国大文学史》,中国人民大学出版社,2011年版,第677页。
⑥ 吴梅:《词学通论》,上海古籍出版社,2006年版,第206页。

其二,清词的"复兴"在质量上并没有什么提高,词的时代已经过去。对清词颇多贬斥者如胡云翼、胡适、陈子展等人。胡适对清词的批评很严苛,他将词史分为三个时期,第一时期自晚唐到元初,是词"本身"的历史;第二个时期自元到明、清之际,是词"替身"的历史;第三个时期自清初到清末,是词的"鬼"的历史。他对清词作出了一番整体的论述:

> 清朝的学者读书最博,离开平民也最远。清朝的文学,除了小说之外,都是朝着"复古"的方面走的。他们一面做骈文,一面做"词的中兴"的运动。陈其年、朱彝尊以后,二百多年之中很出了不少的词人。他们有学《花间》的,有学北宋的,有学南宋的;有学苏、辛的,有学白石、玉田的,有学清真的,有学梦窗的。他们很有用全力做词的人,他们也有许多很好的词,这是不可完全抹杀的。然而词的时代早过去了,过去了四百年了。天才与学力终归不能挽回过去的潮流,三百年的清词,终逃不出模仿宋词的境地。所以这个时代可说是词的鬼影的时代;潮流已去,不可复返,这不过是一点回波,一点之浪花飞沫而已。①

胡适的这种批评在民国很有代表性,胡云翼、陈子展等人沿袭了其观点,胡云翼就说,"词的时代早已过去了,清词的发展只是量的扩张了。"② 陈子展则进一步批评清词没有"生气"。胡适的观点在建国后也有影响,北大55级编的《中国文学史》就采用了此种观点。

龙榆生和赵景深的观点比较接近,都将清初词分成了婉约和豪

---

① 胡适:《〈词选〉自序》,《胡适古典文学研究论文集》,上海古籍出版社,1988年版,第551页。
② 胡云翼:《新著中国文学史》,北新书局,1947年版,第269页。

放的两派,龙榆生说:

> 清初人词,大抵不出二派。一派沿明人遗习,以《花间》、《草堂》为宗,而功力特胜;其至者乃欲上追五代;如王士禛、纳兰性德、彭孙遹诸人是。一派宗苏、辛,发扬蹈厉,以自写其胸中磊砢不平之气,其境界乃前无古人;如曹贞吉、陈维崧诸人是。①

他虽未明确说明"婉约"与"豪放",实际以此分派,但对豪放一派未免过誉。赵景深则明确了"婉约"与"豪放"两派,对清词的评价较为中肯:

> 清代词号称中兴,远较元、明为发扬光大;惟词至南宋末年,已经走到尽头;清人对于词学,也只是在整理方面较为热闹,词谱、词韵、词评、选本,纷纷出版,至于创作,究竟不能脱出唐、宋的圈套,除了纳兰性德以外,几乎没有卓异的天才。②

认为清词超过了元、明词,这是肯定清词的一面;另一方面,赵景深承认清词创作上的通病,这是对清词比较公正的评价。

此期的清词整理工作为以后的研究打下了基础。陈乃乾的《清名家词》和叶恭绰的《全清词钞》是此时最重要的两部清人词集,以下分别介绍。

陈乃乾《清名家词》收入清代著名词家的词集一百部,吴伟业、曹溶、朱彝尊、王士禛、曹贞吉、陈维崧、顾贞观、纳兰性德、厉鹗等名家词都被收入。前有黄孝纾序,评价《清名家词》"虽不逮《清词钞》,

---

① 龙榆生:《中国韵文史》,上海古籍出版社,2002年版,第142页。
② 赵景深:《中国文学史新编》,北新书局,1947年版,第324页。

而清代词人专集之卓然可传者,略备于是"①,颇为中肯。这部词集基本上可见清词的总体面貌。叶恭绰也认为"词宗硕匠,大致无遗"②。然而其中也有不足之处,陈乃乾在《序例》中说明:"明代遗民眷怀故国,使与新朝显宦并列,有违作者本意,如王夫之、屈大均辈,概从割爱";"闺秀方外之作,概未采入",像王夫之等遗民词人与女性词人的作品都没有被收入,这是它的一个缺漏。但是,《清名家词》仍然有其重要价值。

叶恭绰编纂的《全清词钞》是此期收录清词最多的词集,选入了3196位词人约8260多首作品。叶恭绰在《〈清名家词〉序》中就说:"余曩者有清词钞之辑,欲网罗有清一代之词,择尤选录。"③其自1929年开始编纂,直到1975年在香港由中华书局正式印行,其中经历了四十多年的时间,这项浩大的工程历时之久,所收词量之多,可谓洋洋大观了。叶恭绰选入了《清名家词》中未收的王夫之等由明入清的词人和女性词人之作,他在序言中说明此集所录入的作者"以殁于清代的为断",将辛亥革命后去世的清末词家统列于后,作为附录,力图在每一时期的作品中显现其"作风和流派的转变"。在每个词人作品前还有词人小传,附录中有词人和词作的索引,为读者提供了方便,这是研究清词比较详备的资料。

---

① 黄孝纾:《〈清名家词〉序》,陈乃乾编《清名家词》本,上海书店,1982年版,第2页。
② 叶恭绰:《〈清名家词〉序》,陈乃乾编《清名家词》本,上海书店,1982年版,第1页。
③ 叶恭绰:《〈清名家词〉序》,陈乃乾编《清名家词》本,上海书店,1982年版,第1页。

除了这两部词集,还有王煜《清十一家词钞》[①]、胡云翼《清代词选》等[②];此外,别集中纳兰性德词集的整理有谢秋萍《饮水词集》[③]、罗芳洲《纳兰性德词》[④]、李勖的《饮水词笺》[⑤]。吴藻词集的整理则有谢秋萍《吴藻词》[⑥]、胡云翼《吴藻词》[⑦]。

二、1949年以来的清词研究

1949年以来,尤其是80年代至今,清词研究逐渐受到人们关注,开始出现繁荣局面,这集中表现在对清代词人的个体研究上,民国时期尚未展开或只有泛泛论及的词人,如王夫之、曹贞吉、顾贞观等,其作品整理和词作研究都开始深入,而在纳兰性德、朱彝尊等作家的研究中,各种理论方法,如心理学、文艺学等都被研究者运用,产生了一些新的观点。

此期清词研究的专著包括清词总体研究和词人研究,取得了相当的成绩。严迪昌的《清词史》填补了20世纪以来清词研究的一大空白,建构了清词研究的体系。在此之前,清词研究处于零散的状态,不成系统。严迪昌在此书《绪论》部分介绍该书的总体框架:"以词风流变为主脉,以词派消长和各时期重大词创作活动及群体实践为骨干,从而经纬以大家、名家创作成就的论评。"[⑧]严氏将清代众多

---

① 王煜编注:《清十一家词钞》,上海正中书局,1947年版。
② 胡云翼编:《清代词选》,文力出版社,1947年版。
③ 谢秋萍辑:《饮水词集》,光华书局,1932年版。
④ 罗芳洲编:《纳兰性德词》,文力出版社,1946年版。
⑤ 李勖:《饮水词笺》,正中书局,1937年版。
⑥ 谢秋萍辑:《吴藻词》,文力出版社,1946年版。
⑦ 胡云翼编:《吴藻词》,上海教育书店,1947年版。
⑧ 严迪昌:《清词史》,人民文学出版社,2011年版,第5页。

词家纳入各个词派,从整体词风的演变来观照清词,颇具特色。这部书受到了学界的普遍好评,赵伯陶称其"筚路蓝缕,提纲挈领"。

女性词研究有邓红梅的《女性词史》[1],邓红梅将清代看做女性词创作的高潮期,对清代女词人的论述最多,对徐灿、顾贞立、熊琏、沈善宝、吴藻、顾春、吕碧城等女性词人都有细腻的品评。段继红的《清代闺阁文学研究》分上下两编[2],上编从整体上把握清代女性文学的概况,分析女性的生存状态和创作类型;下编分析了随园女弟子、闺秀三大家(徐灿、顾春、吴藻)和贺双卿等词人。该书也是女性词人研究的重要成果。此外,词派、词人群体研究有《清代满族作家文学概论》[3]、《清代四大女词人——转型中的清代知识女性》[4]、《清代吴中词派研究》[5]、《顺康之际广陵词坛研究》等[6];词学研究方面有《清代词学的建构》[7]、《清代前中期词学思想研究》[8]、《清代词学》等[9];词人研究专著则有《朱彝尊研究》[10]、《纳兰性德和他的词》[11]、《顾太清与海淀》等[12]。

---

[1] 邓红梅:《女性词史》,山东教育出版社,2000年版。
[2] 段继红:《清代闺阁文学研究》,南开大学出版社,2007年版。
[3] 张菊玲:《清代满族作家文学概论》,中央民族学院出版社,1990年版。
[4] 黄嫣梨:《清代四大女词人——转型中的清代知识女性》,汉语大词典出版社,2002年版。
[5] 沙先一:《清代吴中词派研究》,人民文学出版社,2004年版。
[6] 李丹:《顺康之际广陵词坛研究》,上海古籍出版社,2009年版。
[7] 张宏生:《清代词学的建构》,江苏古籍出版社,1998年版。
[8] 陈水云:《清代前中期词学思想研究》,武汉大学出版社,1999年版。
[9] 孙克强:《清代词学》,中国社会科学出版社,2004年版。
[10] 朱则杰:《朱彝尊研究》,浙江古籍出版社,1993年版。
[11] 黄天骥:《纳兰性德和他的词》,广东人民出版社,1983年版。
[12] 金启孮:《顾太清与海淀》,北京出版社,2000年版。

对清词的整体评价上,学界基本上认同它的"中兴"地位,并有所探索,但不够深入。以下介绍此期对清词的整体评价。

严迪昌《清词史》从词的抒情功能肯定了清词的"中兴"。认为"清人之词,已在整体意义上发展成为与'诗'完全并立的抒情之体","其实质乃是词的抒情功能的再次得到充分发挥的一次复兴,是词重又获得生气活力的一次新繁荣"[1]。严氏的论述强调清词的抒情功能,实际上由抒情功能也看到了清词的"尊体"。

陈铭也认为清词的中兴导致词体发生了变化:首先,清词的创作促使词体从卑微走向尊崇;第二,尊词体的核心,是以诗教为词旨,以诗衡词;第三,从创作流派而言,清词基本倾向是各流派重点继承,发展为融合汇流[2]。陈铭的观点与严迪昌相近,可以看出清词"尊体"与词的抒情功能互为因果。陈铭还分析了清词衰微的原因:第一,清词的创作理论虽然有不少变化,但实质上是走一条形新而实旧的道路;第二,清词的作者队伍的变窄变雅,也推使词创作的衰微;第三,清词的创作行为,已从广阔的社会活动收缩到很小的文人活动空间,收缩到书斋案头。对清词衰微原因的分析比较准确。

叶嘉莹提出:清词的发展是在《花间》、两宋词的轨迹上的演化,清代词人发现并认识到了词的美感特质。叶嘉莹认为,词的美感特质在于它无心的将人的本质表现出来,而词的"双重性别"和"双重语境"使得其更加微妙起来,北宋和南宋,长调流于淫靡,豪放词易流于叫嚣,"而在词而言一定是要有深沉、婉转低徊的意思,才是真

---

[1] 严迪昌:《清词史》,人民文学出版社,2011年版,第2—4页。
[2] 陈铭:《清词的中兴与衰微》,《浙江学刊》1992年第2期。

正的好词。可是一直到南宋,他们都没有真正的反省思索和认知。"[1]明清易代,像李雯、吴伟业的惭愧悔恨,都在词中有不同程度的反映。清初词人在词中寄寓自己的各种情感,使他们对词的美感有了深一步的反省,对词的美感特质有了一些认识。朱彝尊对南宋词的体认非常清楚深刻,这个观点在叶嘉莹的另一篇文章《浙西词派创始人朱彝尊之词与词论及其影响》中有详细论述[2]。叶嘉莹又论及张惠言对词的美感认知,最后得出结论:"清词之所以有如此辉煌的成就,不仅因为宋人的词发挥有所未尽,而且因为小词的美感这么不容易被认识,宋人没有清楚的认知,而清朝的词人不但发现了词的这一种特美,而且对于词的特美开始有了一种美感特质的反省和认知。"这个新观点是叶嘉莹在其对词的美感特质研究中的又一次延伸,她指出了清词的特殊性,得出的结论也很新颖。在文章最后,作者指出,传统文学理论缺少了恰当的分析语言,清词的美感特质实际上就是缺乏恰当的语言来概括,朱彝尊、张惠言都认识到并有所涉及,但没有准确地概括出来。"我们的时代应该是对它有一个清楚说明的时代"[3]。

清词研究在此期的兴盛也表现在作品整理上,不仅有像《全清词》那样的大型总集的出现,各个词人的别集的辑校、笺注工作也全面展开。

---

[1] 叶嘉莹:《清词在〈花间〉两宋词之轨迹上的演化——兼论清人对于词之美感特质的反思》,《南京大学学报》2009年第2期。

[2] 叶嘉莹:《浙西词派创始人朱彝尊之词与词论及其影响》,《中国文化》1995年第1期。

[3] 叶嘉莹:《清词在〈花间〉两宋词之轨迹上的演化——兼论清人对于词之美感特质的反思》,《南京大学学报》2009年第2期。

《全清词》由南京大学承担,从 1983 年开始,几经修订,至 2002 年,《全清词·顺康卷》出版,共二十册,收录作者二千一百家,词作五万余首。此书出版后受到了广泛好评,正如饶宗颐在序言中所说,"可谓历代倚声总结集之殿军"。但其中也有所遗漏,在这部总集出版后,很多学者做了它的补遗工作。除了这部大型总集,此期还有钱仲联选注的《清词三百首》[①],沈轶刘、富寿荪选编的《清词菁华》[②],于在春选的《清词百首》[③],张伯驹、黄君坦的《清词选》等等[④],这些都是清词选集,我们从中可以看到清词的大致面貌。

　　清代词人的别集整理在此期也取得了一定成就,夏承焘主编的"天风阁丛书"是这方面的代表,这套丛书收录了《饮水词》《梅村词》《衍波词》《曝书亭词》《板桥词》等,并以各种善本校雠,在体例上合理完备。其他词集有:《曹贞吉集》[⑤]、《弹指词笺注》[⑥]、《纳兰词笺注》[⑦]、《纳兰性德词新释辑评》[⑧]、《饮水词笺校》等[⑨]。

　　总而言之,20 世纪以来的清词研究取得了一定成绩,但与两宋词研究相比,在研究深度方面仍然不够,在研究方法和视野上尚需拓展。

[①]　钱仲联:《清词三百首》,岳麓书社,1992 年版。
[②]　沈轶刘、富寿荪选编:《清词菁华》,安徽文艺出版社,1986 年版。
[③]　于在春:《清词百首》,人民文学出版社,1984 年版。
[④]　张伯驹、黄君坦:《清词选》,中州书画社,1982 年版。
[⑤]　王佩增、宋开玉:《曹贞吉集》,山东大学出版社,1994 年版。
[⑥]　张秉戌:《弹指词笺注》,北京出版社,2000 年版。
[⑦]　张草纫:《纳兰词笺注》,上海古籍出版社,2003 年版。
[⑧]　张秉戌:《纳兰性德词新释辑评》,中国书店,2001 年版。
[⑨]　赵秀亭、冯统一:《饮水词笺校》,中华书局,2005 年版。

第二节　吴伟业等清初词人研究

清初词家众多,如王夫之、毛奇龄、彭孙遹等人,由于研究较少,篇幅所限,不作介绍,本节介绍对吴伟业、王士禛、曹贞吉和顾贞观四位词家研究的情况。

一、吴伟业词研究

吴伟业的《梅村词》在康熙年间被收于孙默刻《国朝名家诗余》(留松阁本)中。康熙年间,绿荫堂《百名家词钞》中选录其一卷,董康《梅村家藏稿》本,《全清词·顺康卷》中录入的就是此本①。民国时期,《梅村词》被收入《四部丛刊》,陈乃乾辑入《清名家词》,这两本是比较通行的。1986年,夏承焘编的"天风阁丛书"中收入《梅村词》②,李少雍校。此书以梅村诗集、词集的各种版本为基础进行校勘和补遗,附录了吴伟业的传记、墓表、年谱等。2008年上海古籍出版社出版了《吴梅村词笺注》,由陈继龙据明末清初相关史籍、诗歌、文集、笔记、方志等进行笺注,有重要的参考价值。

梅村词在清初就名重一时,清末张德瀛曾评吴伟业为"本朝词家之领袖",对他推许甚高。徐珂《近词丛话》的评价尚为公允:"明崇祯之季,诗余盛行,人沿竟陵一派。入国朝,合肥龚鼎孳、真定梁清标,皆负盛名。而太仓吴伟业,尤为之冠。其词学屯田、淮海,高者直逼东坡。"③

---

①　董康:《梅村家藏稿》,《全清词·顺康卷》,中华书局,2002年版。
②　李少雍校:《梅村词》,广东人民出版社,1985年版。
③　徐珂:《近词丛话》,唐圭璋编《词话丛编》本,中华书局,1986年版,第4222页。

晚清诸评家中陈廷焯可谓道破了梅村词的"词心":"吴梅村词,虽非专长,然其高处,有令人不可捉摸者。此亦身世之感使然。"①梅村词确有其"高处"。然而从民国到20世纪80年代,梅村词的研究甚少。

80年代开始梅村词再次受到人们关注,李少雍校勘吴伟业词,将他的106首词收编为《梅村词》,并撰有《吴伟业和〈梅村词〉》一文,对吴梅村的身世经历、政治立场和思想作了梳理和分析。李少雍发挥了谢章铤对吴梅村的评价,强调吴伟业开清词风气的作用,尤其以歌行体写长调独创一格,"为词之复兴树立了独特而切近的范本"②。严迪昌在《清词史》中也强调了这点,认为"《梅村词》最能代表进退出处失据而心态词境前后变易的作家群面貌,从这方面理解张德瀛所说的'为本朝词家之领袖'(《词征》卷六)一语,大致不算过誉"。特别是梅村晚年的长调,"慨然深沉而怨愤之情外溢,有异于李雯、宋徵舆等的笔浅墨淡的仅是愧疚而已。这种融身世之感与时事之慨的'笑啼非假'的作品,在相当程度上开创了特定的风气"③。在梅村词的渊源上,李少雍在徐珂的基础上进行了发挥,认为梅村词早年婉约,晚年豪放,小令多类乎周、柳,长调颇有似苏、辛者。梅村早年词兼采周、柳长处,力排其短,"有周词之雅而无其隐曲之弊,无柳词之俗而有其明畅之优。"④中年以后厌倦官场,一洗绮罗香泽之态,转而豪迈激荡,学习苏、辛,但放逸中有忧患,雄豪中多

---

① 陈廷焯:《白雨斋词话》,唐圭璋编《词话丛编》本,中华书局,1986年版,第3827页。
② 李少雍校:《梅村词》,广东人民出版社,1985年版,第15页。
③ 严迪昌:《清词史》,人民文学出版社,2011年版,第34页。
④ 李少雍:《吴伟业和〈梅村词〉》,《梅村词》,广东人民出版社,1985年版,第17页。

哀伤,旷达里有隐痛,与苏、辛相区别。此后人们对梅村词的看法基本一致,都从他的"身世之感"出发来解读,实际上是对陈廷焯"身世之感使然"的发挥。如姜爱军就是结合梅村的身世经历分析梅村词的,他指出了明亡和出仕前后吴梅村的心理和词风的变化,认为吴梅村所经历的特殊的时代磨难和坎坷不平的人生道路,及其渊博的学问和才华,共同熔铸成了梅村词独特的哀伤婉艳的美学风貌[1]。

《贺新郎·病中杂感》一般认为是吴伟业临终绝笔,但俞平伯认为这不是他的绝笔,因为谈迁《北游录·纪闻上》,录有此词。《北游录》作于1654至1656年间(清顺治十一年至十三年间),谈迁与吴梅村同在北京,盖当时梅村出此稿示谈。谈迁卒于顺治十四年丁酉(1657),年六十四;吴梅村卒于康熙十年辛亥(1670),年六十三。吴之卒年约晚于谈十五、六年,则此词非吴之最后作品甚明,盖不得已出仕于清廷时所作,后人以其词意悲哀沉痛,遂误认为绝笔耳[2]。俞平伯的这种看法并未引起重视。1985年,朱则杰认同了俞氏的观点,并进一步从版本方面提出旁证,理由是清初聂先、曾王孙辑的《名家词钞》,其底本和《梅村集》的祖本是相同的。但是,有一重要之处不一样,即《梅村集》两首《贺新郎》词,《病中有感》在后,《送杜将军韬武》居前,《名家词钞》则恰恰相反;而梅村词一调之中,都以写作时间先后为序,可见《病中有感》这首词原非梅村绝笔,而可能是梅村门人在他卒后重新订集,把它挪列最末,以作压卷的[3]。朱氏

---

[1] 姜爱军:《"身世之感使然"——论吴梅村词》,《南京师大学报》1992年第2期。
[2] 俞平伯:《吴梅村绝笔词质疑》,《论诗词曲杂著》,上海古籍出版社,1983年版,第685页。
[3] 朱则杰:《读梅村词》,《中国古代、近代文学研究》1985年第3期。

的旁证没有足够的说服力,也没有引起重视。现在一般依然认为这首词是吴梅村的绝笔。

二、王士禛词研究

王士禛《衍波词》有二卷本和一卷本两个系统,二卷本有康熙年间孙默《国朝名家诗余》本,光绪十五年(1889)许增辑《榆园丛刻》本;一卷本题《阮亭诗余》,有光绪间赵之谦辑本,民国十八年(1929)墨润堂书苑重印的《仰视千七百二十九鹤斋丛书》本。1936年商务印书馆《丛书集成初编》将许本、赵本收入。陈乃乾《清名家词》将两本合为一卷,名《衍波词》①。80年代夏承焘编的"天风阁丛书"中收入《衍波词》②,李少雍编校此书以各种版本进行了校勘,并补遗,并附有王士禛传记、序录、年谱等,是比较完善的版本。

王士禛在清初诗坛倡导"神韵说",被推为正宗,产生了很大的影响,其诗和诗论向来为学者关注。但其词名为诗名所掩,20世纪的《衍波词》的研究无论是在数量还是深入程度上,都不能与渔洋诗的研究相提并论,正如况周颐所说:"世知阮亭诗以神韵为宗,明清之交诗格为之一变,而词格之变亦自托阮亭之名始,则罕知之。"③

王国维在《人间词话》中对《衍波词》有所论及,言其佳者"颇似贺方回,要在浙中诸子之上"④。吴梅认为"渔洋小令,能以风韵胜,仍是做

---

① 陈乃乾:《清名家词》,上海书店,1982年版。
② 李少雍编校:《衍波词》,广东人民出版社,1986年版。
③ 况周颐:《蕙风词话》,唐圭璋《词话丛编》本,中华书局,1986年版,第4510页。
④ 王国维:《人间词话》,唐圭璋《词话丛编》本,中华书局,1986年版,第4260页。

七绝惯技耳。然自是大雅,但少沉郁顿挫之致。昔人谓渔洋词为诗掩,非笃论也。词固以含蓄为主,惟能含蓄,而不能深厚,亦是无益。若谓北宋皆如是,为文过之地,正清初诸子之失,不独渔洋也。长调殊不见佳。"①此论实是继承了陈廷焯的评价,指出渔洋词"不能深厚"为其病,也是清初词的普遍之弊。龙榆生把渔洋"神韵"诗与其词相联系,认为"王士禛为清代大诗人,特工绝句,又标'神韵'之说;即以其法填词,故专以小令擅胜"②。即王士禛的"神韵"诗影响了他的词,而其诗以绝句胜,其词则以小令胜。龙榆生实际上认为王士禛的"神韵"诗论影响了他的词,而渔洋诗论与词及词论的关系在新时期,学者们也有所争论。

80年代夏承焘"天风阁丛书"中收入《衍波词》,王士禛的词及词论逐渐热起来,培君《〈衍波词〉三议》③、张纲《王士禛的词论主张及其创作实践》较多地研究了《衍波词》的内容④,培君认为《衍波词》中有故国之思,走的是《湘真词》婉约之路,延续了云间一脉,艳词和写景小词有独特的美学个性,有独具一格的神韵之美。张纲指出《衍波词》题材广泛,有凭吊怀古、题赠、离情别绪、儿女艳情等等,格调不尽相同,但都能以神韵取胜。王士禛的词论主张主要体现在他的《花草蒙拾》中,学者们对其词论的研究主要由此出发,并结合其创作实践进行总结。孙克强《王渔洋词论初探》⑤,总结了王士禛

---

① 吴梅:《词学通论》,中国书籍出版社,2006年版,第210页。
② 龙榆生:《中国韵文史》,上海古籍出版社,2002年版,第140页。
③ 培君:《〈衍波词〉三议》,《固原师专学报》1992年第1期。
④ 张纲:《王士禛的词论主张及其创作实践》,《南京师大学报(社会科学版)》1994年第1期。
⑤ 孙克强:《王渔洋词论初探》,《苏州大学学报(哲学社会科学版)》1992年第3期。

的几个词学观点：其一，王渔洋词论受到了云间派特别是陈子龙的影响；其二，倡导此风的多样性，对婉约和豪放兼容并蓄；其三，王渔洋从词的境界、趣味、声韵格律等方面都对词细致的论述。受到民国时期龙榆生的影响，此期多数学者的看法与龙榆生相同，认为"神韵"诗论影响了渔洋的词论与创作。巩曰国通过考证《花草蒙拾》的成书时间和内容等，认为《花草蒙拾》成书于王渔洋任扬州推官期间（1660—1664），其词论在"而立"之年确立，而其诗论成熟于他的晚年[1]；而从内容上看，《花草蒙拾》继承了张炎诸家的词论主张并有所发展，并非是在神韵诗论影响下产生的，从其诗词创作来看，王渔洋的诗论和词论是相互独立且相互影响，共同推动了神韵论的丰富和深化。在王士禛诗论与词论的关系研究中，以上观点可备一说。

相对于词作与词论研究，后期越来越受学者关注的，是王士禛的词学活动及其对清初词坛的影响。王士禛从顺治十七年（1660）赴扬州任推官的五年间，主持广陵词坛，广交文友，主持了多次唱和，对清词发展产生了重要影响。况周颐说清初"词格之变亦自托阮亭之名始"是有根据的。对王士禛扬州词学活动的评价总结，主要集中在三方面：其一，王士禛主持了几次重大的唱和活动，如红桥唱和，扩大了词的影响；其二，他与邹祗谟一起编纂了《倚声初集》，成为清代词集选编的先导；其三，他在扬州广交文友，包括陈维崧等后来成为清代词派领袖的词家，对清代词派形成有重要影响。

蒋寅《王渔洋与清词之发轫》详细地列出了王士禛的词学活动年表，结合清初倚声萧条与扬州为"诗余之地"的大环境，指出王士

---

[1] 巩曰国：《从〈花草蒙拾〉看王渔洋词论与诗论之关系》，《淄博学院学报（社会科学版）》1999年第2期。

禛在广陵的词学活动拉开了清词中兴的序幕。而渔洋的词学观念的确立,在清词中兴中起到了关键作用。总括而言,就是扩展眼界,超越《花》《草》,重建传统,再兴填词。不单《花草蒙拾》之论,在观念上改变了人们对南宋词的态度;《倚声初集》之选,更直接激起不少文士填词的兴趣①,同时,对阳羡、浙西等词派的产生、词学观念的演进发生了重要影响。

对王士禛词的艺术风格及地位的研究集中在近年来的硕博论文中,不再赘述。

三、曹贞吉、顾贞观研究

曹贞吉、顾贞观与纳兰性德被称为康熙时期京华词坛的"三绝",实际上曹、顾二人的影响远逊于纳兰性德,20世纪初学术界对他们的研究不多,直到近期才逐渐受到关注。

曹贞吉的《珂雪词》和顾贞观的《弹指词》在20世纪都被收于民国丛书《万有文库》②、《四库备要》③,整理本有《曹贞吉集》④、《弹指词笺注》⑤。

民国学者对曹贞吉虽关注不多,但评价尚高。吴梅说:"清初诸老,惟珂雪最为大雅,才力虽不逮朱、陈,而取径则正大也。其词大抵风华掩映,寄托遥深,古调之中,纬以新意,盖其天分于此事独近耳。"吴梅认为他的咏物词不可取:"至咏物诸作,为陈迦陵推挹者,

---

① 蒋寅:《王渔洋与清词之发轫》,《文学遗产》1996年第2期。
② 王云五:《万有文库》,商务印书馆,1937年版。
③ 《四库备要》,中华书局,1936年版。
④ 王佩增、宋开玉点校:《曹贞吉集》,山东大学出版社,1994年版。
⑤ 张秉戌笺注:《弹指词笺注》,北京出版社,2000年版。

吾甚无取也。"①对其定位比较准确。刘大杰则重点在分析曹氏的词风,指出《珂雪词》有两种风格:"一种是壮语高歌,苍凉雄浑,如怀古、赠人诸作;另一种是刻画细密,工丽风华,如咏物诸篇。"并且,"他的词风是以豪放为主,好的作品也在这一方面"②。

薛祥生《曹贞吉行年简谱》是新时期曹贞吉生平研究的一篇重要文章③。而对《珂雪词》的研究仍停留在内容和艺术分析上。严迪昌将曹词内容分为了"哀生悼逝的寄慨词"和"寄托遥深的咏物怀古词"。王佩增和宋开玉结合曹贞吉的生平经历和思想心理对其诗词作了阐释,认为他的词是对生活的独特发现,是自我的真情流露,在清初词坛上占有一席之地,值得人们去研究,这样的提法是很有意义的。

在顾贞观词的研究中,学者们不约而同地推重两首《金缕曲》。吴梅说:"梁汾词,以《金缕曲》二首寄汉槎为最著……二词纯以性情结撰而成,悲之深,慰之至,丁宁告语,无一字不从肺腑流出。"④说出了两首词的优长之处。刘大杰指出,顾词"多重白描,不加雕琢,而善于抒情",两首《金缕曲》"一字一句,如话家常,而宛转反复,真切动人,为一时传诵"⑤,点明了两词的成就。

直至目前,这两首《金缕曲》仍然是《弹指词》研究的热点,对这两首词的研究有赏析,有从其中引发的对传统文人生活形态的考察,

---

① 吴梅:《词学通论》,中国书籍出版社,2006年版,第112页。
② 刘大杰:《中国文学发展史》(下卷),复旦大学出版社,2006年版,第373页。
③ 薛祥生:《曹贞吉行年简谱》,《中国韵文学刊》1999年第1期。
④ 吴梅:《词学通论》,中国书籍出版社,2006年版,第113页。
⑤ 刘大杰:《中国文学发展史》,复旦大学出版社,2006年版,第378页。

还有论证前人评价的"非正声"等等,有一些新的成果。但是对《弹指词》的整体研究还是欠缺。

相较词作研究,顾贞观词学观的研究有所展开。顾贞观在康熙时期比较明显的反对浙西词派"学步古人",严迪昌在《清词史》中对顾贞观的词学观念有所涉及,概括出两点,即"极情之至""不落宋人圈襪",但没有展开论述①。李康化《顾贞观词学思想论衡》对顾贞观的词学观作了详细深入的论述,他对顾贞观不为人所注意的词学思路进行了分析,得出以下结论:其一,顾贞观认为词来自乐府,此种观念虽不准确,却体现了顾贞观的推尊词体。然而他只是"力图将词从'附庸''寄闰'的阴影中解脱出来,而不是真正地给词体一个独立的位置";其二,顾贞观"铲削浮艳,舒写性灵",是反对浙西词派,而与阳羡相合,他的"性灵"说也是有限制的,将柔艳之情排斥在外;其三,顾、陈二人的词学观点无法相容,顾贞观对朱彝尊的"不以为然"实是针对其"慢词则取诸南渡"。顾氏崇尚北宋,反对以才学为词,而趋向于自然;其四,顾贞观《栩园词弃稿序》中对清初词坛的概括为治清词者提供了重要参考②。对顾贞观词学观的梳理有助于更深刻地理解他的词作。

第三节　陈维崧与阳羡词派研究

一、1949 年前陈维崧与阳羡词派研究

陈维崧(1625—1682),字其年,号迦陵。诗、词、文兼善,有

---

① 严迪昌:《清词史》,人民文学出版社,2011 年版,第 299 页。
② 李康化:《顾贞观词学思想论衡》,《学术月刊》1999 年第 4 期。

《湖海楼集》传世,是清初与朱彝尊齐名的词人。然而,不同于浙西词派,"阳羡词派"的提法,至当代方才成型。近代以来的词学研究,多数关注的是陈维崧本人的创作情况和他的影响。如陈匪石在《旧时月色斋词谭》中认为阳羡派不足以与浙西派、常州派分镳并进,甚至不足以成派。徐珂《清代词学概论》及刘毓盘《词史》等均无视阳羡一派的存在。王易《词曲史》"阳羡一派,当以陈维崧为首"的说法①,似认为有阳羡词派的存在,并评价其末流有粗犷叫嚣之病。

对陈维崧本人的评价,多是片言只语。钱基博在《现代中国文学史》中概括陈词"天才艳发,词锋横溢,其弊为粗率"②,寥寥数字,代表了长期以来词学界对陈维崧词作的经典看法。吴梅在《词学通论》第九章中,提出了新的评价:"后人每好扬朱而抑陈,以为竹垞独得南宋真脉,盖亦偏激之论。世之所以抑陈者,不过诋其粗豪耳。而迦陵不独工于壮语也。《丁香·竹菇》、《齐天乐·辽后妆楼》、《过秦楼·疏香阁》、《愁春未醒·春晓》、《月华清》诸阕,婉丽娴雅,何亚竹垞乎?即以壮语论之,其气魄之壮,古今殆无敌手。《满江红》《金缕曲》多至百余首,自来词家有此雄伟否?虽其间不无粗率处,而波澜壮阔,气象万千,即苏、辛复生,犹将视为畏友也。"③

新一代学者,如龙榆生、胡云翼、刘大杰等,对陈维崧的评价逐渐脱离偏见。胡云翼在《中国词史略》中,评陈维崧"所作虽不免有粗率处,而波澜壮阔,气象万千,识者尊为清初巨擘"④。刘大杰也在

---

① 王易:《词曲史》,江苏文艺出版社,2008年版,第294页。
② 钱基博:《现代中国文学史》,上海书店出版社,2007年版,第22页。
③ 吴梅:《词学通论》,中国书籍出版社,2006年版,第216页。
④ 胡云翼:《中国词史略》,岳麓书社,2011年版,第135页。

《中国文学发展史》中赞许说:"陈氏学问渊博,才气纵横,长调小令,任笔驱使。"①龙榆生在《中国韵文史》中,更是称"词体之解放,盖至维崧而达于最高顶矣"②。

二、1949—1976年陈维崧与阳羡词派研究

这一时期,对清词的专题研究多数以论文的形式发表。钱仲联1962年的《论陈维崧的〈湖海楼词〉》,是一篇难得的佳作。钱文在铺陈史料的基础上,对陈维崧词的创作成就做出了公允的评价,认为《湖海楼词》"把香山乐府的精神和表现手法移植到倚声领域中来",继承了杜诗的精神,"在词的发展史上是应当特笔大书的";又指出陈维崧词"充分表现了作者的个性",抒发了儿女之情、沦落之感,有着"悲歌慷慨""孤往兀傲"的艺术特色和丰富多彩的不同主题。作者于文中具体分析了大量陈维崧的词作,用以发明本事,佐证论点。对《湖海楼词》"刚健的骨力和清丽的藻彩的结合,也就是苏、辛与周、姜词的结合"以及"扩大了词的语言领域"两点艺术特征的总结,无疑影响了后来的研究者对陈词的评价。在文末,作者把眼光放远,指出常州词派张惠言等人与迦陵宗风有一脉相承之处,并认为"只有清末文廷式的《云起轩词》,才能于三百年中与迦陵壁垒相对,为苏、辛词派大放光芒"③。这些涉及中晚期清词的评价,是本时期不多见的。

---

① 刘大杰:《中国文学发展史》(下卷),复旦大学出版社,2006年版,第372页。
② 龙榆生:《中国韵文史》,上海古籍出版社,2002年版,第142页。
③ 钱仲联:《论陈维崧的〈湖海楼词〉》,《江海学刊》1962年第2期。

三、1976年后陈维崧与阳羡词派研究

陈维崧作为清初巨匠,改革开放后一直是清词研究的热点,已有的生平研究成果有周韶九《陈维崧年表》(附于周所编《陈维崧选集》)、陆勇强《陈维崧年谱》、马祖熙《陈维崧年谱》等。出于建国以来学界对豪放词风的特殊喜好,本时期的相关论著对陈维崧的词风也大多不吝赞美之辞。但对陈维崧词的风格总结,大多面目相似,要点趋同。如郭扬《千年词》、许宗元《中国词史》等书以及一些论文,对陈词的评价不外乎:一、气魄宏大,发扬苏、辛词风;二、讲求气节,常怀故国之思;三、贴近生活,真实描写了易代之际下层人民的苦难;四、自成一派,具有创新的精神和手段。虽然诸家具体表述有所不同,但出新的地方并不多。

自严迪昌发表《论阳羡词派》一文,且推出《阳羡词派研究》专著[1],"阳羡词派"的面貌才清晰呈现出来。这种观点很快被大多数研究者接受,继而在这一新的研究范式中继续发掘。

《阳羡词派研究》是严迪昌在他的前期论文《论阳羡词派》的基础上扩充而成的,全书七章,分别为"阳羡人文历史概述""阳羡词派的时代背景及其词风的历史渊源""阳羡词派的形成及其兴衰过程""阳羡词派的词学观及其理论建树""阳羡词派创作成就总论""阳羡词宗陈维崧论""阳羡词人群传论"。从目录安排可以看出,作者延续了他在《清词史》中的研究思路:从历史和时代的大背景切入,详论其源流,次述其建树,然后针对具体人物展开讨论。作者认为,阳羡词派堪称清代第一个词的流派,它具备一个权威的领袖人物,在这一人物周围聚合一个可观的作家群落,而这一作家群落有着较为一

---

[1] 严迪昌:《阳羡词派研究》,齐鲁书社,1993年版。

致的审美追求和创作倾向。这些因素构成了成熟流派所应具备的条件。作者通过丰富的史料,在各个章节充分论证了这一流派的缘起和它所表现的面貌。

首先,严迪昌揭示出阳羡词风的历史渊源,乃苏轼"楚颂"神思的孕化及蒋捷"竹山"情韵的脉承;第二,阳羡词派有着明确的词学观和理论建树,即力遵词"意"的本体功能论、独崇真情的风格兼容论和情韵兼求的声律观;第三,阳羡词派的创作成就突破了局限于"填词手"的樊篱,敢于写前人所不敢写,"拈大题目,出大意义";第四,详细描述阳羡词派宗主陈维崧的生平和创作,并勾勒出其他成员的群像。可以说,这部书集此前陈维崧及阳羡词派研究之大成,并独出心裁,为下一阶段的研究奠定了基础。此后,在风格论、缘起论、影响论、地域论以及与苏辛词的比较等各个方向,都出现了一些运用新视角、新方法的论文。关于陈维崧及阳羡词派,黄拔荆在《中国词史》的下册也有专章讲论,但铺排材料,创见无多,此不赘述。

严迪昌在《清词史》中将郑燮等人归入"阳羡词风的派外流响与界内新变"[①]。郑燮词的研究论文主要有叶柏村《郑板桥词浅测》、李延锦《论郑板桥的〈潍县竹枝词〉》、赵慧文《郑板桥词浅论》、刘名泰《郑板桥词浅论》、徐有富《郑板桥艳词初探》等,大抵内容较浅,讨论不够深入。主要沿用的是传统研究范式,把郑燮词分为思想内容和艺术特色两方面进行讨论。思想内容方面,一些论文热衷划分主题类别,突出郑词"现实主义"的词风。比较有特色的是徐有富的文章,他通过对郑燮词中爱情词的分析,将感情真挚的一面反映出来。

---

① 严迪昌:《清词史》,人民文学出版社,2011年版,第352页。

关于郑词的艺术特色,这些论文又大多落入"真实性""现实性""典型性""创新性"等俗套,无甚可观矣。不如严迪昌《清词史》中的相关篇章,通过查礼的《铜鼓书堂词话》,点出《板桥词》"酣""健""别有意趣"的特色,并结合其他材料,说明他"怒不同人""放笔""入情"的面貌,来得清晰透彻。

第四节　朱彝尊与浙西词派研究

朱彝尊(1629—1709),字锡鬯,号竹垞,晚号小长芦钓鱼师,又号金风亭长。浙江秀水(今嘉兴)人。早年曾秘密参与抗清复明活动,事败出走,游幕四方,以布衣自尊。康熙十八年(1679)以"名布衣"被征召,应博学鸿词科,授翰林院检讨,与修《明史》。康熙二十二年(1683)入值南书房。康熙二十三年(1684)以携仆入内廷抄书被劾谪官。二十九年(1690)补原官,两年后因故罢官,遂告归乡里,著述以终。朱彝尊学识渊博,兼长经史,著有《经义考》《日下旧闻》。早年以诗名著称,与王士禛并称"南朱北王",编有《明诗综》,著有《曝书亭集》。朱彝尊以词的成就最高,其词宗南宋姜夔、张炎,讲求醇雅,力挽明词颓风,当时与陈维崧齐名,为浙西词派宗主。有《眉匠词》《静志居琴趣》《江湖载酒集》《茶烟阁体物集》《蕃锦集》等,并辑唐五代至元六百余家词成《词综》。

一、朱彝尊及其词研究

(一)词集整理

朱彝尊晚年将其诗文词曲删订为《曝书亭集》,其中包括词七卷(《江湖载酒集》《静志居琴趣》《茶烟阁体物集》《蕃锦集》)(清康熙五十三年朱稻孙刻本),1919年上海商务印书馆据康熙原本影印,1929年重印。还有嘉庆二十二年(1817)朱氏潜采堂刻本,光绪十五年(1889)会稽陶氏寒梅馆刻本。民国时期的《曝书亭集》被收入各种丛书,如《四部备要》《国学基本丛书》《万有文库》等。由于《曝书亭集》是有所删减的,所以从清代开始,针对《曝书亭集》的补遗、辑佚工作就已经开始。嘉庆二十二年(1817),朱彝尊五世孙朱墨林与冯登府刻《曝书亭集外稿》(《曝书亭外集》)收录了部分《曝书亭集》中没有选入的作品。光绪二十二年(1896)翁之润刻《曝书亭词拾遗》(附《曝书亭词志异》),1933年中国书店据此重印。光绪二十九年(1903),叶德辉辑刻《曝书亭删余词》《曝书亭词手稿原目》《校勘记》。20世纪朱彝尊词的辑佚工作仍然继续,并日趋完备,朱则杰辑有《曝书亭集外诗文拾遗》,载于《朱彝尊研究》[①]。《曝书亭集》中词的笺注有李富孙注本,嘉庆十九年(1814)刻本。民国时期陈乃乾编《清名家词》收入《曝书亭词》[②]。

朱彝尊词别集有《江湖载酒集》,清康熙间钱塘龚氏玉玲珑阁刻本(三卷,收入龚翔麟《浙西六家词》),清康熙间绿荫堂刻本(一卷,收入聂先、曾王孙《百名家词钞》);《蕃锦集》二卷,柯维桢辑,清康熙十七年(1678)刻本;《眉匠词》一卷,三余书斋钞本。

目前朱彝尊词集的笺注、点校本,比较重要的有吴肃森编校《曝书亭词》[③]、陈铭校点《曝书亭词》[④],屈兴国、袁李来校点《朱彝尊词集》[⑤],

---

① 朱则杰:《朱彝尊研究》,浙江古籍出版社,1993年版。
② 陈乃乾编:《清名家词》,上海开明书店,1937年版。
③ 吴肃森编校:《曝书亭词》,广东人民出版社,1987年版。
④ 陈铭校点:《曝书亭词》,岳麓书社,1992年版。
⑤ 屈兴国、袁李来点校:《朱彝尊词集》,浙江古籍出版社,1994年版。

选集有罗仲鼎、陈士彪选注《朱彝尊诗词选》[1],叶元章、钟夏选注的《朱彝尊选集》[2]。

(二)生平、事迹研究

浙江历代名家诗选丛书本《朱彝尊诗词选》附录中有朱彝尊年谱,徐志平有《〈朱彝尊年谱〉增补》[3],2007年复旦大学硕士毕业论文有雍琦的《朱彝尊年谱》。除了年谱,朱彝尊的生平研究较集中在他的交游上,有《好古敏求 以友辅学——朱彝尊学术交游论》[4]、《朱彝尊与清初"通海案"所涉人物交游考》[5]、《朱彝尊与曹寅交游考》等[6]。

关于朱彝尊的事迹研究,有朱则杰的《朱彝尊研究》[7],王利民的《博大之宗——朱彝尊传》[8]。

(三)词作评价

民国时期的朱彝尊研究散见于词话、文学史和新的词学研究专著中,论文形式的专门研究几乎没有。研究集中在对朱彝尊词的总体评价上,而且往往将他与陈维崧联系起来,在不同风格比较中评价

---

[1] 罗仲鼎、陈士彪选注:《朱彝尊诗词选》,浙江古籍出版社,1989年版。
[2] 叶元章、钟夏选注:《朱彝尊选集》,上海古籍出版社,1991年版。
[3] 徐志平:《〈朱彝尊年谱〉增补》,《嘉兴高等专科学校校报》1994年第Z1期。
[4] 赖玉芹:《好古敏求 以友辅学——朱彝尊学术交游论》,《中南民族大学学报(人文社会科学版)》2007年第1期。
[5] 胡梅梅:《朱彝尊与清初"通海案"所涉人物交游考》,《现代语文》2007年第11期。
[6] 王利民:《朱彝尊与曹寅交游考》,《红楼梦学刊》2007年第2期。
[7] 朱则杰:《朱彝尊研究》,浙江古籍出版社,1993年版。
[8] 王利民:《博大之宗——朱彝尊传》,浙江人民出版社,2006年版。

得失,而其基本观点则大多来自前人。

评价高者如况周颐,《蕙风词话》卷五:

> 或问国初词人,当以谁氏为冠。再三审度,举金风亭长对。①

蒋兆兰评价其开清词风气之先:

> 清初诸公,犹不免守《花间》、《草堂》之陋。小令竞趋侧艳,慢词多效苏、辛。
>
> 竹垞大雅闳达,辞而辟之,词体为之一正。②

在朱、陈二人词的得与失上,此期学者基本上形成了相同或相似的意见,以徐珂为代表:"康乾之际,言词者几莫不以朱、陈为范围,惟朱才多,不免于碎,陈气盛,不免于率,故其末派,有俳巧奋末之病。"③钱基博的评价是在徐珂基础上的发挥:"朱之情深,所作词高秀超诣,绵密精美,其蔽为饾饤。陈之笔重,所作词天才艳发,辞锋横溢,其蔽为粗率。"④龙榆生和吴梅沿袭了陈廷焯对朱彝尊几部词集的评价,独推《静志居琴趣》:"竹垞诸作,《载酒集》洒落有致,《茶烟阁》组织甚工,《蕃锦集》运用成语,别具匠心,皆无甚大过人处;惟《静志居琴曲》二卷,尽扫陈言,独出机杼。艳词有此,不独晏、欧所不能,

---

① 况周颐:《蕙风词话》,唐圭璋编《词话丛编》本,中华书局,1986年版,第4522页。

② 蒋兆兰:《词说》,唐圭璋编《词话丛编》本,中华书局,1986年版,第4637页。

③ 徐珂:《近词丛话》,唐圭璋编《词话丛编》本,中华书局,1986年版,第4222—4223页。

④ 钱基博:《现代中国文学史》,上海书店出版社,2007年版,第32页。

即李后主、牛松卿亦未易过之。"①他们并未对朱、陈作出高下之分,指出其各有所长,"一学姜张,一学苏辛,造诣故自不同也"。但吴梅审视的眼光也跳出了朱、陈二人的范围,指出朱、陈所诣"尚未绝伦","有志于古者,当宜取法乎上也"。

朱彝尊词推尊南宋姜夔、张炎,这是他词学的一个重要方面,胡云翼对这一点不以为意,他虽高度赞扬朱彝尊是"天分最高的才人",另一方面又认为"他为姜、张所陷,不能自拔,未能充分发展其天才"②。胡云翼的评价有绝对化之嫌,但也指出了朱彝尊词存在的缺点。刘大杰在《中国文学发展史》中称朱彝尊词做到了"句琢字炼,归于醇雅"的地步,"但大都精巧有余,而沉厚不足"③,这样的评价将朱彝尊词的艺术特点准确地总结出来了。

50年代到80年代,清词被认为是"借尸还魂",朱彝尊的词也未得到充分的重视。北大中文系1955级《中国文学史》认为朱彝尊的词"以华美的形式来掩盖生活的空虚贫乏"④。游国恩等主编《中国文学史》尚为公允,认为朱彝尊的艳词"劝百讽一",是不足取的,总体上还是肯定了其词:"朱彝尊的词,字琢句练,精工隽永,艺术上的成就还是不可忽视的。"⑤除了文学史中的寥寥数语,此期未见关于朱彝尊的专题论文。

---

① 吴梅:《词学通论》,中国书籍出版社,2006年版,第219页。
② 胡云翼:《中国词史略》,岳麓书社,2011年版,第137页。
③ 刘大杰:《中国文学发展史》(下卷),复旦大学出版社,2006年版,第375页。
④ 北大中文系1955级:《中国文学史》,人民文学出版社,1959年版,第71页。
⑤ 游国恩等:《中国文学史》,人民文学出版社,1964年版,第210页。

20世纪80年代以来朱彝尊研究的范围和深度都有所开拓。研究的视野从其词的艺术探讨,拓展到对其词论的观照,并且不拘于朱彝尊的个别研究,而将其放在清词、浙西词派演变的大背景下考察其意义。在词学理论方面,由文学思想到"醇雅说"的具体分析,在作品文本方面,从对朱彝尊四部重要词集内容风格的探讨,到爱情词、咏物词特质的发现,并且从美学角度研究其词的美感所在,这些都体现了此期研究的深入化。

兹将此期研究情况分词论和作品两个部分概括。

1. 词论研究

朱彝尊作为一派之领袖,其词学观在80年代以来受到人们关注,并且形成了比较一致的看法。

高建中将朱彝尊词论的基本观点总结为三点:宗法南宋、崇尚醇雅、推尊姜张[1]。其后金望恩、曹保合等都对朱彝尊的词论做过探讨,对其词论的概括基本不离这三点,或者在其基础上继续发挥。严迪昌梳理了朱氏词学观念向醇雅说演变的过程,通过对前期词学观念的观照,认为"朱彝尊的词学观是在变迁中趋向保守的。他那本质上是回返儒家传统诗教观念的醇雅清正之说,实系对顺康之际日渐拓开的词的新变进行了一次收缩性的规范",因而,"从某种意义上来说是一次束缚和扼制,或者说是逆向发展。"[2]这种分析的方法值得借鉴。屈兴国和袁李来从词学实践和理论两方面做了考察,在词学方面主要论述"醇雅说",认为其理论根据是把诗必雅正的要求移入词,也适应了特定时代的要求,肯定了其对转变清初词风的作

---

[1] 高建中:《朱彝尊的词论及其创作》,《文学遗产》1981年第4期。
[2] 严迪昌:《清词史》,人民文学出版社,2011年版,第263页。

用。但在总体上,认为朱氏的词论体系不完善,原因有二:"首先,对词这种文学样式的认识是意欲尊之,实则卑之,没有脱离时人卑薄词体的认识";"其次,醇雅说欠透彻,不足以担负清词发展的使命",朱氏没有明确地界定醇雅之义。他们还指出,雍正以后的浙西词派,远离现实,内容日渐空虚,逐渐衰落,正证实了"朱氏词论的先天不足和后天失调"[①]。

叶嘉莹从词的美学特质分析了朱彝尊的词论,认为经历了两宋的诗化与赋化演变之后,朱彝尊发现了南宋赋化之词的高峰之作《乐府补题》,对这些作品的美感进行过反思,其词论代表了他在反思后的体悟和认知。

首先,针对朱彝尊在《陈维岳〈红盐词〉序》和《〈紫云词〉序》两篇序文中的看似矛盾的论点:词是"不得志于时者所宜寄情",而又"宜于宴嬉逸乐,以歌咏太平",叶氏解释出现这种矛盾的原因,除了这两篇序写作的年代不同之外,实际上,这两种矛盾的说法正好反映了朱彝尊在无意中已经探触到的词既是"宴嬉逸乐"之作,又反映"不得志于时者"的贤人君子们的潜隐心态,这是一体两面的特质。其次,朱彝尊推尊南宋慢词是反思后的结果,南宋赋化之词是对歌辞之词转为长调慢词和诗化之词所带来弊端的反拨,朱彝尊认识到了这一点。

与此相关的推崇"雅正"词风,是为了挽救明词之弊,而尊姜、张则是因为其身世之感。叶嘉莹的分析从"词"这种文体本身的美学特质出发,把朱彝尊的词论放在词发展的轨迹上,得出了更深刻新颖

[①] 屈兴国、袁李来:《朱彝尊词学平议》,《中国古代、近代文学研究》1989 年第 5 期。

的观点,解释了朱彝尊词论形成的深层原因。① 21世纪以来,出现了从宏观上对其整个词学理论的研究到对单个理论的细化研究。

2. 词作研究

严迪昌《清词史》把朱彝尊的创作分为三个阶段:初期是由"未解作词"到初为倚声,作品为《眉匠词》;中期落魄坎坷,在词的创作上是最为灿烂的黄金时代,作品有《静志居琴趣》《江湖载酒集》《蕃锦集》;后期,朱彝尊词获大名,成为一派宗主,作品有《茶烟阁体物集》。以上词集,除《眉匠词》之外,其他四种都收在《曝书亭集》中。

高建中将朱词之内容分为四类:感时怀古之作、抒写恋情之作、狎邪冶游之作、咏物集句之作。并说明其词风的主要特色:一,高秀清丽,杂以咽塞悲凉。二,圆转浏亮,琢句精工②。基本上概括出了朱彝尊词的内容和特点。

在朱彝尊的这几部词集中,《静志居琴趣》继续受到关注,学者们对它的研究也最为深入。同时,咏物词也是研究的热点。本文将从爱情词和咏物词两个方面来看朱彝尊词的研究情况。

(1) 爱情词

朱彝尊词最有价值的是《江湖载酒集》和《静志居琴趣》两种,从陈廷焯到叶嘉莹,学界基本上都肯定这两部词集的价值。而《静志居琴趣》的八十三首和《江湖载酒集》中的部分作品都是爱情词,学界历来对其爱情词,尤其是《静志居琴趣》评价甚高,新时期由于新的视角、观念的引入,爱情词研究取得了较大的进步。

---

① 叶嘉莹:《浙西词派创始人朱彝尊之词与词论及其影响》,《中国文化》1995年第1期。
② 高建中:《朱彝尊的词论及其创作》,《文学遗产》1981年第4期。

《静志居琴趣》受到学者关注的原因,概括起来有以下几点:其一,其中的爱情真挚,风格醇雅,没有一般艳词的轻薄;其二,《静志居琴趣》实际上记叙了朱彝尊本人的一段爱情经历,有"自传性"的结构;其三,其所恋的对象是其妻妹;其四,"自传性"是对封建伦理道德的背离,与以往的爱情词相比更具特色。

"自传性"乃指《静志居琴趣》写朱彝尊与妻妹冯寿常的恋情。冒广生《小三吾亭词话》曾对此事做过猜测:

> 世传竹垞《风怀二百韵》,为其妻妹作。其实《静志居琴趣》一卷,皆风怀注脚也。竹垞年十七,娶于冯,冯孺人名福贞,字海媛,少竹垞二岁。冯夫人之妹名寿常,字静志,少竹垞七岁。曩闻外祖周季贶先生言,十五六年前,曾见太仓某家藏一簪,簪刻寿常二字。因悟《洞仙歌》词云:"金簪二寸短,留结殷勤,铸就偏名有谁认",盖真有本事也。①

自冒广生之后,朱氏这段恋情的猜测一直都受到人们关注,虽然有诸多猜测,但一般都认为确有其事,这种"自传性"的特点引起很多学者的注意,其中叶嘉莹先生的阐释有独到之处。

叶嘉莹的《朱彝尊之爱情词的美学特质》是研究《静志居琴趣》的一篇重要文章②。文中将词的美感称为"弱德之美",即在强大的外势压力下所表现出的不得不约束、收敛的一种美。竹垞之词就体现了这种美。她通过分析《静志居琴趣》中的情词,对朱彝尊词的美

---

① 冒广生:《小三吾亭词话》(卷三),唐圭璋编《词话丛编》本,中华书局,1986年版,第4711页。
② 叶嘉莹:《朱彝尊之爱情词的美学特质》,《四川大学学报》1994年第1期至第3期。

感特质得出四点结论:其一,过去词评家们往往将爱情词牵附比兴寄托之说后,才敢承认其文学价值,且认为词的深微幽隐的美感特质是因为其含有比兴的缘故,《静志居琴趣》中的爱情词却有力地证明了纯写爱情的词也有深微幽隐的品质;其二,朱氏爱情词之所以能具深微幽隐的品质,是因为其表现了一种"难言之处",表现出"弱德之美";其三,朱氏不把对方女子只看做满足男性快乐的"他者",而是情感真挚并为之承受痛苦,感情品质与一般作品不同;其四,依"双性"理论看,朱氏对冯女的爱情应属男性之情,但因其出于对冯女的尊重顾念而处处敛抑,并承受一切痛苦,此种态度又是一种女性品质,所以,朱氏爱情词的深微幽隐之美,也可以说是有"双性"之特质的缘故。这种审美的阐释方法值得我们学习。

(2)咏物词

朱彝尊的咏物词主要在《茶烟阁体物集》中,是与他词学观念相对应的,成为后来浙西词派咏物风气的滥觞。但从清代批评家们开始,就对朱氏的咏物词颇多批评,20世纪80年代以来,朱彝尊的咏物词不像爱情词那样受关注,但也取得了一定研究成就。

朱则杰和蔡晓薇从具体作品出发,赏析了两首朱彝尊的咏物词,这是初步的尝试。此期比较重要的咏物词研究是张宏生的《朱彝尊的咏物词及其对清词中兴的开创作用》,这篇文章指出,朱彝尊推崇《乐府补题》,但他的咏物词在整体上缺乏寄托,与《乐府补题》的倾向不吻合,甚至可以说有意偏离。但这并不表示朱氏不倡导比兴寄托,在他的词学观念和部分咏物词中体现出对比兴寄托的重视。对这种矛盾,张宏生分析了其原因:一是对清初严酷的文字狱的畏惧,二是因为朱彝尊的大多数咏物词作于晚年,新朝的存在已成为无可更变的现实,他的故国之思也发生了变化。所以,"背离《乐府补题》

那种眷念君国、感慨身世的比兴寄托之法,也是很自然的了"。同时,张宏生指出,朱彝尊在继承南宋咏物词时,有着强烈的创新意识,有些作品表现出鲜明的个人特色:第一,朱彝尊的咏物词在题材上有所开拓;第二,追求体物入微,穷形尽相;第三,在用典上追求自然妥切。这些都是朱氏的鲜明追求,从这个意义看,"他对他本人所大力揄扬和提倡的《乐府补题》,并不是否定,而是一种有意的偏离"。在追求创新的时候,"朱彝尊为了不为《乐府补题》所囿,作了一些探索,可是在另一个方面,由于把立意这个基本要求也丢了,有些作品也就显得一味逞才,过求生新,读后使人感到语尽意枯,缺少一种生气贯注的力量"①。张宏生对朱氏咏物词的分析深入而颇有见地,咏物词的研究也有待于进一步深入。

除爱情词和咏物词之外,研究者对朱彝尊的五种词集都有研究,但基本上还处于对内容及情感的分析,尚存继续研究的空间。

二、浙西词派及其词家研究

(一)浙西词派研究

以朱彝尊为代表的浙西词派是清代最重要的词派之一。康熙十八年(1672),钱塘龚翔麟将朱彝尊的《江湖载酒集》、李良年的《秋锦山房词》、李符的《耒边词》、沈皞日《柘西精舍词》、沈岸登的《黑蝶斋词》以及自己的《红藕庄词》合刻于金陵,名为《浙西六家词》,浙西词派由此得名。浙西词派以六人为主要成员,作家众多,成就高下不一。20世纪以来的浙西词派研究呈现出不均衡的状态,表现在:侧

---

① 张宏生:《朱彝尊的咏物词及其对清词中兴的开创作用》,《文学遗产》1994年,第6期。

重于词学理论研究和朱彝尊、厉鹗等重要成员的研究,而对浙西词派的整体研究没有形成体系,其他成员的研究也没有完全展开。除了朱彝尊和厉鹗,其他词人的词集尚没有整理。

民国时期的浙西词派研究基本上停留在整体评价和传承上,学者都指出曹溶对浙西词风的开启作用,以刘毓盘和王易为代表,他们有词史论著,所以梳理词派流变脉络较为清晰。刘毓盘强调了浙西词派改变清初词风的作用:

> 清初人词,多以明人为法,曹溶所以有词学失传越三百年之叹也。溶尝搜辑遗集,求之两宋,崇尔雅,斥淫哇。浙西填词家为之一变,朱彝尊等复倡其说以左右之,龚翔麟刻《浙西六家词》,一时翕然无异辞。号曰浙派,则曹氏实启之也。①

相比较而言,徐珂的观点较有代表性:

> 浙派始于秀水之朱竹垞,盖承明词之敝而崇尚清灵。欲以救啴缓之病,洗淫曼之陋也。李符曾、李分虎师之,传其学,然标格仅在南宋,以姜、张为登峰造极之境。厉樊榭继之,流极所至,为饾饤,为寒乞。又若《乐府补题》,遗民酬唱,有骚辨之风,所谓寓意于物也,南宋之末,词流精粹,与清空之旨,异流同源,盖比兴深远,辞旨高奇。可以触类引伸,尤可通知人论世之学,后起作者,巧构形似之言,渐忘古意,竹垞、樊榭皆不得辞其咎。②

徐氏指出了浙西词派咏物词的师承和演变过程,简单而精辟地勾勒出其衰落的过程和原因。

---

① 刘毓盘:《词史》,上海书店出版社,1985年版,第200页。
② 徐珂:《清代词学概论》,上海大东书局,1926年版,第4页。

总的来说,民国时期的浙西词派研究虽然还没有全面展开,但为后来的研究奠定了基础。

20世纪80年代以来,浙西词派逐渐受到关注,学者们在前人的基础上继续深入,词派演变、词论、词家等方面的研究都得以展开,取得了一定成果。

高建中《浙西词派的理论》首先对浙西词派的理论作了分析,总结浙西词派的宗旨是"崇尚醇雅,宗法南宋,推尊姜张"。他考察朱彝尊、汪森的论词主张,认为二人奠定了浙西词派的词论要义,他们的后继者厉鹗、王昶、吴锡麒、郭麐等,主要从自己所处的时代、社会、词坛出发,作出补充性的阐述和局部调整,同时阐述了他们的词学理论[1]。在另一篇文章《浙西六家词浅论》中,高建中又分别论述了朱彝尊、李良年、李符、沈皞日、沈登岸、龚翔麟的词,得出三个结论:第一,六家中朱彝尊成就最高,但内容贫弱是他们的通病,"他们的词,只有极少数带时代色彩,绝大多数是个人的生活情趣,与现实生活保持着一定的距离";第二,"已露襞积斗巧之弊",咏物词弊端已现;"第三,词风尚未完全臻于醇雅",仍然存在袭俗的成分[2]。高建中勾勒出了浙西词派初创期的面貌。从总体上来说,浙西词家中除了朱彝尊,其他词家的研究很少,只有在研究浙西词派的时候才可能涉及,这是因为其他词家的成就不高,但对他们的研究有助于加深对浙西词派这一整体的深入理解。

除高建中外,朱惠国探讨了晚清词坛常州与浙西两派共存与交融的可能性和现实性,说明常州词派崛起后,浙西派的影响并没有消

---

[1] 高建中:《浙西词派的理论》,《词学》1985年第3辑。
[2] 高建中:《浙西六家词浅论》,《华东师范大学学报》1983年第3期。

失,两派相互交融①。黄士吉《论浙西词派》从曹溶、朱彝尊和厉鹗入手②,与朱惠国一样,从词论和实践论述浙西词派最终被常州词派所代替的原因,此也是此期浙派研究的热点。

朱彝尊之外的浙西词家大多成就不高,像李良年、沈皞日等人都没有专门的论文或论著研究,只有厉鹗,因为在浙西词派后期的特殊地位和其词的成就而受到人们关注。

(二)厉鹗词研究

厉鹗(1692—1752),字太鸿,又字雄飞,号樊榭,又自号花隐。浙江钱塘(今杭州)人,原籍慈溪。康熙五十九年(1720)举人,乾隆元年(1736)举"博学鸿辞"落选。毕生以设馆授徒为业,馆扬州马曰琯、马曰璐兄弟小玲珑山馆数年,并从事词学活动。厉鹗词的成就很高,有《樊榭山房集》,又有《秋林琴雅》《续词》等。

《樊榭山房集》十卷编于乾隆四年(1739),乾隆十六年(1751)厉鹗又编了《樊榭山房续集》十卷,两集《四库全书》著录。光绪十年(1884)汪曾唯振绮堂刻《樊榭山房集》时有所增补,其中增《集外词》五卷,汪本有两种刊本,民国《四部丛刊》所影印底本为初刊本,重刊本又增加了《集外诗》和《集外文》,是较完善的厉鹗诗词全集本。此外,王云五《万有文库》中收入《樊榭山房集》③。上海古籍出版社1992年出版了陈九思点校整理的《樊榭山房集》(清董兆熊注)。

厉鹗的生平研究从民国已经开始,清末朱文藻所撰《厉樊榭先生年谱》有抄本,有吴兴刘氏嘉业堂本(缪荃孙订,1915年刊刻),上

---

① 朱惠国:《论晚清词坛"常"、"浙"两派的共存与交融》,《华东师范大学学报(哲学社会科学版)》2007年第5期。
② 黄士吉:《论浙西词派》,《大连大学学报》1994年第1期。
③ 王云五:《万有文库》,商务印书馆,1936年版。

海古籍书店（1963年）与文物出版社（1982）分别重印。陆谦祉撰有《厉樊榭年谱》，商务印书馆1935年出版，上海书店1992年影印。民国时期厉鹗生平研究论文有丁蕴琴《厉樊榭评传》[①]、杨济元《记浙西诗人厉樊榭》[②]，这些成果为我们研究厉鹗提供了丰富翔实的资料。

厉鹗在民国时期较受关注，除了吴梅、钱基博、胡云翼等词学家的著作中多有涉及外，还有一批关于他的论文，研究的范围涉及对他的整体评价、生平考察和词风。

对厉鹗词的评价和他的词风，学者们形成了比较一致的看法。吴梅对他的评价很高，认为在清代词人中，"樊榭可谓超然独绝者矣"，且"去姜、史不远"[③]。而胡云翼则认为，厉鹗正是"苦为玉田所累，未能独创一格，实属可惜"[④]。钱基博和刘大杰的评价较为中肯，钱氏说："词家之有厉鹗，如诗家之有王士禛，有《樊榭山房词》一卷、《续集》一卷，生香异色，超然神解，如入空山，如闻流泉，节奏精微，辄多弦外之音。然标格仅在南宋，以姜夔、张炎为登峰造极之境，流极所至，为饾饤，为寒乞，亦与诗之渔洋末派同。"[⑤]刘大杰的观点和表述更接近现代学术，他指出，厉鹗怀古咏物之作，"大都审音叶律，语言清隽，琢句炼字，特见工力"，在描写自然景物方面，"尤能表现他的幽香冷艳的特色"。刘氏对厉鹗词风的概括是很准确的，在评价厉鹗词的得失时说，厉鹗之作，一方面是具有洗净铅华，力排淫鄙的优点；同时由于他力求取法于白石、梅溪之间，必然重于形式与技

---

① 丁蕴琴：《厉樊榭评传》，《东方杂志》1944年第19号。
② 杨济元：《记浙西诗人厉樊榭》，《越风半月刊》1936年第12期。
③ 吴梅：《词学通论》，中国书籍出版社，2006年版，第223页。
④ 胡云翼：《中国词史略》，岳麓书社，2011年版，第138页。
⑤ 钱基博：《现代中国文学史》，上海书店出版社，2007年版，第33页。

巧,故寄兴不高;流弊所及,琐碎堆砌,有模拟饾饤之弊[1]。这可以作为此期对厉鹗词评价的代表观点。

80年代以来,厉鹗研究依旧是清词研究中的一个热点,研究方法除了分析其词的内容和艺术特色之外,还结合其词对前人的吸收、与浙西词派的关系等展开研究,逐渐向多元化发展。

严迪昌《清词史》在前人的基础上总结出厉鹗词"幽隽"的风格特点,认为他更接近于浙西词派"清空"的理想境界,其高明处在于"'意'虽虚淡,却仍实有,所以能空灵而不空枵",而这种格调的形成,主要原因是他的幽怨情怀,"正是这幽怨情怀与其'孤瘦枯寒'的个性、生活阅历以及由此而发生的审美习惯相渗透相融合,才蒸蔚此独异的艺术风貌"[2]。同时,严迪昌又指出厉鹗词的两个弊病:其一是寄托不深,其二是堆砌典故,凿虚镂空。这实际上延续了前人的观点。方盛良的《樊榭词新论》提出了一些新观点,值得注意,主要有以下几方面:其一,咏物词并不是一种纯客观的写照,而是厉鹗人生经历、心理性格的意象化,咏物词中的题画词丰富了清词的题材,增大了清代学人词的容量;其二,厉鹗词中写女性的很少,而且都避免猥亵淫靡,追求清丽自然。这是厉鹗在其词学观念下有意为之的举动;其三,厉鹗注重音律,是为清词复兴的前提,见出他洞悉词学兴衰的深邃眼光;其四,樊榭词清冷幽深的风格在婉约、豪放之外,体现出开辟新境的气度和实绩[3]。此外,还有其他方面的论文,由于篇幅所限,不再论述。

---

[1] 刘大杰:《中国文学发展史》,复旦大学出版社,2006年版,第376页。
[2] 严迪昌:《清词史》,人民文学出版社,2011年版,第328—331页。
[3] 方盛良:《樊榭词新论》,《文学遗产》2007年第3期。

第五节 纳兰性德词研究

纳兰性德（1655—1685），原名成德，避太子讳改名性德。字容若，别号楞伽山人。先祖为蒙古人，姓土默特，因灭纳兰部，占其地遂改姓纳兰，居叶赫地，后归附后金，为满洲正黄旗。父明珠，累官至武英殿大学士、太傅，为康熙朝权重一时的宰相。性德十七岁补诸生，十八岁举顺天乡试，康熙十五年（1676）殿试二甲七名，赐进士出身，授三等侍卫，寻晋一等。得康熙帝赏识，出入扈从。纳兰天资聪颖，受汉文化熏陶，博通经史，有《通志堂集》，尤工于词，与顾贞观、曹贞吉并称"京华三绝"，有《侧帽词》，后增补为《饮水词》，今存词三百五十首左右。

一、词集整理

纳兰性德词在其生前曾经刻印过三次，分别是《侧帽词》、《弹指词 侧帽词》合刊本、《饮水词》，这三个版本现在都不易见到了。康熙三十年，徐乾学将其遗著辑为《通志堂集》，其中收词四卷，三百阕。同年，纳兰性德生前好友张纯修刊刻《饮水诗词集》，由顾贞观阅定，收词三百零三阕。这两个本子都是纳兰生前师友所辑，较为权威，此后的一些版本，如道光二十五年张祥河重梓本，咸丰元年粤雅堂丛书《饮水诗词集》，基本都由这两个版本而来。道光十二年汪元治刻《纳兰词》根据顾贞观原辑本、杨蓉裳钞本、袁兰村刊本以及《昭代词选》《名家词钞》《词汇》《词综》《词雅》《草堂嗣响》《亦园词选》等书，辑得三百余阕，许增光绪六年《榆园丛刊·纳兰词》翻刻汪本，并在其基础上补遗二十一阕，共收三百四十二阕。

民国时期，一些学者在前人基础上对纳兰词集继续整理，其中有部分是对晚清一些刻本的翻印，尤其是榆园刻本，较为流行。1915年上海有正书局影印《纳兰饮水词侧帽词全稿》，1931年上海中华书局出版《四部备要》本《纳兰词》，1937年商务印书馆《丛书集成初编》，文学类有《纳兰词》，这三种都是据榆园本而来。此外，1915年胡子晋《万松山房丛书》的《饮水诗词集》影印张纯修原刊本。1937年，开明书店印行了陈乃乾编的《清名家词》，收纳兰性德《通志堂词》，此本以通志堂定本为主，其余为集外词，收词三百四十七阕，另有联句一首收于《曝书亭词》中，集前有吴绮、顾贞观序，可说是这一时期最为完备的纳兰词集。另有部分学者对纳兰词进行笺注，1937年正中书局出版的李勖《饮水词笺》是纳兰词的第一个注本，此本是《国学丛刊》之一，书前有张纯修序，徐乾学所撰《通议大夫一等侍卫进士纳兰君墓志铭》《通议大夫一等侍卫进士纳剌君神道碑》，李勖所作的纳兰小传、年谱、词评、丛录、遗著考略等，收录了纳兰性德相关资料。其笺注虽比较简单，但毕竟为纳兰词的笺注工作开辟了道路。另外还有一些选本，如1935年中国图书馆出版部《饮水 侧帽词》，1946年上海文力出版社出版的罗芳洲《纳兰性德词》等。

建国后三十年间，纳兰性德词的整理较少，主要有1954年文学古籍刊行社出版《纳兰词》，上海古籍出版社1979年据康熙本影印《通志堂集》。

80年代以后，各个版本的整理补辑、辑评、笺注等工作均充分展开，出现了较多版本的纳兰词集，并越加完备详尽。值得关注的是三个版本：一是1984年广东人民出版社出版的《饮水词》。此本是夏承焘主编的《天风阁丛书》之一，由冯统编校，以康熙三十年刻本《通志堂集》为基础，参照《今词初集》《古今词汇》《百名家词钞》《瑶华集》《饮水诗词集》《草堂嗣响》《昭代词选》《国朝词综》《国朝词雅》等版本，对纳兰词作进行校勘整理，共收词三百四十八阕。书中还收录了纳兰性德本传、墓志铭、神道碑、各本各家序跋、年谱等材料，其校虽简，但总体较全面，为纳兰词集的整理打开了一个新局面。第二个版本是 1995 年上海古籍出版社出版的《纳兰词笺注》，张草纫笺注，以许增刊本为底本，参考《清名家词》、上海图书馆《词人纳兰容若手迹》《通志堂集》、张纯修《饮水诗词集》及重梓本、万松山房本、袁兰村本、汪珊渔本以及《今词初集》《古今词汇》《瑶华集》《昭代词选》等版本重新补遗校订，共收词三百五十四阕，书中保留了原校，关于纳兰生平及词评等也有收录。这是目前收词数量最多的一个选本，对词作的笺注也比较详细。第三是北京出版社 1996 年出版的《纳兰词笺注》，张秉成著，此本以 1984 年冯统《饮水词》为依据，对纳兰词进行注释、评价，附录与冯本相近，所不同的是，在编排上按内容题材和创作地点等分类编排，分爱情篇、友情篇、塞上篇、江南篇、咏物篇、咏史篇、杂感篇七类，在一类中又分别以词牌、内容编排，便于读者更好把握纳兰词的内容。附录部分有纳兰性德词的研究论文索引，为纳兰词的研究提供了线索，有参考价值。

21 世纪初，纳兰词集的整理更为繁荣，此前已出版的版本如张秉成本、张草纫本，为这一时期最为重要的新作，以《通志堂集》为底本，参校张纯修本、汪元治本及《今词初集》《瑶华集》等选本入校，对纳兰词进行标点、校订、补辑、编年、笺注、辑评等。其笺注较以前更为精准。岳麓书社 2004 年出版的王友胜、童向飞《纳兰词注》，以康熙本《通志堂集》为底本，参照了张秉成、张草纫的笺注。2008 年有浙江教育出版社《纳兰词》，由汪政、陈如江编著。

纳兰性德的生平事迹及思想研究参看本文第四部分。

二、民国时期的纳兰词研究

民国时期学界曾有过关于清词的论争,但新旧文化的碰撞交融和新旧学者的争论交锋在纳兰词研究中的体现并不明显,虽如此,论争影响了清词的研究,也影响了纳兰词研究的方法、内容及走向。在研究方法上,经历了从以词话、传记等形式出现的传统考据方法,到吸收西方实证逻辑的科学方法,综合起来,加强了该领域的研究。在研究内容上,从对纳兰成就、词风的整体评价和生平研究,到对纳兰词风形成的原因、纳兰与其他词家的比较研究,在新旧观念的左右下,纳兰词的研究由传统走向现代,呈现为纳兰词研究的过渡状态。

这一时期对纳兰性德及其词的总体评价较高,清末民初出现的两部代表新旧词学观念的词学著作——况周颐的《蕙风词话》和王国维的《人间词话》,虽然立足点不同,但都对纳兰性德作出很高的评价。况周颐认为"纳兰容若为国初第一词手"[1],王国维更将纳兰性德推为"北宋以来,一人而已"[2]。所不同的是,况氏从传统的知人论世评价纳兰的成就:"容若承平少年,乌衣公子,天分绝高,适承元明词敝,甚欲推尊斯道,一洗雕虫篆刻之讥。独惜享年不永,力量未充,未能胜起衰之任。其所为词,纯任性灵,纤尘不染,甘受和,白受采,进于沉着浑至何难矣。"[3]而王国维引进西方审美批评方法,以具有真性情的"意境"为基准,认为:"纳兰容若以自然之眼观物,以自

---

[1] 况周颐:《蕙风词话》,唐圭璋编《词话丛编》本,中华书局,1986年版,第4520页。

[2] 王国维:《人间词话》,唐圭璋编《词话丛编》本,中华书局,1986年版,第4251页。

[3] 况周颐:《蕙风词话》,唐圭璋编《词话丛编》本,中华书局,1986年版,第4520页。

然之舌言情。此由初入中原,未染汉人风气,故能真切如此。"①对纳兰清新自然的词风及其形成原因的分析精辟独到。此后一些学者,如南社成员谢无量、徐珂和受南社影响的吴梅,在新思潮的影响下撰写研究专著,对纳兰词也多肯定赞扬。徐珂称其词:"极缠绵婉约之致,能使残唐坠绪绝而复续。"②吴梅称:"容若小令,凄惋不可卒读,顾梁汾、陈其年皆低首交称之。究其所诣,洵足追美南唐二主。清初小令之工,无有过于容若者矣。"③都指出了纳兰性德对李煜的继承,此外,王易《词曲史》中也指出纳兰词"专宗后主,情致极深"④。由于这些学者对整个清词的评价认识是"中兴",所以在纳兰性德词的研究上,将其渊源追溯至李煜,其评价是准确精到的,但方法上还停留在复古的传统上。

新派学者虽然对清词整体评价不高,但没有否定纳兰性德,在纳兰词的研究中侧重探讨纳兰词风形成的原因。1927年胡云翼的《纳兰性德及其词》,对纳兰性德的富贵和其作品颓废的矛盾进行了深入探讨,认为纳兰性德生性淡泊名利,却出生在世家,不能自由,渴望爱情却得不到安慰,在贵族和宫廷礼教的束缚下处于"精神生活与物质生活的极端冲突之下"。对《饮水词》的内容倾向归纳为"不外是写'情',写'愁',写'别'",这三项可以说是《饮水词》构成的生命素,并且相互渗透。对纳兰的咏物词评价极高,以姜夔与之相比,"一个描写呆板,一个描写活泼;一个只在词的字面上用典堆砌,一

---

① 王国维:《人间词话》,唐圭璋编《词话丛编》本,中华书局,1986年版,第4251页。
② 徐珂:《清代词学概论》,上海大东书局,1926年版,第19页。
③ 吴梅:《词学通论》,中国书籍出版社,2006年版,第218页。
④ 王易:《词曲史》,江苏文艺出版社,2008年版,第290页。

个是在词的内容里面流驶情绪的生命。实在说来,纳兰性德咏物词的描写,还在许多宋词人之上"①。把纳兰词的特色概括为内容上的情感特殊丰富,形式上的白描手法。对纳兰词特色形成的解释,胡云翼沿袭了王国维的观点,即纳兰以异族入主中原,没有受古典派熏染,自由创作。这是这一时期较重要的一篇研究纳兰性德的文章。1933年的《中国词史略》中,胡云翼在总体上否定清词之后,却唯独给予纳兰性德很高评价:"性德在清词人中别树一帜者,其所作词不甚依格律,不重视模拟,不喜用古典,而以俚语写自己的情思,纯发乎天籁,语意浑然,像这样的词家,宋以后一人而已。"②可见此期学者对纳兰性德的偏爱。

此外,滕固、陈适的同名文章《纳兰容若》对纳兰性德的身世经历和词风形成进行了较全面的探讨。滕固从纳兰性德的身世出发,结合他的侍卫生活、爱情经历、交游等考察这些经历对纳兰词的凄苦哀怨风格的形成。陈适《纳兰容若》分"纳兰身世及其事迹""纳兰词学之渊源""纳兰之交游""纳兰词之本别""纳兰词之世评"等几部分,对纳兰进行全面的考察。侧重点是纳兰的生平、词集及辑评,但也有独到的见解,认为纳兰词"清新秀隽,自然超逸",其词风格形成的原因有:一,容若生长河朔北地,河山云影,寒光风沙,落拓胸中,开自然观物言情之眼舌而发为奇慨。二,容若以其真挚多感之情绪,发而为词;凄惋回肠不忍卒读。三,其追慕南唐遗风③。

---

① 胡云翼:《纳兰性德及其词》,《北新周刊》1927年第35期。
② 胡云翼:《中国词史略》,岳麓书社,2011年版,第132页。
③ 陈适:《纳兰容若》,王志成编《陈适文存》,中国民族摄影艺术出版社,2006年版,第77—78页。

此期的纳兰词研究中出现了纳兰与其他词家的比较研究。如陈郁文《漫谭晏小山与纳兰容若》[①]、康家乐《姜白石与纳兰性德词的比较》。前者还只是对纳兰性德与晏几道的生平、为人、词作的横向比较,不够深入。后者在创作技巧上对二者的比较分析较为详细,指出白石用事巧妙但描写不深入,原因是用了太多典故,纳兰在意境创造上也有通病,但没有白石厉害,原因是白石喜欢作慢词,纳兰好作小令。纳兰词抒情技巧不如白石,文字也不如白石讲究,音韵上小令和谐,但慢词有时生硬。作者在最后的结论中,分别总结了二者的异同,在类同方面,如人生观,他们都是同时不诱于利禄,而能努力从事于文艺工作的;在文词上,他们都鲜用口语而且在作风上颇似的地方,便是要求典雅庄重。或许又因书读多了,所以字句多力求有来源。别异方面,白石喜做小序,以慢词见工,长于咏物作法,多採此体,故他的表现法很少把胸中悲苦的实境直接吐露,而是移我于物,在我的上面找到我的情感。性德则鲜作序,小令长于慢调,赋事词多,作法多用赋兴体,故其表现法多属于自白,把心中所感受的直接讲述。因此他的感情易于传达,但却也因此他的成就比不上白石[②]。总体上,康家乐认为白石胜过纳兰,但是纳兰虽在创作技巧上比不上白石,却能率直的表现自己,其词也不失为好词。

这些分析有作者个人的观念,但从比较中见出纳兰词不同于别的词家的独特之处与长短优劣,较有现代学术意义。由此也看出纳兰词研究方法向现代过渡转变的轨迹。

---

① 陈郁文:《漫谭晏小山与纳兰容若》,《雄风》1946 年第 6—7 期。
② 康家乐:《姜白石与纳兰性德词的比较》,《协大艺文》1947 年第 20 期。

三、建国后三十年的纳兰词研究

1949—1979的三十年,清词的研究不受重视,纳兰词的研究也未取得重大突破,这时期强调社会性、人民性的风气对纳兰词的研究有所渗透,期间发表的研究纳兰词的文章有勉仲《"词人纳兰容若手简"读后》[1]、夏承焘《"词人纳兰容若手简"前言》[2]、李寿冈《〈纳兰词〉之谜》[3]。夏承焘对纳兰的地位重新评估,认为梁启超对纳兰性德"清初学人第一"的评价不免过誉,并提出了自己的看法:"我们若认为他是满族中一位最早笃好汉学而卓有成绩的文人,他的令词,是五代李煜、北宋晏几道以来一位名作家,那是他可以当之无愧的。"[4]李寿冈试图解释纳兰词中"愁""恨"情绪的缘由,提出了三个原因:首先是《赁庑笔记》中所记载,纳兰恋爱一个女子,此女后被选入宫廷难以相见,这段伤心的恋爱史是纳兰词充满哀愁的原因之一;其次,纳兰氏部族的惨痛家史使纳兰充满隐忧;第三,提出假设,纳兰原是南方汉族幼儿,被收养于纳兰氏,这种"别有根芽"的身世也使纳兰有愁苦情绪[5]。李寿冈的这三点实际上相互排斥,特别是叶赫纳喇氏后裔和被汉人收养相互矛盾,作者也意识到了这一点,并试图解释:假定汉人说成立,建州女真征服叶赫部,关系到统一女真诸部,关系到入主中原,纳兰作为熟悉这一切的汉人,有双方面的担忧是自然的。可以说,李寿冈的这种大胆假设对纳兰词研究有所启发,但他的

---

[1] 勉仲:《"词人纳兰容若手简"读后》,《文汇报》1962年第5期。
[2] 夏承焘:《"词人纳兰容若手简"前言》,《文汇报》1962年第5期。
[3] 李寿冈:《〈纳兰词〉之谜》,《湘潭大学学报(哲学社会科学版)》1979年第3期。
[4] 夏承焘:《"词人纳兰容若手简"前言》,《月轮山论集》,中华书局,1979年版,原载《文汇报》1962年第5期。
[5] 李寿冈:《〈纳兰词〉之谜》,《湘潭大学学报(哲学社会科学版)》1979年第3期。

解释还是很牵强。

此期的一些文学史中论及纳兰性德,多评价较低,主要指出纳兰词反映的生活情调狭窄和思想上的不健康情绪。游国恩等编写的《中国文学史》的评价尚为公允,指出其"直抒胸臆,自然流丽,风格颇近李煜"①。中国社会科学院文学研究所中国文学史编写组编写的《中国文学史》批评他的作品过于哀感,流露出一些不健康情绪,其他的文学史也有类似评价。

四、20世纪80年代至今的纳兰词研究

20世纪80年代以后,纳兰词的研究进入了繁荣阶段,成为清词研究的热点。无论在深度还是广度上都有很大的深入和拓展,呈现出多元化格局。有关纳兰性德的生平、思想,纳兰词的题材内容,词风的成因,艺术风格等各方面都有涉及。在研究方法上更加开放,学者们将心理学、医学、文艺学等学科的观念方法引进纳兰词研究,开拓出新的路径,也提出了新的观点。在总趋势上,越来越关注文本的微观研究,尤其是最近几年的意象批评和结构批评,是微观研究方面的代表。这些特点集中体现在学术论文中。其中《承德民族师专学报》从1986年开设的纳兰性德研究专栏为纳兰性德研究作出了重要贡献。专著方面,1983年广东人民出版社出版了黄天骥的《纳兰性德和他的词》②,1997年中国社会科学出版社出版了刘德鸿的《清初学人第一——纳兰性德研究》,这两部重要的专著都对纳兰性德的生平作了细致的勾勒,深刻地探析了纳兰性德的情感世界和思想构

---

① 游国恩等:《中国文学史》,人民文学出版社,1979年版,第211页。
② 黄天骥:《纳兰性德和他的词》,广东人民出版社,1983年版。

成,是研究纳兰性德的重要资料。

这里将从纳兰的生平和思想研究、词风成因研究、题材内容研究、艺术特色研究几个方面来考察纳兰词的研究情况。

(一)生平和思想研究

1. 生平研究

1930年的国立北京大学国学季刊上发表的张任政《纳兰性德年谱》为纳兰性德的生平研究奠定了基础。新时期学者们对纳兰生平的一些存有争议和不明晰的问题继续进行深入探讨,主要集中在"觇梭龙"、婚恋和纳兰性德生平的补正和补遗上。

首先,对纳兰性德"觇梭龙"问题的探讨,在总体上有两种说法,其一"东北说",以陈桂英、任嘉禾为代表。1984年陈桂英的《纳兰性德的祖籍及其两次东北之行》采取的是张任政的东北说[①],认为纳兰性德于康熙二十一年秋八月,随郎谈赴打虎儿、索伦进行侦察,"梭龙"是黑龙江北的索伦地区,而不是内蒙古的呼伦贝尔。1986年任嘉禾《纳兰性德与蒙古》一文提出了"新东北说"[②],通过考证认为在"觇梭龙"之行中,纳兰是主帅而不是随员,奉使的地点是内蒙古的科尔沁诸旗。1987年陈桂英《纳兰性德"梭龙之行"辨》坚持"东北说"[③],分别针对"西北说"和"新东北说"的论据进行了反驳。以《清实录》和《李朝实录》两部正史的记载证明,纳兰"梭龙之行"是到东北索伦地区,以科尔沁和索伦隶属不同,韩、徐二人记载不可能混淆

---

① 陈桂英:《纳兰性德的祖籍及其两次东北之行》,《社会科学战线》1984年第1期。

② 任嘉禾:《纳兰性德与蒙古》,《内蒙古大学学报(哲学社会科学版)》1986年第2期。

③ 陈桂英:《纳兰性德"梭龙之行"辨》,《社会科学辑刊》1987年第5期。

等,反驳"新东北说"。之后,任嘉禾发表《关于纳兰性德"觇梭龙"的几个问题》[1]、《纳兰性德第二次东巡科尔沁诸旗、索伦诸部考》[2]、《纳兰性德第一次东巡科尔沁、索伦考》[3]、《从朝鲜〈李朝实录〉看纳兰性德的第二次东巡》等文章[4],继续反驳"东北说"和"西北说",并为"新东北说"提供佐证。其二是"西北说",代表人物是马乃骝、寇宗基。二人的《纳兰成德"觇梭龙"新探》提出了"西北说"[5],重新考订张任政年谱,认为"觇梭龙"是去西北至碎叶城,并且是独自奉使,东、西两个方向的争论由此开始。1986年二人进一步对纳兰西北之行的时间、方位、方向、使命进行了考证,完善"西北说"。同年,郭明辉《纳兰性德奉使出塞"觇梭龙"方位新证》认为[6],纳兰性德奉使的方向是西北,但是梭龙就是梭龙,而不是其他,它位于我国的西北一带。1988年钟兴麒又提出新的西行路线。除了这两种说法,高亢《纳兰成德西域之行初探》试图将这两种说法综合[7],认为既有东北之行,也有西北之行。

---

[1] 任嘉禾:《关于纳兰性德"觇梭龙"的几个问题》,《承德师专学报(社会科学版)》1989年第4期。

[2] 任嘉禾:《纳兰性德第二次东巡科尔沁诸旗、索伦诸部考》,《黑龙江民族丛刊》1989年第4期。

[3] 任嘉禾:《纳兰性德第一次东巡科尔沁、索伦考》,《黑龙江民族丛刊》1991年第2期。

[4] 任嘉禾:《从朝鲜〈李朝实录〉看纳兰性德的第二次东巡》,《黑龙江民族丛刊》1992年第3期。

[5] 马乃骝、寇宗基:《纳兰成德"觇梭龙"新探》,《晋阳学刊》1985年第5期。

[6] 郭明辉:《纳兰性德奉使出塞"觇梭龙"方位新证》,《承德民族师专学报》1986年第4期。

[7] 高亢:《纳兰成德西域之行初探》,《承德民族师专学报》1994年第4期。

其次，关于婚恋问题，1987年姚崇实《纳兰性德婚姻略考》对野史笔记中记载的入宫女子和沈宛的问题进行了考证①，认为与纳兰有密切关系的第一位女子是入宫之女，而沈宛是纳兰性德之妾，与纳兰性德结合，在卢氏死后，娶官氏前，或娶官氏以后，并考证其南归时间和与纳兰共同生活的时间。刘德鸿在《纳兰性德与"入宫女子"之谜释真》②、《康熙帝之惠妃与纳兰性德的婚前恋人》③、《纳兰性德恋人"入宫"问题商榷》三篇文章中④，对"入宫女子"提出了不同看法，他认为《赁庑笔记》所载不可信，但不否认纳兰性德婚前有过恋人，其所恋之女是同《红楼梦》中晴雯、袭人一流的人物，并且此女的归宿是入道观，作了道姑或沙门尼。

最后，学者们还对纳兰性德年谱进行了补充和修正。主要有陈子彬《〈纳兰性德年谱〉补遗》⑤、高岸《张任政〈纳兰性德年谱〉补正》⑥、赵秀亭《纳兰性德年谱》等⑦。

2. 思想研究

纳兰性德的贵族出身和作品中反映出的消极哀感情绪成为学者们感兴趣的一个热点，1981年邓伟《词人纳兰性德思想初论》是这一

---

① 姚崇实：《纳兰性德婚姻略考》，《承德民族师专学报》1987年第4期。
② 刘德鸿：《纳兰性德与"入宫女子"之谜释真》，《晋阳学刊》1996年第1期。
③ 刘德鸿：《康熙帝之惠妃与纳兰性德的婚前恋人》，《承德民族师专学报》1997年第4期。
④ 刘德鸿：《纳兰性德恋人"入宫"问题商榷》，《晋阳学刊》1997年第2期。
⑤ 陈子彬：《〈纳兰性德年谱〉补遗》，《承德民族师专学报》1986年第4期。
⑥ 高岸：《张任政〈纳兰性德年谱〉补正》，《承德师专学报（社会科学版）》1990年第3期。
⑦ 赵秀亭：《纳兰性德年谱》，《承德民族师专学报》1997年第4期。

时期第一篇全面研究纳兰性德思想的文章①,他分析了纳兰性德对待自己身世地位的态度,认为纳兰对人生的看法深受佛教和道家思想的影响,侍卫生活造成其矛盾痛苦,指出了纳兰性德主要的思想根源。对于造成纳兰性德思想的原因,总体上学者们有以下几点说法:一、统治阶级内部争权夺利的现实(包括其父结党营私,擅权专政)冲垮了纳兰的理想;二、侍卫生活限制了他的抱负并有"临履之忧";三、爱妻早逝的惨重打击使其消沉;四、对封建制度大厦将倾的敏锐触觉使其有感伤忧郁。姚崇实通过对纳兰性德的生活模式的分析,勾勒出其思想转变的过程和原因,他认为纳兰性德给自己提出几种生活模式,第一种是走仕途经济建功立业的道路,但环境特殊,壮志难酬。第二种是消极避世,这种模式有出家、当隐士,但纳兰的环境和地位还有其思想影响,这两种都不能实现。所以纳兰又提出折中的方式,一种是在家出家,纳兰的经历、环境、修养决定他心事多、感情多,不能实现这种模式。一种是亦官亦隐,纳兰采取了此种方式,并希望有个红颜知己相伴,共同隐居,葬身柔乡。这种亦官亦隐的生活模式反映了纳兰思想中儒家思想和佛道思想的矛盾,积极用世和消极避世思想的矛盾,这些矛盾处在复杂运动中,相互转化②。姚崇实的分析提供了一个新颖的视角。

一些学者探讨了佛教对纳兰性德思想的影响和渗透,1988 年李江峰《纳兰性德研究札记二则》分析佛教《楞伽经》对纳兰的影响③,

---

① 邓伟:《词人纳兰性德思想初论》,《辽宁大学学报(哲学社会科学版)》1981 年第 6 期。

② 姚崇实:《略论纳兰性德的生活模式》,《承德民族师专学报》1985 年第 4 期。

③ 李江峰:《纳兰性德研究札记二则》,《满族研究》1988 年第 1 期。

指出:《楞伽经》强调人生活在世界上面临着生老病死之苦,而生命又在无限的宇宙中,极度贬低了人生的价值和意义,这种宇宙意识使纳兰蒙上一层浓郁的哀愁之气;纳兰主体人生观是儒学,他明白佛教把希望寄托于来世的虚妄,但得非所愿、丧妻及多病导致他对死亡的恐惧,影响了他的心境;纳兰执着于人生,但现实使其希望成为不可能,佛教寄托来世又过于虚幻,庄子哲学把人生追求放在今生今世,所以纳兰从这里找到了合乎自己口味的东西。武华《纳兰性德与佛教思想》[1]、刘萱《论纳兰性德对佛学的感悟及在创作中的体现》也是从佛教角度来研究纳兰的思想[2]。

2006年《承德民族师专学报》发表的关纪新《马迹蛛丝辨纳兰——成容若民族文化心态管窥》指出,纳兰的一生"惴惴有临履之忧",并非源自于其祖上与爱新觉罗先人之间的仇隙,亦非出于对乃父行径与家族前途的忌惮,而主要是因为他"脚踩在两片文化上"。这位满族出身的青年词人,愈是领民族文化交流风气之先,便愈是难以排解身陷异质文化撕扯的两难地[3]。从文化学角度,关注了满汉文化在纳兰性德身上交融可能对其思想产生的负面影响。

(二)题材内容研究

纳兰词的内容研究,主要集中在爱情词、悼亡词和边塞词三种题材上。

---

[1] 武华:《纳兰性德与佛教思想》,《承德民族师专学报(哲学社会科学版)》1993年第4期。

[2] 刘萱:《论纳兰性德对佛学的感悟及在创作中的体现》,《满族研究》2006年第3期。

[3] 关纪新:《马迹蛛丝辨纳兰——成容若民族文化心态管窥》,《承德民族师专学报》2006年第4期。

爱情词是纳兰词中的主要部分,有些学者将悼亡词和爱情词同归于情词中,把情词分为相思词、恨别词、悼亡词三种,如祝注先《论纳兰性德的爱情词》[1]。薛梅《憔悴谁知浪得生——浅谈纳兰性德爱情词中的苦情咏叹》以"苦"字为中心[2],分析纳兰情词中相思、悼亡、恋情三种感情和词作中流露出的哀苦。由于这样的分类,对纳兰爱情词的内容和特点,基本上有这样的结论:一是表达对婚前恋人的相思,哀怨缠绵;二是奉命出使与爱妻分别的离愁别恨;三是卢氏早逝造成的悲怆凄恻。

纳兰性德的悼亡词,多数学者给予了很高的评价。1994年宋培效《纳兰性德悼亡词试论》对纳兰悼亡词的特点分析较为全面:第一,纳兰把悼亡作为文学创作重要的严肃题材来对待。第二,纳兰的悼亡词在内容与形式的结合上达到了统一与和谐。第三,纳兰性德通过悼亡抒发了一种纯真而高尚的人情。第四,纳兰性德的悼亡词运用了多样化的艺术手法[3]。也有学者探讨了纳兰悼亡词形成的原因,张佳生指出纳兰悼亡之作数量之多,情感之浓,古今少有,其原因有四:一是词人性格气质使然;二是与其对自身境遇不满、一生悲慨有关;三是纳兰善于以词抒情;四是他对卢氏有生死同心之爱[4]。

---

[1] 祝注先:《论纳兰性德的爱情词》,《广西民族学院学报(哲学社会科学版)》1987年第3期。

[2] 薛梅:《憔悴谁知浪得生——浅谈纳兰性德爱情词中的苦情咏叹》,《承德民族师专学报》2005年第4期。

[3] 宋培效:《纳兰性德悼亡词试论》,《承德民族师专学报》1994年第2期。

[4] 张佳生:《天上人间情一诺——论纳兰性德的悼亡词》,《民族文学研究》2005年第1期。

对于纳兰边塞词,学者们切入的角度不同,研究也较为全面。1986年马遒骝和寇宗基从思想情感的角度指出纳兰边塞词的独特之处:首先是纳兰的边塞词从未把边疆各部族视为仇敌或可欺的弱小者,从未发出过征讨边疆各部族的声音,这种情感超越了古人和同时代的其他诗人;其次是毫不掩饰自己思恋家室之情,不同于古诗人假借征夫怨妇抒发情思,而直接大胆表达出塞的孤凄思恋之苦;再次,很少写边塞风光,即使有少数也浓重的染上了主观情绪。二人还指出,纳兰边塞词的主要内容是写吊古之情,兴亡之感,悲凉、忧伤、沉郁多于昂扬、壮阔、奔放[①]。宋培效则从边塞词的艺术手法来分析,认为:一、纳兰的悼亡词反映了高尚的人情美;纳兰在夫妻关系上是严肃认真的,对妻子的爱是热烈而真诚的。二、在内容与形式的结合上达到了和谐与统一。三、成功地运用了多种艺术手法。这些艺术手法其一是善于选取日常生活中有典型意义的事物入词;其二是小令"缘事而发",长调反复吟咏,直抒胸臆;其三是用典以融化前人诗意句意为主;其四是善于描写梦境[②]。边塞词从思想内容和艺术手法方面都有细致深入的研究,近年来出现了针对边塞词中某一种情感的研究和意象分析,表明边塞词的研究更趋向微观。

近几年,纳兰性德的咏物词、咏史词也受到关注,研究的重点在内容和情感上,主要指咏物词和咏史词寄寓作者的相思之情、痛悼之情和今昔之感,反映词人的不俗个性。

---

① 马遒骝、寇宗基:《深秋远塞若为情——读纳兰边塞诗词》,《承德民族师专学报》1986年第4期。
② 宋培效:《论纳兰性德的悼亡词》,《承德民族师专学报》1997年第4期。

（三）艺术特色及成因研究

1. 艺术特色研究

关于纳兰词的风格，历来主要有两种说法，即"清新自然说"和"哀感顽艳说"。

宁大年将重点集中在纳兰豪放风格的词上，认为以上两种说法还有介乎两者之间的看法貌似全面，实际上片面不足，忽视了豪放风格的词。认为在论述纳兰词的师承时，不能撇开他的豪放词一味的谈清新自然或哀感顽艳，历史积淀对纳兰来说非常广泛，他对历代词人和他们的词的精心研究和体味潜伏在他的意识中，一旦客观事物激起他的写作冲动，他会不自觉的找到一种最适于他写出当时难言的内容，而无暇考虑继承了哪一传统。这是宁大年从作者本体的角度看待纳兰词的风格而得出的一个结论，可能更加接近作者的创作真实。宁大年由此指出纳兰词的风格多样化："即有时豪放，有时婉约，有时清新自然，有时哀感顽艳，有时……"①这样的结论还有待商榷，因为"豪放"和"婉约"是两个比"清新自然"和"哀感顽艳"更为宽泛的规定。事实上，新时期对纳兰词风格的评价相较过去只强调词风中的一个方面，更倾向于以上两种风格的综合，如王国玺《清新自然蕴藉秀美——试探纳兰词的美学风貌》指出，纳兰词的创作特色是以清淡朴素的语言写真情，在风格上的主要特征是"自然流丽，沉挚清婉"②。将两种风格相结合才能更加准确地概括纳兰词的整体风格。

---

① 宁大年：《跌宕流连，写其所难言——略论纳兰词的风格和师承》，《承德民族师专学报》1986年第4期。
② 王国玺：《清新自然蕴藉秀美——试探纳兰词的美学风貌》，《社会科学辑刊》1993年第2期。

有些学者从美学的角度观照纳兰词,强调纳兰词中的"情",纳兰性德的恋爱之情、夫妇之情、离别之情、友谊之情,体现出浓郁的人情美,在表达真挚情感的时候运用含蓄的方式而具有含蓄美。王杰《纳兰词及其美学价值》指出纳兰词的三点美学价值[①]:一是真情美,纳兰性德向往自由但深受礼教束缚,因而惆怅苦闷,向往爱情但愿望难以满足,因而凄清哀婉;他的词率直地写人性美和人情美;二是意境美,纳兰善于摄取生活中最有特征的景象,并且把它与自己的思想感情融为一体,寓情于景,情景交融,创造出动人的审美意象和深远的艺术境界。三是语言美,纳兰词清新自然,淡雅真朴,晓畅流利,富有创造性。这三点较为全面的概括出了纳兰词的美学特点。有的学者着重分析纳兰"情"中之"悲",认为纳兰敏感的心灵感受到了时代社会的悲哀气息,影响到他的审美取向,认为纳兰性德在思考人的生存意义时,是以悲剧性心态观照人生、自然与历史,感知的世界必然是悲剧体验后的人生观感,词作所流露的主要倾向是内在的人生孤寂。词人借助于词这一载体来表现人的生命意识时,是以现实世界作为审美对象,运用一定的技巧来表现自己的审美理想[②]。这种技巧就在真挚情感的抒发和含蓄美的结合,造成了蕴藉委婉的美感。

纳兰词的艺术手法也是一个热点,朱国民的《纳兰词艺术探幽》概括出独特多样的抒情方式、丰富复杂的心理描写、重词叠字的艺术魅力三方面艺术手法[③]。姚崇实则着重探讨纳兰词的意境创作,认

[①] 王杰:《纳兰词及其美学价值》,《满族研究》1986年第2期。
[②] 赵维国:《论纳兰性德词的生命意识及审美取向》,《阜阳师范学院学报(社科版)》2000年第3期。
[③] 朱国民:《纳兰词艺术探幽》,《上海师范学院学报(社会科学版)》1984年第2期。

为纳兰词具备了意境的两种特征：一是情景交融，采取两种手法表现，其一，写触景生情，情随境生的过程，把景物和特定的思想感情联系起来，使景物染上某种情感色彩。即用景物衬托渲染感情，把人物情感投射到景物上，让其反映人的感情；其二，用具体的生活画面表现某种思想情感，把人物的感情渗透在客观事物中。用比喻、拟人等方法达到情景交融的境界。二是"调有弦外之遗音，语有言表之余味"。容易引起读者的联想和想象，富有象外之象、言外之意。其手法有：一、抓住最富有包孕性的事物或顷刻，表现人物的思想感情；二、选择富有启示性和暗示性的画面，表现作者的感情；三、表达某种思想感情时，把感情隐藏起来，让读者去品味咀嚼[①]。

近年来的纳兰词研究从文本出发，出现了纳兰词的意象研究，2006年承德民族师专学报发表了汪龙麟《试论纳兰词的意象选择》，这篇文章通过列表，对纳兰词中的意象分类对比，总结出纳兰词意象构成的三个特点：一、意象的历史继承性，纳兰词中诸如"落花""西风""明月""流水""归雁""杨柳""长亭"等，是历代词家喜用的意象，这些意象凝聚了人类千百年来共同拥有的特定情感，曾被不同时代、不同作者所沿用。二、意象的多元性表达，"象"与"意"错位，形成意象语义的多元性表达，有一意多象和一象多意。纳兰词均能与其所表达的词心词境相契合而获得独特的审美意义。三、意象的语义拓展，表达种种不同思想内容，有两种途径：一是师前人之意而易其象，二是用其象而易其意[②]。其后在这方面作出较多努力的是李晓明，他的《论纳兰性德诗词的自然意象》将纳兰词的意象分为自

---

① 姚崇实：《纳兰词的意境创造》，《承德民族师专学报》1986年第4期。
② 汪龙麟：《试论纳兰词的意象选择》，《承德民族师专学报》2006年第4期。

然意象、社会意象、人类自身意象、人的创造物意象和人的虚构物意象五个部分,着重分析了自然意象[①]。《纳兰性德诗词意象组合方式及其所呈现的美学风貌》归纳出纳兰词意象组合的四种方式[②]:并列式组合、递进式组合、对比式组合、衬托式组合,总结出纳兰词意象选择体现出的残缺、低回、向下的特点,从而表现出自己的美学风貌。除此之外,李晓明还探讨了纳兰词中的叠字和化用之法。

2. 词风成因研究

对纳兰词"哀感顽艳"风格的形成,李欣从创作动机分析,得出三个结论,首先是在社会生活上理想与现实的矛盾,纳兰虽仕途顺利,但是政治斗争的残酷使纳兰感到厌恶;第二是在爱情生活上的不幸,失恋的痛苦和爱妻早逝促动纳兰思想性格转变;第三,在个性发展上,单调呆板的侍卫生活束缚了纳兰性德的个性发展[③]。这三点结论是具有代表性的观点,除了这三种解释外,还有家族世仇、时代感伤思想影响。此期学者还从词人本体、心理学、文化学、医学等角度切入,提出了一些新的说法。

首先,从词人本身出发,乔玲希着重强调纳兰性德的洁身自好的崇高人格,纳兰胸怀大志,才华卓著,但是封建奴仆生涯禁锢了他,而不能实现自己的人生价值,纳兰词中的清凄、悲婉的旋律中包含的,是一个壮志不能酬的有识之士对险恶污浊世道的厌恶和憎愤,无路

[①] 李晓明:《论纳兰性德诗词的自然意象》,《船山学刊》2007年第4期。
[②] 李晓明:《纳兰性德诗词意象组合方式及其所呈现的美学风貌》,《理论月刊》2007年第11期。
[③] 李欣:《"哀感顽艳"之绝唱——纳兰性德创作动机浅论》,《黑河学刊》1989年第2期。

可走的失望和迷惘,积极参与生活的希求和热望,以及蔑视仕禄富贵、不愿与世俗同流合污的崇高人格[1]。杨勇从纳兰本人的个性气质出发,指出纳兰词感人至深的原因,一是纳兰重感情,对爱情、友情都诚挚感人,发之于词,便产生感人的艺术效果;二是纳兰敏感的个性决定了他以小令见长,通过刹那间的感触、行动来展示人物内心世界;三是纳兰旷达不拘的性格使他突破格律音韵等的束缚,所以在形式上表现出一定的创造性[2]。

其次是心理学的角度,以杨子怡为代表,她用格式塔的场论、荣格的集体无意识以及一些关于个性心理学方面的理论解释纳兰身世与词作风格的矛盾。格式塔的场论把环境分为地理环境和行为环境,纳兰本人是贵族公子,身处盛世备受康熙青睐,这是他的"地理环境",而他自己时时觉得自己身处牢笼,感到声势显赫的家庭后面隐藏着巨大的危机,官运亨通中藏着风险,这是他的"行为环境"。行为环境影响他的行为,使他谨慎、抑郁。纳兰心目中的这种行为环境导致了他抑郁举止和创作风格的产生。这种心理环境的产生与纳兰的个性气质有关,纳兰有抑郁气质,表现在体弱多病、具有高度的情绪易感性,情感丰富,易受挫折。这种气质使他选择用艺术表达哀怨。这种行为环境还跟民族传统有关,以农耕经济为主体的社会机制造就了汉民族务实内向,注重内心开掘、情感世界的描述,有深厚的忧患意识。纳兰深受汉文化熏陶,忧患意识在他个人意识中蕴藏下来,即集体无意识的原初意象渗透在他的个人意识中,造成了纳兰

---

[1] 乔玲希:《论纳兰性德凄婉兼悲壮词风的形成原因》,《内蒙古师范大学学报(哲学社会科学版)》1991年第3期。

[2] 杨勇:《论纳兰容若的个性气质对其词的影响》,《湖北大学学报(哲学社会科学版)》1990年第3期。

词的哀婉风格。这种分析的结果并不新颖,但由于从心理学的角度详细地解读纳兰心理的形成及其影响,对其心理机制形成的解释更为合理、科学[1]。陆宏弟《从创作心理谈纳兰词》也分析了纳兰的心理对其创作的影响[2]。

再次是文化学的角度。明末产生的人文主义、个性主义解放思潮,在清朝入主中原后提倡程朱理学的强权高压下,被感伤主义情绪所代替,纳兰词就是这种思潮背景下的产物,这是很多学者认同的文化学原因。此外,田瑞敏《满汉文化对纳兰性德边塞词风的影响》[3]、王卓《纳兰性德词个性寻源》[4],从满汉文化的双重影响来解读纳兰词风形成的文化因素。指出满族人阔达的胸怀和豪爽的性格及吃苦耐劳的精神在纳兰词中均有所体现,而汉文化传统中伤感、悲愁的美学风尚及纳兰家族世仇和对兴亡的高度敏感使他选择了汉文化中的悲婉风格。纳兰性德作为满族人,在入关后离开了孕育其民族的自然社会土壤,消亡了民族锐气,所以流露出了悲凉情调。这样的解释,与纳兰思想形成有相通之处。

最后,还有学者从医学的角度来解释,以李雷的《纳兰性德与寒疾》为代表[5],他用中国传统医学和现代医学分析寒疾对纳兰身心的影响,认为纳兰的体质使他异常敏感,他在对自然物候的敏感中流露

---

[1] 杨子怡:《纳兰性德诗词风格形成的心理机制》,《承德师专学报(社会科学版)》1991年第4期。

[2] 陆宏弟:《从创作心理谈纳兰词》,《承德师专学报(社会科学版)》1992年第4期。

[3] 田瑞敏:《满汉文化对纳兰性德边塞词风的影响》,《沧桑》2007年第5期。

[4] 王卓:《纳兰性德词个性寻源》,《社会科学战线》1997年第6期。

[5] 李雷:《纳兰性德与寒疾》,《文学遗产》2002年第6期。

出人生悲凉,寒疾带来的疼痛强化了他的痛苦意识和生命意识,使他强烈感受到人生短促,生命易逝,产生缺憾、焦虑、孤独、失落、空虚的情绪与感受。当人生阅历的社会性成分进入纳兰生活后,爱妻早亡,抱负难酬,官场黑暗,如履薄冰更使他的精神身体备受摧残,最终使病情加重导致他过早逝世。也就是说,寒疾的影响促进了纳兰忧郁气质的形成,而又是人生的愁苦加重了寒疾对他体质的摧残,这种恶性循环大大影响了纳兰的气质、性格、命运以及文学创作。跨学科的分析研究带来了新的视角,也将人们长期忽视的一个问题,即纳兰的健康状况作为一个重要的问题提出来,提供了新的思路。吴伟初的《"多情自古原多病"——纳兰性德词风枝谈》也表达了相似的观点①。

五、结语

20世纪以来,纳兰词研究一直是清词研究中的重点与热点。尽管受到时代思潮影响,学者们对纳兰词的评价有褒有贬,但对纳兰性德的关注从未中断。民国时期的词学家,如况周颐、王国维、徐珂、吴梅等为纳兰词研究开辟了道路,新旧学者在不同观念指引下将研究方向导向现代。新中国成立的最初三十年,虽然纳兰词研究一度冷清,但也有新的观点出现。20世纪80年代以来,纳兰词研究首先在深度和广度上前所未有,从生平到思想,从题材内容到艺术特色,从文化心理到美学价值等,都有展开和深入。在研究方法和观念上,逐步向多元化发展,切入角度从文化学、美学、医学、心理学等多种学科

---

① 吴伟初:《"多情自古原多病"——纳兰性德词风枝谈》,《镇江师专学报(社会科学版)》1985年第4期。

入手,呈现出多层次的融合,研究方向越来越向微观发展,在艺术手法、文本结构等方面有很多尝试和探索,可以说,这些造就了纳兰词研究的繁荣。学术的探索是没有止境的,纳兰词的研究还将继续深入。

第二章　清代后期词研究

第一节　晚清词研究综述

一、1949年前晚清词的宏观研究

1908年王国维发表《人间词话》，当代词学研究者往往把这一年作为新的词学研究方法的起点。而清朝覆灭前后，词学领域多数仍然沿用旧有方法，典型者如南社诸多词话与论词作品。20世纪之初，朱祖谋在为王鹏运所作的《半塘定稿序》中说，"君词导源碧山，复历稼轩、梦窗，以还清真之浑化，与周止庵氏说契若针芥"。其中"导源碧山"云云，正是周济在《宋四家词选》中所示的学词途径。他的这种评价眼光，显然是从常州词论的视角出发的。这时期，从传统的词集、词话著作，到三、四十年代的词学刊物如《词学季刊》《同声月刊》等，旧学色彩依然十分浓厚。可以说，在《人间词话》发表后的相当长时间，乃至在新学浪潮的冲刷下，词学界内部仍然传承着晚清以来固有的观点和方法。

在词学研究对象的偏好方面，清末民初的研究者也和当代清词研究者多偏好清前期的名家大派不同。他们中的核心人物与晚清词家有着颇深渊源，或受业于左右，或秉家学渊源，或在师友之间。故其论词著作多推重晚清之语，在理论方法上自然也受常州派影响较

深。这时期的词学家,不论是正统学者如朱祖谋、王鹏运等,还是活跃在南社这样的革命文学团体中的文人,虽然在论词宗尚上有所分歧,但对清词的成就大多持有较高的评价。

(一)词籍整理的实绩

清词本有"学人之词"的美誉,即词人往往兼有经师的身份,此特色在晚清词家尤为明显。民初的词学研究便诞生在清学的氛围之中,无处不见清代学术的影响。这种影响,梁启超概括为"以实事求是为学鹄,饶有科学的精神,而更辅以分业的组织"[1]。十九、二十世纪之交,王鹏运、朱祖谋等人的词籍校勘,以汉学考据之法应用于词学领域,取得很大的成就。王鹏运精校南宋吴文英词,本意固在"以梦窗词转移一代风会",却开启了近代词籍校勘之学的门径。王、朱二人的整理重心在唐宋词,在清人词集的编选和整理工作方面,取得重要成就的主要有陈乃乾、叶恭绰等。

朱祖谋尝有意编《百家词钞》,未成[2]。1908年,梁令娴辑成《艺蘅馆词选》,选"清朝及近人词"词一百六十四首,入选以常州派词人为主。朱祖谋亦纂有《词莂》一书,录词人十五家,词作一百三十七首,同样是以常州词派的论词标准进行选择。此类选本还有徐珂在1926年出版的《清词选集评》等。而真正以全局的眼光进行清词文献的整理,当首推陈乃乾《清名家词》。

陈书选词上起自清初,下迄于清末,在体例方面,词人无专集者不选,遗民、闺秀、方外之作不选。第一集共收词人一百家,词集一百

---

[1] 梁启超:《中国学术思想变迁之大势》,《清代学术概论》,中国人民大学出版社,2004年版。

[2] 据黄孝纾《〈清名家词〉序》,陈乃乾编《清名家词》本,上海书店,1937年版。

三十余种。当时词学界著名学者叶恭绰、黄孝纾、赵尊岳、龙榆生等人均为之作序或题词,许为"表一代之宏规,存百年之文献"[1],"一代著作之林与风俗史"的工程[2]。这部书本来拟出续刻,后仅见此一集,然而"词宗硕将大致无遗"[3],"清代词人专集之卓然可传者,略备于是"[4]。陈乃乾的选择标准固然在精不在广,个别选本质量也存在争议,但是在近代清词丛刻史上,《清名家词》无疑具有草创之功。

稍后的大型清词选辑工程,当属叶恭绰《全清词钞》。全书共四十卷,上起由明人清者,下迄清入民国者,选录了八千二百六十首词,堪称一巨型选本。这一工程起于1929年,受到词坛耆宿朱祖谋的支持。据黄孝纾在《清名家词》序言中的说法,清词抄初选搜罗词人达四千余家,后正式出版时删定为三千一百九十六位,皆附有小传,详录其词学著述。全书至1952年方才全部编辑完成,1975年由香港中华书局出版。《全清词钞》在清词文献的搜集整理上具有重要价值,在当代仍是研究者必备的参考书籍。

清人谭献曾选清词近千首为《箧中词》,择选公允、评议精当,至今仍是清词的最佳选本之一。此书刊印于光绪八年(1882),故清末三十余年间的词人词作阙如。为弥补这一缺憾,民国二十四年

---

[1] 叶恭绰:《〈清名家词〉序》,陈乃乾编《清名家词》本,上海书店,1937年版,第2页。

[2] 黄孝纾:《〈清名家词〉序》,陈乃乾编《清名家词》本,上海书店,1937年版,第2页。

[3] 叶恭绰:《〈清名家词〉序》,陈乃乾编《清名家词》本,上海书店,1937年版,第1页。

[4] 黄孝纾:《〈清名家词〉序》,陈乃乾编《清名家词》本,上海书店,1937年版,第2页。

(1935),叶恭绰编选《广箧中词》,体例仿《箧中词》,重心放在光宣作者,期与谭书"合成完璧之观"①。叶氏有编纂《全清词钞》的便利条件,《广箧中词》共选词千余首,词人近五百家,对谭献未见或漏收的词人词作进行了增补,可以说是《箧中词》的增订补完版。但体例终不免为《箧中词》所限。

以选辑清词为目的的中小型读本,还有胡云翼《清代词选》、王煜《清十一家词钞》等。

（二）对晚清词的总体评价

新文化运动以前,学者们去清未远,许多人本身是晚清词坛的重要参与者。他们稔熟于清代词林掌故,对词学流派分野有着清晰细致的认识,对清词尤其是晚清词的成就多持高度赞许的态度。如沈曾植在《彊村校词图序》中说,"词莫盛于宋,而宋人以词为小道,名之曰诗余。及我朝而其道大昌……诗之所不能达者,或转藉词以达之。"②陈匪石在《旧时月色斋词谭》中也说,"清代之词派,浙西、常州而已……至同光以降,半塘、沤尹出,始倡导周、吴而趋其途径。沤尹则直入梦窗之室,吴派遂为清末之新声矣。"③又在《今词选·例言》中说,"词至清代,名家盖繁。……白石一派,大鹤独造;梦窗一派,彊村入室。筚路蓝缕,为世所宗。他如伯弢、贞观,颇重三变;半塘、云起,青兕变调。卓为大家,流风所衍,绝学再振。"④这是从宗法南

---

① 夏孙桐:《广箧中词序》,叶恭绰辑《广箧中词》本,番禺叶氏遐庵丛书本,1935年。
② 朱孝臧:《彊村丛书附遗书》（第十册）,龙榆生辑录《彊村校词图题咏》,上海古籍出版社,1989年版,第8728页。
③ 陈匪石编著,钟振振校点:《宋词举》,江苏古籍出版社,2002年版,第212页。
④ 陈匪石:《今词选·例言》,《民国日报》1916年1月26日。

宋的角度来赞美晚清词的。南社中人论词倾向与之有所不同,如陈去病、柳亚子、于右任等人纷纷对晚清宗尚白石、梦窗的倾向不满,转而欣赏龚自珍、文廷式凌厉豪放的词风。但是,在具体的论词方式上,却无一例外地受到常州派比兴寄托观念的深刻影响。

新文化运动以后,一批新式学者成长起来。相对于保守的传统词学界,他们属于接受西方进化论思想影响的崭新世代,认同王国维所言的"一代有一代之文学"。新文化运动对清词研究的影响,首先体现在对清词的评价上。胡适在民国十五年(1926)纂成《词选》一书,在序言中,胡适称这篇文字表达了自己"对于词的历史的见解"。他将词的历史划分为三个时期:第一时期自唐到元初,为词的自然演变时期;第二时期自元到明清之际,为曲子时期;第三时期自清初到今日,为模仿填词的时期。并下结论说,第一个时期是词的"本身"的历史。第二个时期是词的"替身"的历史,也可说是他"投胎再世"的历史。第三个时期是词的"鬼"的历史。他进一步解释道,清朝的学者,读书最博,离开平民也最远。清朝的文学,除了小说之外,都是朝着"复古"的方向走的。……天才与学力终归不能挽回过去的潮流。三百年的清词,终逃不出模仿宋词的境地。所以这个时代可以说是词的"鬼影"的时代。①

在《词选序》的最后,他还表达了对南宋词的强烈不满,称其为"词匠"之词。大概从抑南宋的观点出发,胡适对于晚清词是尤其鄙视的,他说,"这五十年的词,都中了梦窗(吴文英)的毒,很少有价值"②。

---

① 胡适:《词选》,河北人民出版社,1999年版,第2—3页。
② 胡适:《五十年来中国之文学》,《申报》1923年五十周年纪念特刊。

胡适的言论一出,学界对清词的评价便分为截然不同的两派。推许者谓之"上追天水,远轶朱明"[1],甚至"独到之处,虽宋人也未必能及"[2];抵之者说它"堆砌饾饤,晦涩难解,与吴梦窗同病,同犯七宝楼台拆下不成片段之讥"[3],"走上古典主义的死路"[4]。

以我们现在的目光来看,部分学者所持的态度是相当激烈的,对清词不加分别地全盘否定,不够客观。当时虽然不乏中肯的反对者,如在《学衡》发表一系列词学论文的胡先骕等,但胡适一门既光大一时,新编文学史多为"新派学者"所撰,此番理论也便广为传播。50年代中国大陆清算胡适圈子,毕竟不能根除他的影响。可以说流波所及,至今未已。共和国成立后出版的中国文学史著作,对清词的评价大多不高。当代词学研究者主要传承了五四以来的新派学风,也是显而易见的。

(三)较有影响的词史论著

晚清以来词话创作繁盛,对词人词作的评价多有涉及,但缺少成系统的词史之作。朱祖谋晚年戏作《清词坛点将录》,钱仲联评价说"仅见榜名,未有成文"[5]。同时,传统目录之学在词籍整理方面发挥了重要的作用,《清史稿·艺文志》《续修四库全书总目提要》均著录大量清代词籍并撰有提要。在此基础上,写作文学史著更加便利。

---

[1] 赵尊岳:《〈清名家词〉题辞》,陈乃乾编《清名家词》本,上海书店,1937年版,第5页。
[2] 叶恭绰:《全清词钞序》,《全清词钞》上册,中华书局,1982年版,第2页。
[3] 陈子展:《中国近代文学之变迁》,上海中华书局,1929年版,第58页。
[4] 胡云翼:《中国词史略》,上海大陆书局,1933年版,第215页。
[5] 钱仲联:《近百年词坛点将录》,《梦苕庵清代文学论集》,齐鲁书社,1983年版,第159页。

中国第一部词的专门史,当属刘毓盘所著《词史》;第一部清词的专门史,则为徐珂在民国十五年(1926)出版的《清代词学概论》。

《词史》这样概括词的发展路程:"词者诗之余,句萌于唐,敷舒于五代,茂盛于北宋,煊灿于南宋,剪伐于金,散漫于元,摇落于明,灌溉于清初,收获于嘉乾之际。"可见他也是认为清词到了中晚期才达到极盛的境界。此书本是刘毓盘在北京大学所用的讲稿,他论词兼重意境和词律,在书中指出,"词必以合律始",到了万树《词律》的出世,词的声律才走向规范化;清初之词,朱彝尊"失之妖艳",陈维崧"失之佚荡",到嘉庆之后出现了常州词派,词的境界才得以开拓。在高度评价万树《词律》对清代词学的贡献之后,他详细论述了常州词派的影响力以及嘉道以后词坛复盛的状况,对张惠言、周济、周之琦、蒋春霖、王鹏运、朱祖谋等词家进行了评述[①]。

《清代词学概论》为晚清词人谭献弟子徐珂所撰,反映的是常州派的论词宗旨。全书卷幅不长,分总论、派别、选本、评语、词谱、词韵、词话七章。在"派别"一章里,作者详论浙派、常州二家短长,批评浙派"标格仅在南宋,以姜为登峰造极之境","后起作者巧构形似之言,渐忘古意"[②]。而对常州派则大加赞赏,称其"别裁伪体,上接风雅,赋手文心,开倚声家未有之境","自是以还,词学大昌"。虽然恪守师说,但不无门户之见。在"评语"一章,他从《箧中词》《国朝词综》《百名家词钞》等重要的选本中录出评语,附于词人小传,以此"觇初叶、中叶、末叶之风尚"[③]。这种写作方式,则具有现代自觉的

---

① 刘毓盘:《词史》,上海群众图书公司,1931年版,第213—215页。
② 徐珂:《清代词学概论》,上海大东书局,1926年版,第4页。
③ 徐珂:《清代词学概论》,上海大东书局,1926年版,第21页。

历史意识。

后来涉及清词的词史著作,主要有王易《词曲史》、胡云翼《中国词史略》等。王易在《词曲史》全书分十章展开,"振衰第九"一章专论清词之振兴及诸名家的词学成就。王易分别从清代朴学之发达、君主之好尚、词律之进步、选集之兴盛等方面论述清词振兴的原因,又以时间顺序列叙词人词作,稍嫌粗略,体例与更早的吴梅《词学通论》清词部分相仿佛。胡云翼《中国词史略》共六章,将清词的流派分为浙派和常州来评论,对清词的总体评价不高。

二、1949—1976年清词研究领域的相对低迷

1949年后直到改革开放,中国大陆的清词研究颇见寥落。马兴荣在1980年撰写的《建国三十年来的词学研究》一文中说,陈维崧、纳兰性德以及清代的浙派、常州派等等的词,就没有见过什么专门的研究文章。这种说法是不够准确的,但相关研究论著少之又少,则是不争的事实。又由于政治因素对文学研究领域的干预,研究者往往以政治标准衡量一切,只强调作品的思想内容如何,以至忽视了对词的审美价值的探讨。虽然部分词人文集和词学文献的整理校注工作取得一定成果,总体而言创造性较低。在这样的大环境下,仍有一些前辈学者以他们优秀的学术传统和深厚的功底,对清词的相关问题进行了中肯的评价,成为这一时期清词研究的典范之作。

在50年代中国大陆批判胡适思想的浪潮中,有文章针对他所编的影响深远的《词选》发表意见,如著名词学家黄孝纾发表在《文史哲》1955年第11期的论文《批判胡适词选中错误观点》等。这篇论文从三个方面批判了胡适在《词选》序言中的观点,虽然没有提及对清词的评价,但是为南宋格律派词人做了一点辩护,无疑是晚清词家

论调的延续。黄孝纾先生另有《清词纪事绪言》,1963年发表于《山东大学学报》[①]。在这篇文章中,作者把有清一代的纪事词分为七类,在反映清初民族思想的词作之外,突出了反映鸦片战争、戊戌政变、太平天国、辛亥革命等影响近代中国政治格局的战事和政治革命的作品。作者对清词的总体评价与当时主流意见不同,指出,清词的发展,虽受浙、常两派风气的限制,以文纲所加予的迫害,不能获更多的成就,但并不能扼杀中国古典文学在词创作的现实主义优良传统,使之中断。胡适一派文人主观的对清词一笔抹杀的态度,未免武断。他还对晚清王鹏运、朱孝臧、文廷式、郑文焯、况周颐等词人做出较高评价,这在当时更是不合乎主流的论调。《清词纪事》一书由黄孝纾与其弟黄孝平两位先生合作纂辑而成,后来部分内容以黄孝平的名义于1987年发表在《中国韵文学刊》。然而刊出内容止于清初纪事词,远不及绪言中所说的"十五万言"。

多数学者在对清词的总体评价上,仍然潜在地接受了胡适的影响,用文学进化论的观点看问题,认为清词是模拟多于创造的文学。在文学史的写作中,评价较低,着墨不多,甚至置之不论不议的地位。这种论词的倾向,尤以针对晚清词为甚。例如游国恩等编著的《中国文学史》是几十年来影响较大的文学史教材,在这部书中,对清初词家还略有提及,对中晚期的词人词作就完全阙如了。又如刘大杰三次修改他的《中国文学发展史》,有关清词的文字越来越少,评价越来越低,甚至将一些内容大段删节。这一时期清词研究领域少人问津,由此可见一斑。

[①] 黄孝纾:《清词纪事绪言》,《山东大学学报(语言文学版)》1963年第1期。

三、1976年后的晚清词研究概况和词史的撰写

"文革"之后,国内学术环境得到一定恢复,对中国传统诗词的整理与研究工作得以在前人的基础上进一步展开,重要的学术成果陆续出版。如唐圭璋《词话丛编》、施蛰存《词籍序跋萃编》等,还引进了叶恭绰《全清词钞》、饶宗颐《词籍考》、叶嘉莹《迦陵论词丛稿》等海外出版的词学书籍,前辈学者著作如夏承焘《瞿髯论词绝句》《月轮山词论集》《天风阁学词日记》及唐圭璋《词学论丛》等也得以面世。重要的词人文集和词学著作大量重新整理标注出来,如《郑板桥集》《瑶华集》《忆云词》《白雨斋词话》《人间词话》等;大型清词文献整理工程《全清词》的编纂工作于1982年启动,顺康卷已顺利整理完成并出版。普及性的词选,如张伯驹、黄君坦所编《清词选》,夏承焘、张璋所编《金元明清词选》等,也大量开始出现。从20世纪80年代词学研究初步繁荣,到进入21世纪,这一领域的各个方向得到专门而深入的发掘,清词研究正逐渐成为一门显学。

马兴荣在《建国三十年来的词学研究》一文中指出,建国三十年来词学研究的不足之处,其中一条就是忽视词史的研究。他说,自从30年代刘毓盘《词史》及胡云翼《中国词史略》出版,五十年中再没有出现一本新的词史,他认为词史的空白在不太久的将来,总会要被填补起来的[①]。如其所言,80年代以还,词史的撰写层出不穷、后出转精,呈现非常好的发展势头。通论性的著作如郭扬《千年词》、黄拔荆《中国词史》、马兴荣《词学综论》、许宗元《中国词史》、金启华《中国词史论纲》等;词学理论史的相关著作有谢桃坊《中国词学史》、方智范等《中国词学批评史》、邱世友《词论史论稿》、朱崇才

---

① 马兴荣:《建国三十年来的词学研究》,《词学》1981年第1辑。

《词话史》、孙克强《清代词学批评史论》等；清词史方面有严迪昌《清词史》开山在前，后有陈水云《清代词学发展史论》、沙先一和张晖《清词的传承与开拓》等；其他专门史如江合友《明清词谱史》等也为数不少。

本时期第一本词史著作应是1987年出版的郭扬《千年词》，他把清词的中兴称为千年词史的复兴期，将清词的历史分为三段："清初词——明词的延续""清中叶——词论的建立""晚清词——功用的发挥"。从标题可以看出，作者认为真正意义的清代词学是从陈维崧、朱彝尊等之后才开始完备的。基于这种认识，对中晚期清词的理论和创作成就给予了较多关注，尤其对张惠言、周济为代表的常州词派及晚清词家的论述比较详细。但线索不够清晰，近乎通论性质。许宗元《中国词史》的重点在两宋词，虽设专章论清词，亦主要介绍清初三家（陈维崧、朱彝尊、纳兰性德），对其他词人则略显泛泛。金启华在《中国词史论纲》中的"清词论纲"部分，以重要词人为纲，按照时代先后分别介绍，但字数较少，精炼而终嫌不够深透。其他如马兴荣《词学综论》等，也都较为简略，这是初期词史写作的特点。

黄拔荆的《词史》出版于1989年，止于金元词；在2003年补充为上下两册，年代贯通前后，易名《中国词史》。这是一部较为详细的词史著作，从词的民间起源写起，梳理了词由起源、发展、成熟，到中衰而复兴的全过程，收集唐代至清末千余位作者的上万部作品。该书重点突出了民间视角，关注了女性词作，并对向来研究者比较忽略的明词进行了考察。清词部分位于该书第八章，依次主要介绍了清初期词、阳羡词派、浙西词派、纳兰性德、常州词派、清末四家及清代女词人。

专门对词学理论史进行探讨的专著，早期有谢桃坊《中国词学史》及方智范等四人编著、施蛰存参订的《中国词学批评史》等。谢书从词学的始创期开始,一路讲到现代词学研究,引用文献较为丰富,确立了词学史的理论框架,具有先期的指导意义。其中第四章和第五章,讲述词学在清代的复兴与极盛。有清论词名家,基本囊括。方智范等《中国词学批评史》,后来易名《中国古典词学理论史》修订再版,用半数以上的篇幅重点介绍了清代词学的成果。从清初的"辩词体""觅词统",到浙西词派的清空醇雅、常州词派的尊词体重比兴,再到后期常派词论的流衍广布,行文细腻、剖析十分具体。从浙派开始,作者把清代词学批评的复兴分为三个阶段:康熙中至乾隆末、嘉庆初至道光中、道光末至清末民初。此三个阶段的词学理论家,基本上略无遗漏。全书布局合理、纲目清晰,是一部优秀的词学史著作。

进入21世纪,词学理论史的写作进一步向深入发展,有邱世友《词论史论稿》、朱崇才《词话史》、孙克强《清代词学批评史论》等。《词论史论稿》凡十五章,论及十四家,其中清代十家,独占十一章之多,是一部史论结合的佳作。朱崇才《词话史》在第九章的第三节论述了阳羡派及万树的词学观,在十二章和第十四章论述常州词派及其流衍。按照次序说明张惠言词选的开山意义、周济对常州派词学的发扬光大以及浙常二派之交替。在常州派的推广及中兴部分,重点放在谭献、陈廷焯、端木埰、况周颐与"重、拙、大"词学理论上,附论其他常州派之流风余韵。作为中期至近代影响最大的词学派别,作者把常州词学的发展分为三阶段:第一阶段是张惠言兄弟师生等人编《词选》,奉温庭筠为宗主,提出意内言外风雅比兴的词学理论;第二阶段周济编撰《词辨》《介存斋论词杂著》及《宋四家词选》等,增益张氏词学,提出周、辛、王、吴作为新偶像以及"词亦有史""寄托出入"之说。第三阶段是谭献、王鹏运、陈廷焯、冯煦、况周颐、朱孝臧等对常派理论的推广、补充、修正和发扬光大,提出了"沉郁""重拙大""浑成"等理论。

严迪昌《清词史》是一部划时代的开山之作,也是目前唯一的一部清代词史。有清一代,词籍浩繁,而作者曾预《全清词》编辑工作,积累了大量原始材料,对清词总集、选本和别集如数家珍、了然于胸,有他人难及的写作条件,故能弥补此一研究空白。《清词史》的"绪论"中分析清词号称"中兴"的原因,从世道多变的时代背景切入,士人"旧巢既覆、新枝难栖",以词的形式寄托心迹。"词在清代,已用其实在的、充分发达的抒情功能表征着这一文体早就不再是'倚声'之小道,不只是浅斟低唱、雕红刻翠徒供清娱的'艳科'了。所以,清人之词,已在整体意义上发展成为与'诗'完全并立的抒情之体,任何'诗庄词媚'一类'别体'说均被实践所辩证。词的可庄可媚、亦庄亦媚,恰好表现出了其卓特多样的抒情功能。"[①]全书分为五编,分别为清初词坛、"中兴"诸家、清中叶词风流变、常州词派和晚近词坛、清代妇女词。整体的章节划分,以词派的消长、选集的编纂和重要的唱和活动为主要纲目,以重要作家和重大文学活动为点,辐射出一个词派和一个时代的横面。既重视师承和地域的因素,又把握住大的词坛风气,并且从社会政治的全景切入,展示了微观与宏观相结合的卓越视角;字里行间,时见精警的立论。但也许是作者对清前期的内容更加熟悉的原因,全书内容比例稍显失调,常州词派和晚清词家仅占约五分之一的篇幅,而妇女词部分内容更显单薄,这是本书略为不足的地方。

另如老一辈学者如夏承焘、钱仲联等,仿照古人体式,用诗词或

---

① 严迪昌:《清词史》,人民文学出版社,2011年版,第2页。

者"点将录"的形式发表对清词的评价。如夏承焘有《瞿髯翁论词绝句》,论及清代词家十四人,钱仲联有《光宣词坛点将录》《近百年词坛点将录》等。随着80年代《全清词》计划的启动,学界加深了对清词的认识。较年轻的词学研究者也接受了清词"中兴"的观点,并发表系列论文进行研讨,如汪泰陵《论清词的"中兴"》、陈铭《清词的中兴与衰微》等。陈铭在其文章中,从宏观的角度对清词的发展进行观照,归结出两个高潮,一是17世纪下半叶,由清初三大词派的形成等现象为标志;二是19世纪20年代到世纪末,以词学理论的发达和词籍整理的实绩等为标志①。由这两个高潮形成了清词中兴之面目。钱仲联在《全清词序》中认为,清词不但能够继承宋词,而且还有过之。举其要者:一、清词更为张皇爱国之精神;二、清词多学人之词;三、清词流派众多;四、清词理论发达;五、清代词人众多,传世之词亦多②。这种论调虽然未必确切,但指明了清词特异之处,不失为一种代表性意见。

第二节 常州词派研究

一、1949年前常州词派研究

常州词派雄起于嘉道之后,牢笼百年,成为近代以来第一大词派。承继晚清以来的词学风尚,学者往往更加注重常州词派以来的词家,对张惠言、周济以至"晚清四大家"的词学成就频致赞许之意。

---

① 陈铭:《清词的中兴与衰微》,《浙江学刊》1992年第2期。
② 钱仲联:《全清词序》,《南京大学学报(哲学人文社会科学版)》1989年第1期。

而自从王国维《人间词话》把纳兰抬高到"北宋以来一人而已"的地位之后,关注清前期词的论著也逐渐增多。

这一时期对清词流派的研究尚处于奠基阶段,相关文字多集中在词话作品和发表在报刊杂志的小型论文中。30年代以还,有两大词学刊物前后相继,即龙榆生所主办的《词学季刊》和《同声月刊》。以两刊为中心,团结了一大批词学家,刊发了许多高质量的词学论文。龙榆生在《中国韵文史》中辟有专章讨论常州词派与道咸词风,将嘉道同光时代表词人列为十家简要叙述,次叙清末词人。他另撰有《清季四大词人》《彊村本事词》《晚近词风之转变》《论常州词派》《清词经眼录》等论文,这些论文具有传统学问的功力,同时吸取新学的精神,显示了作者"于诸家词话之外别立批评之学"的学术追求[1]。

张惠言作为常州词派的宗主,在文学评价方面仍然受到广泛的追捧。如"近代学者率椎少文,文士亦多不学。兼两是者,惟阳湖之张生"[2]、"迨阳湖张皋文辈崛起乾嘉,标举意内言外之旨,一洗侧艳狃钉故习,世益知词学托体之尊"等等[3]。但学者们对其词学理论的实践成就大小是有分歧的,胡云翼在《新著中国文学史》中就认为,大抵张惠言、周济一般人,对于词的研究是很深的,词的见地也往往很高,但创作的才气不大,所作词大都失之凡庸,故谭献称之为学人之词[4]。

---

[1] 龙榆生:《研究词学之商榷》,《词学季刊》1卷4号。
[2] 章炳麟:《校文士》,载《太炎文录初编 太炎文录续编》,上海书店出版社,1992年版。
[3] 黄孝纾:《清名家词序》,陈乃乾编《清名家词》本,上海开明书店,1937年版。
[4] 胡云翼:《新著中国文学史》,北新书局,1947年版,第272—273页。

王洪佳在《清代词学》中也说:"常州派之作者,往往流为平钝廓落,反失浙派婉约清超之境……刻意求寄托,反失其自然之旨。"[1]还有的学者全盘否定常州派的理论,对他们的创作更是一概抹杀。但是,反对常州派的思潮在这时期并非主流。

二、1949—1976年常州词派研究

有关常州词派的研究论著,这一时期只有沈祖棻《关于清代词论家的比兴说》、念述《试谈周济〈介存斋论词杂著〉》和唐圭璋《张惠言〈词选〉及董毅〈续词选〉订误》等少数几篇文章,但大多具有较高的学术质量。

《关于清代词论家的比兴说》是一篇对于常州词派"比兴"理论进行探讨的论文。沈祖棻举张惠言、周济、陈廷焯、谭献等常州派词学家的部分论词主张为例,探讨"比兴"概念在常州词派的理论中的重要地位;并从作者和读者两方面详细分析比兴方法的运用。她还论述了陈廷焯与周济论"比兴"的不同以及种种"比兴"的区别,最后指出,比兴只是历史悠久的和有势力的艺术表现方法之一,而绝不是唯一的方法;沉郁也只是美好风格之一,而绝不是唯一的美好风格。而且比兴的方法和沉郁的风格之间也没有必然的关联。文末,作者提出比兴方法对清末词家有着不良影响[2]。

《试谈周济〈介存斋论词杂著〉》的开头,说明了这样一个观点:清人对词的贡献,与其说是"词作",倒不如说是"词学"。作者从解剖浙派词学宗旨的本源出发,指出常州派的发生对于浙派的反动作

---

[1] 王洪佳:《清代词学》,《女师学院期刊》1936年第4卷第12期。
[2] 沈祖棻:《关于清代词论家的比兴说》,《文学研究》1957年第2期。

用,并且着重指出了常州词学的经学背景。随后,文章分析了常州派兴起的原因和周济在常州派中的地位,指出周济在这一词派中的领导地位,不唯不次于张惠言,实有以过之。他从词学理论的阐发、寄托论、词人词作的品评三个方面,以相当的篇幅详细论述了张惠言与周济具体论词的不同,持论不偏不倚,给予周济以中允的评价。并在文章的最后,指出周济词论对清末词家的影响。这是第一篇系统分析常州词派内部词学分歧的论文,提出常州派之所以比浙派有价值,是因为它着重倡导作词要有思想内容;而周济之所以胜过张氏,是因为他进一步明确了词的思想内容应该反映社会现实,而且要足以为"论世"之"史"。常州派的宗旨,应该说,是到周济才十分明确,显豁起来的①。这些看法,加深了对常州词派的认识,为此后的研究确立了一些基调。

三、1976年后常州词派研究

与一些前辈学者不同,新一代的研究者,尤其20世纪80年代以来成长起来的研究者,绝大多数与当年深受常州派理论影响的词学家没有直接师承关系,故能跳出常州派的视野限制,自觉利用新的材料和方法,客观评价这一影响极大的词学流派。建国以来,中晚清词长期不受重视,这一现象在20世纪90年代之后逐渐改善,进入新世纪,相关论著更是层出不穷。

20世纪80年代,前辈学者缪钺和叶嘉莹合撰的《灵谿词说》,以及叶嘉莹《迦陵论词丛稿》,包含了这时期许多精彩的论文,其中一

---

① 念述:《试谈周济〈介存斋论词杂著〉》,《文学遗产》增刊九辑,中华书局,1962年版。

些论文,对常州派的词学进行了详细而精微的阐释,对后来的学术论著有一定影响。如缪钺《论张惠言〈水调歌头〉五首及其相关诸问题》,从知人论世的角度出发,考察这五首词的微旨,并把作家和作品结合起来,反过来又从这五首词来印证张惠言其人。这篇论文没有通常把常州词派的理论与实践割裂开来、认为常派创作无足称道的成见,而是高度赞扬了张惠言《水调歌头》五首的创作成就,详解谭献"胸襟学问,酝酿喷薄而出,赋手文心,开倚声家未有之境"的评语,力图探得"常州词派立意深隽处"[①]。后来叶嘉莹写作《说张惠言〈水调歌头〉五首——兼谈传统士人之文化修养与词之美感特质》[②],便是从这一角度出发,更加详细地进行了阐发。饶宗颐先生发表在《词学》第三辑的《张惠言〈词选〉述评》,从《词选》在历史上的地位、编撰的时间地点、张惠言的词作、与秦观的关系、《词选》的继承者和反对者、《词选》的错误、《词选》的诠释等方面出发分别讨论,并附录《木兰花慢》词的作者问题及《茗柯词》系年考略,从多方面探讨了张氏《词选》这一在常州词派历史上影响至深的选本。

近年来有关常州词派的选集和学术专著主要有:赵伯陶《张惠言及常州派词传》、张宏生《清代词学的建构》、孙克强《清代词学》、艾治平《清词论说》、陈水云《清代词学发展史论》、朱德慈《常州词派通论》、迟宝东《常州词派与晚清词风》等。

朱德慈《常州词派通论》是第一部专论常州词派的通论性著作,该书采用考论结合的方式,对常州派的生成、发展、特征、词学贡献以

[①] 缪钺:《论张惠言〈水调歌头〉五首及其相关诸问题》,《四川大学学报(哲学社会科学版)》1989年第1期。

[②] 叶嘉莹:《说张惠言〈水调歌头〉五首——兼谈传统士人之文化修养与词之美感特质》,《清词丛论》,北京大学出版社,2008年版。

及各家创作的成就与特色等进行了较细的辨析。全书共分九章,前四章通论常州词派的形成因素、分期、词学倾向和创作规律,第五、六、七章论常州派前中期词人,最后两章论晚清"四大词人"。作者认为,无论从理论主张还是创作实践上看,还是从远祖近宗、取法对象方面看,"清季四大词人"都立足常州派,因此不必另立"临桂词派"或"彊村词派"。除此一点外,其他内容主要是立足前人成果,进一步归纳和讨论了常州词派的诸方面。如讨论其生成因素,是从乾嘉政治气候、经学的背景、常州词学的传统、张惠言的独特经历等不同侧面,分别揭示常州词派的发生;在分期问题上求细,认为常州词派共历五代;系统梳理了常派词学的尊体论、比兴寄托论和正变论,总结出寄托与学问化的创作"家法";探究早期常派理论家的分歧,对中晚期常派阵营的词人进行"守成"与"变革"的划分;还突出了端木埰承前启后的作用,辟一专章进行论述等等。该书注重把常州词派理论和实践结合讨论,破除学界往往轻诋常州词派理论实践不相匹配的印象。

迟宝东的《常州词派与晚清词风》是2008年出版的一本新著,书前有叶嘉莹所撰序言。全书以时间为限,分为"形成篇"和"接受篇"两大部分。"形成篇"以嘉道词坛为主要对象,讨论了常州词派的形成、词学思想和创作倾向;"接受篇"以道咸以来的晚清词坛为对象,从道咸时期常州词派一统词坛,到同光时期谭献、陈廷焯等常州派词论家的词学思想和这一时期的创作倾向,最后以清末常派词的演变以及"词史"之作为对象进行了讨论。在本书的绪论部分,迟宝东对"常州词派"的概念、研究意义以及研究现状做了概述,然后指出,常州词派诞生以后,并没马上在词坛形成一呼百应的轰动效应。基于常州词派在发展演进过程中与整个词坛互动的特征,该书划分常州词派为前后两个发展阶段,并试图做到以下三点结合:史的研究与审美的研究相结合、纵向研究与横向研究相结合、整体研究与个案研究相结合。在此书序言中,叶先生高度肯定这部著作,认为此书溯源推流,对常州词派的渊源流变作了详细的论述,有集大成的意义。

叶嘉莹有关常州词派理论和创作的一系列论文,具有敏锐的美学感受和独特的视角,如《常州词派比兴寄托之说的新检讨》[1]、《论词之美感特质的形成及反思与世变之关系》[2]、《小词之中的儒家修养》等[3]。她认为张惠言具有精微细致的词人之心,结合了经世载道的追求和对词的美感特质的体认,而他的《水调歌头》五首恰恰在这些方面,达成了"兴于微言"的理论追求,将儒家义理和词之美感结合起来。这种在小词之中的儒家修养,透露出一种反复曲折的意境,从而含有低徊要眇之美。在这些论文中,叶嘉莹往往用大量的篇幅极细地分析文本、发明幽旨,从而实现了学理与作品的完美结合。

第三节 晚清重要词人研究

一、1949年前学界对晚清词名家的评价

晚清词坛多承常州余绪,名家辈出。其中蒋春霖、项廷纪二人的

---

[1] 叶嘉莹:《常州词派比兴寄托之说的新检讨》,《迦陵论词丛稿》,上海古籍出版社,1980年版。
[2] 叶嘉莹:《论词之美感特质的形成及反思与世变之关系》,《文学遗产》2008年第4期。
[3] 叶嘉莹:《小词之中的儒家修养》,《北京大学学报(哲学社会科学版)》2008年第4期。

作品,被谭献尊为"词人之词"。有关蒋春霖,龙榆生在《水云楼词跋》中说:"天生此才,为咸丰兵事,长歌当哭,世或拟之杜陵诗史。"[1]刘大杰在他的《中国文学发展史》中这样赞叹蒋春霖道:"他不标榜比兴寄托,而自有其比兴寄托,他不标榜白石、玉田,而其长调真可与姜、张比美。他不倡言南唐,其小令真得二主之神韵。我们可以说,蒋春霖不仅是清代的大词人,并且是中国整个词史上一个大词人。"[2]《蒋鹿潭评传》(唐圭璋)和《词林要辑解题之一——水云楼词》(龙榆生)两篇论文,分别刊登在《词学季刊》和《同声月刊》上。关于项廷纪,吴梅先生曾说自己曾"独爱忆云",但又认为他的词作伤于滑易。谭正璧撰写了《清词人项鸿祚年谱》,发表在1940年《文艺世界》上。

　　清末民初之际,王鹏运、郑文焯、况周颐、朱祖谋等词人以深湛的词学造诣和创作实绩为一代清词画上句号。龙榆生的《清季四大词人》是专门就晚清著名词家进行介绍和论述的一篇优秀论文,他在文中写道:"五十年来,常派风流,未遽消歇。一时作者,遍于东南,而造诣之深,断推王(鹏运)、文(廷式)、郑(文焯)、况(周颐)四子。"[3]龙榆生、叶恭绰、赵尊岳等人作为朱祖谋、况周颐的弟子,自然对其师极力褒扬。钱基博撰写的《现代中国文学史》,对此四大词人有详细的介绍。论及他们词学贡献和生平逸事的文章也颇多,如张尔田《词莂序》、况周颐《王鹏运传》、胡先骕《评文芸阁〈云起轩词

---

[1] 龙榆生:《水云楼词跋》,载《暨南大学文学院集刊》,引自《凤雨龙吟室业稿》,国立暨南大学文学院,1931年版,第43页。
[2] 刘大杰:《中国文学发展史》,百花文艺出版社,2007年版,第587页。
[3] 龙榆生:《清季四大词人》,《龙榆生词学论文集》,上海古籍出版社,1997年版,第437页。

钞〉王幼遐〈半塘定稿剩稿〉》、《评朱古微〈彊村乐府〉》等等。胡先骕的《评朱古微〈彊村乐府〉》客观评价了自王鹏运以来晚清词学的高度成就,从《彊村乐府》中节选词句,从格律、文辞和境界三方面指出其佳,并置朱祖谋于整个晚清词坛乃至清词的大背景下,与宋词对比,是研讨晚清词人难得的佳作。相对的,对晚清词家评价较低的多为新派文人,如胡云翼在《中国词史略》中称王鹏运等人为"词匠","以竞模古人为能事"。

二、1976 年后晚清词的研究

晚清词在创作实践与词学理论方面都达到了有清一代的高峰,自清末民初到 1949 年,传统清词领域的话语权基本是被晚清词家后学及常州派理论所把持着的。新中国成立后,这个领域经过了 30 余年的沉寂。而在进入 80 年代以后,研究者对晚清词的学术兴趣又逐渐浓厚起来。

全面论述晚清近代词发展的文学史著作,有严迪昌《清词史》和郭延礼《中国近代文学发展史》中的有关章节。《清词史》在"常州词派和晚近词坛"一编中,分述"常州词派的发展历程""道咸衰世的'词史'""晚清词坛名家综论",全面概括了中晚清词坛的群像。郭延礼《中国近代文学发展史》设"蒋春霖和近代初期的词"及"近代四大词人及常州派词论的发展"两章,论述了近代主要词人的创作。而更加深入进行探讨的专著,则如谭志峰《王鹏运及其词》、黄嫣梨《蒋春霖评传》、孙维城和张传信《况周颐与〈蕙风词话〉研究》、张利群《词学渊粹——况周颐〈蕙风词话〉研究》、皮述平《晚清词学的思想与方法》、杨柏岭《晚清民初词学思想建构》、莫立民《晚清词研究》、巨传友《清代临桂词派研究》等。

较为突出者,如莫立民《晚清词研究》共分上、下两篇,上篇为晚清词坛概览,主要从晚清词人数量分布、社会阶层、词社、词派鸟瞰、晚清词风流程描述五个方面展开叙述。下篇述论晚清七家词,分别为周济、蒋春霖、顾春、蒋敦复、谢章铤、王鹏运和项鸿祚,指出他们在晚清词发展进程中所起的作用和词史地位。作者自称运用了"诗文化学"的批评方法,即从社会文化空间和文艺审美空间两个方面展开探索。主要论述嘉道咸同时期以张惠言、周济为代表的常州词派的代兴,旁及清初阳羡派和浙西派在这一时期的余响。并重点论述了岭南词、闽中词、湖湘词鲜明的地方色彩,以及光、宣时期临桂词人的崛起。作者认为,这种现象既为常州词派的界内新变,也将常州词派的发展推向了鼎盛。晚清词客观存在的格局表明,晚清词既是常州词论和词风主盟词坛的时代,同时也是多种词论和词风共生多元的时代。杨柏岭《晚清民初词学思想建构》上限起自清代乾嘉之际,下限基本以"五四"为界,根据论题的需要,多至20世纪30年代。总论部分追寻词学思想的历史和时代延续与新变;上篇部分综合此时词家对词人、词体、词体艺术问题中相关主题的探讨,揭示他们具有的词学观念。下篇遵循艺术思想发展的历史逻辑,依次选择了此时著名词家的特标一义之说。该书在广泛占有资料的基础上,试图从寻找词学思想的单位入手,寻觅其中的个性及时代特色,通过解读并组合这些可以相对独立的单位,整体观照这时期的词学思想。作者认为,这一时期的词学,处于传统词学理论的辉煌时刻,也保留着向现代词学过渡的痕迹,因此集中解读这时期的词学思想有着特殊的意义。巨传友《清代临桂词派研究》共分六章,分别从临桂词派的研究现状、形成原因、组织形态、词学观点、创作实践和词坛对其接受的情况展开讨论,是晚近具体而微地研究晚清词派的佳作。

三十年来,各类学术报刊积累了大量论文,囊括了晚清词研究的各个主要论题。著名词家如龚自珍、蒋春霖、项鸿祚、"清末四家"等,皆有为数不少的研究佳作,对相关领域的研究可谓方兴未艾。

对龚自珍,之前的研究者大多把研究的焦点放在他的诗作上,词史著作如王易《词曲史》也只是把他作为一个浙派词人而简略提及。而随着了解的深入,越来越多研究者对其词产生了兴趣,并发表了相当多的论文。较早的如刘明今《论龚自珍的词》,该文认为,与龚诗不同,龚词不是慷慨激昂、放言高论,而是通过襟怀的抒发,委婉表达自己的思想。龚词具有现实的内容,并非仅仅是艳丽之什。同时指出龚词艺术上的一些特色与成就。另如徐永瑞《试论定庵词》[1]、祖保泉《论龚定庵词的艺术特色》[2]、苏利海《龚自珍词学研究》等文[3],多有创获,后出转精。对龚自珍词所表现的精神面貌和艺术风格,如龚词中艳词的性质,在文学上的创新性、象征性、以文入词等,进行了广泛的探讨。

对晚清词家探究的进一步深化体现在年谱的撰写、作品集的整理以及典范论文的发表等诸多方面,如对蒋春霖的研究,有冯其庸撰《蒋鹿潭年谱考略 水云楼诗词辑校》;周梦庄撰《蒋鹿潭年谱》《水云楼词疏证》,并发表《蒋鹿潭及其〈水云楼词〉》等文。已有的论文,集中在对蒋春霖咸丰兵事之中的行迹与所作词的本事;对谭献"倚声家杜老"说法的辩难;对水云楼词的末世情怀与感伤的艺术特质的辨析等。项鸿祚研究,有黄坤尧《项鸿祚年谱新编》,但对其词进

---

[1] 徐永瑞:《试论定庵词》,《苏州大学学报(哲学社会科学版)》1988年第1期。

[2] 祖保泉:《论龚定庵词的艺术特色》,《安徽师大学报》1991年第4期。

[3] 苏利海:《龚自珍词学研究》,《文艺理论研究》2008年第4期。

行论述的文章相对极少。至于对云起轩词艺术成就的探讨,在20世纪的前后两段都是个不小的热点。关于文廷式生平与著作,有钱仲联《文廷式年谱》《文廷式著作表》、汪叔子《文廷式传略》等。赵伯陶在《文廷式及其〈云起轩词〉刍议》中指出,文廷式也讲求比兴寄托,但反对经世之妄附,他在创作中以议论入词,体现了豪放的风格。刘梦芙在《文廷式〈云起轩词〉的艺术成就》中,注意到文廷式在苏、辛风格之外,能够沉雄复兼婉丽。与陈维崧相比,文廷式的词摆脱粗滥之病,更为精粹,几乎首首耐人咀嚼。其他论文如徐志平《文廷式〈云起轩词〉初探》、莫立民《文廷式词风论说》等,也都有所创见。

关于"清末四家"(王鹏运、郑文焯、朱孝臧、况周颐)的研究,成果最为丰富,总论性质的有宋平生《清末四大词人生平与创作》、孙维城《清季四大词人词学交往述论》、孙克强《晚清四大家词学集大成论》等。孙维城的《清季四大词人词学取向与重拙大之关系》,从常州词论"重拙大"的关键词出发,探讨了四大词人的词学脉络。以王鹏运为中心,学界还提出了"临桂词派"的流派概念,有丘振生《论临桂词派》、王韦湘《论临桂词派》、陈水云《临桂派词学思想的发展》、龙子仲《浅谈"临桂词派"渊源》等许多文章,巨传友更是在他一些相关论文的基础上,出版了《清代临桂词派研究》这样的专著①,也是迄今唯一一部专论"临桂词派"的著作。其他论王鹏运词的艺术成就的论文,多围绕他"重、拙、大"的审美追求进行探讨,在题材内容上偏重其爱国词和思乡词。郑文焯、朱孝臧的研究,在本时期略显薄弱,论文数量不多,多是对《樵风乐府》《彊村语业》的简单讨论。

---

① 巨传友:《清代临桂词派研究》,上海古籍出版社,2008年版。

相关文献的整理,有白敦仁《彊村语业笺注》等。而对况周颐的研究,多集中在对他《蕙风词话》进行词学理论探讨,对蕙风词的研究尚待进一步深入。已问世的况周颐生平研究论著,有孙维城《晚清词人况周颐简谱》、马兴荣《况周颐年谱》等。

第三章 清代女性词人研究

清代女性词人研究从民国至今一直受到学界关注,民国时期况周颐《玉栖述雅》,雷瑨、雷瑊《闺秀词话》,谢无量《中国妇女文学史》,梁乙真《清代妇女文学史》,谭正璧《中国妇女的文学生活》,建国以来邓红梅的《女性词史》等,都是女性词人研究的重要参考资料。在女性词人个体研究中,贺双卿、吴藻、顾春等词人较受关注,徐灿、顾贞立、熊琏、吕碧城等人也在一些论著中有论及,本文主要介绍贺双卿、吴藻、顾春三位女词人的研究情况。

第一节 贺双卿研究

贺双卿,生卒年不详,生活年代大致在清康熙至乾隆年间,其事迹主要见于史震林《西青散记》中。双卿字秋碧,江苏丹阳人,嫁金坛周氏。擅作诗词,每以笔蘸粉书于芦叶、桂叶、竹叶之上。后人辑其词为《雪压轩词》。

贺双卿词作最早见于史震林《西青散记》,道光年间黄韵珊辑《国朝词综续编》收入双卿词十首;光绪年间徐乃昌刻《小檀栾室汇刻闺秀词》中辑贺双卿词为《雪压轩词》;20世纪以来,贺双卿作品整理用力较多者,有张永鑫、耿元瑞[1]、杜芳琴[2]。杜芳琴撰有《痛菊奈何霜:双卿传》[3],比较完整地反映了贺双卿的一生。

百年来的双卿词研究,一直都有着争议,学者争议的焦点在双卿其人是真实存在还是托名虚构。1930年胡适发表在《吴淞月刊》上的文章《跋贺双卿的诗词》,就对双卿提出了质疑。他从《西青散记》《东皋杂钞》等书对双卿的记载,从姓氏、籍贯、为人、年龄和出身五方面提出质疑,怀疑"双卿是史震林凭空捏造出来的人物。后人不察,多信为真有其人,甚至于有人推为清朝第一女词人",认为贺双卿是像《西青散记》中史震林一班朋友扶乩请来的女仙,"双卿正是和《散记》里的'娟娟仙子''碧城仙娥''白罗天女''清华神女''琅轩神女'同一类的人物"[4],胡适的这种说法是这一时期提出质疑的最具代表性的观点。1932年梁乙真《清代妇女文学史》所取的是《西青散记》的记载。此后还有一些文章,如杜鹏的《〈西青散记〉中的贺双卿词》[5]、储品良《被损害的女词人贺双卿》都未对双卿其人提出质疑[6],对双卿词也未作深入研究。俞爽迷的《女词人贺双卿》对贺双卿的词稍作深入的论述。他从双卿不幸的婚姻生活探讨其词,指出双卿的人生观是顺应天命的,她有作词的天才,但没有达到像李清照那样的成就,是没有好的环境。俞爽迷指出了双卿词的特点,认为双

---

[1] 张永鑫、耿元瑞:《贺双卿及其著作》,《古籍整理与研究》第5期,中华书局,1990年版。
[2] 杜芳琴:《贺双卿集》,中州古籍出版社,1993年版。
[3] 杜芳琴:《痛菊奈何霜:双卿传》,花山文艺出版社,2001年版。
[4] 胡适:《贺双卿考》,《胡适古典文学研究论文集》,上海古籍出版社,1988年版。
[5] 杜鹏:《〈西青散记〉中的贺双卿词》,《北新周刊》1926年第19期。
[6] 储品良:《被损害的女词人贺双卿》,《妇女月刊》1948年第3期。

卿词的可贵之处是在于"真情流露,清丽悱恻","她在文辞上丝毫没有一些雕凿,而形容方面简直是能令人兴起一种同情的共感,凄然欲绝,黯然欲泣"①。

80年代以后,学者们对贺双卿其人的存在进行了进一步的讨论,肯定者有之,质疑者也有很多,讨论也主要围绕胡适提出的"五可疑"进行辩驳或印证。

质疑者主要延续了胡适的观点,在他提出的五个可疑之处的基础上,或进一步印证,或提出新的疑点。张国擎在80年代发表的两篇文章《绡山寻踪——清代女词人贺双卿考辨》②、《"双卿"其人有无考》都应和了胡适的观点③,他先后在今丹阳、金坛县境内寻找"绡山"和"双卿"的遗迹,丹阳境内没有发现,而认为在金坛县方山周围的小尖山就是《西青散记》中的"绡山",而此处人迹罕至,即便有人居住也是文化不发达,不会出现像双卿那样才华横溢的女子。因而认为贺双卿是史震林借题塑造的人物而宣传自己的思想。2006年邓红梅《双卿真伪考论》通过"内证"和"外证"的考察④,认为双卿实际上是"天上绝世之佳人"的人间幻影,是史震林对佳人的艳想和自身的感慨。邓红梅得出的结论与胡适、张国擎的相似,值得注意的是她的"内证"和"外证"的观点和方法。"内证"指出双卿的身世、学养、《西青散记》中前后矛盾不合情理的记述、对双卿词章能力甚至

---

① 俞爽迷:《女词人贺双卿》,《浙江青年》1937年第7期。
② 张国擎:《绡山寻踪——清代女词人贺双卿考辨》,《镇江师专学报(社会科学版)》1985年第2期。
③ 张国擎:《"双卿"其人有无考》,《苏州大学学报(哲学社会科学版)》1985年第3期。
④ 邓红梅:《双卿真伪考论》,《文学评论》2006年第6期。

本人的怀疑、过于生动私密的细节记述、"卿"之用法的随意、从双卿书信生发的矛盾和疑点。"外证"则侧重于考察与史震林有交往的曹震亭、吴震生、袁枚的书信、序跋、诗话,说明《西青散记》的驳杂不纯和虚构性。邓红梅从文本内部、外部进行全面考察,她提出的新的见解和方法值得借鉴学习。

肯定贺双卿确有其人者主要反驳胡适的"五可疑",90年代严迪昌的《〈西青散记〉与〈贺双卿考〉疑事辨》就是针对胡适的五点可疑而进行考证[①],认为"五可疑"中除双卿的姓氏和以芦叶竹叶写诗词且出于田家女子这两点需进一步考辨外,其余大都不足疑。其重点在前三点上,他考证了董潮的身世,指出董潮自幼丧父,寄居外祖,与父亲系统亲族及故旧已经生疏,所以《东皋杂钞》记载中难免有舛误,而胡适的论点实以《东皋杂钞》为基础,所以不足信;《西青散记》中的人物有许多名士和草野之士,都是有记载的实有人物,用真实存在的人物来衬托"意中"的双卿是说不通的;"扶乩"这种文化生态是极常见的,不可以偏概全。因而,《西青散记》是一部写实体笔记,胡适的断语是不合适的。2000年李金坤的《贺双卿考辨》紧随其后,逐一反驳了胡适的五点质疑[②],考辨双卿确有其人。

关于双卿词的思想和内容,李金坤认为,首先,她以封建社会中最底层劳动妇女的身份第一次在词中全面真切地反映了她亲身经历的艰苦繁重的劳动生活,这点实际上也是双卿词区别于其他词作的独特价值。其次,双卿在词中反映自身备受煎熬的病痛,及忍痛劳作

---

① 严迪昌:《〈西青散记〉与〈贺双卿考〉疑事辨》,《泰安师专学报》1999年第1期。
② 李金坤:《贺双卿考辨》,《中国韵文学刊》2000年第2期。

而无人问津的孤寂凄苦,深刻地揭露批判了"暴夫恶姑"式封建家庭的残忍行径。再次,双卿词中强烈表达了对封建婚姻制度的不满情绪,体现了她对自由幸福爱情生活的向往和追求[①]。这三点较为全面地概括了双卿词的思想内容。

对双卿词的研究,在艺术手法方面主要有以下观点:一、善用比兴寄托,借物咏怀;二、用景物言情,即景生情;三、语言本色,音韵和谐。在艺术特点上,段继红《清代闺阁文学研究》分析得较为全面和深入。她不拘于双卿其人有无的问题,指出史震林在《西青散记》中按照文人心目中的理想,塑造了有完美道德和绝世才情的农妇形象,或者现实中的双卿正好符合了他们心目中"绝世佳人"的形象,在她身上赋予了佳人的所有优点:色艳、才慧、情幽、德贞等种种优点。分析双卿词的艺术风貌和形成的原因,得出两个结论:其一,挥之不去的生命孤独如同一根无形的丝线,贯穿于双卿的吟唱中,这就形成了她清绮婉约、忧郁伤感的总体艺术风貌。这实际上是指双卿的遭遇命运、外部生存环境对其词风的影响;其二,双卿被压抑的创作心理、被压迫的社会角色、被奴役的家庭处境,以及被佛道的宗教精神和儒家女教的合力驯化,再加上双卿隐忍柔顺的天性,使她的创作继承了《诗经》温柔敦厚、怨而不怒的传统,形成其词的另一个特点,即幽咽婉转,隐蕴深秀[②]。指出双卿性格与外部压力相互作用下形成的词风。

总体来说,贺双卿的研究重点依然在其人有无方面,因此还有研

[①] 李金坤:《田妇薄命 词苑奇葩——贺双卿其人其词初探》,《辽宁大学学报》1999 年第 5 期。

[②] 段继红:《清代闺阁文学研究》,南开大学出版社,2007 年版。

究的空间。

第二节　吴藻研究

吴藻,字蘋香,号玉岑子,仁和(今杭州)人,生卒年不详,约生于嘉庆五年(1800),卒于咸丰年间,嫁一黄姓商人为妻,终身郁郁不欢。藻工诗擅词,亦长于制曲,是嘉道年间最有影响的女词人。有《花帘词》和《香南雪北词》,合称《香雪庐词》。

吴藻《花帘词》最早刊于道光十年(1830),道光二十四年(1844)《香南雪北词》刊行。民国时胡云翼将《吴藻词》编为"词学小丛书"之一[1],其中有谢秋萍《吴藻女士的白话词》一文。谢秋萍辑有《吴藻词》[2]。目前吴藻词的注评本有《梅花如雪悟香禅:吴藻词注评》[3]。吴藻词集的整理笺注工作尚有空间可做。

吴藻的生平研究在民国时期有冯沅君先生《记女曲家吴藻》[4]、陆萼庭《女曲家吴藻传考略》[5],是较重要的考察吴藻生平的文章,为研究吴藻词提供了重要线索。21世纪以来,也有考订吴藻生平著作的论文,如《吴藻生卒年和著作辨悟》[6]。除了台湾《吴藻及其相关文学活动研究》外[7],大陆还没有研究其生平的专著。

---

[1]　胡云翼主编:《吴藻词》,上海教育书店,1947年版。
[2]　谢秋萍辑:《吴藻词》,文力出版社,1946年版。
[3]　邓红梅:《梅花如雪悟香禅:吴藻词注评》,上海古籍出版社,2004年版。
[4]　冯沅君:《记女曲家吴藻》,《妇女新运》1943年第9期。
[5]　陆萼庭:《女曲家吴藻传考略》,《文史杂志》1948年第2期。
[6]　郝天培:《吴藻生卒年和著作辨悟》,《绥化学院学报》2008年第3期。
[7]　钟慧玲:《吴藻及其相关文学活动研究》,乐学书局有限公司,2001年版。

民国梁乙真评吴藻"《花帘词》一集,嗣响易安;几如有井水处,必歌柳七词矣"①,可见吴藻词在嘉道年间的影响之广。谭正璧《女性词话》中对吴藻着重从思想上探析②,指出吴藻豪迈的性格和女性身份受到牢笼,她向往自由无法实现,将踌躇大志寄寓于词,由此把吴藻《花帘词》和《香南雪北词》作为其不同时代的代表,前者是在多愁善感的时代,后者是她在经历人世后情感麻木、胸怀阔达的时期。这两部女性词研究专著可以代表民国时期学界对吴藻词的认识。温树还将吴藻与秋瑾进行了比较,认为在她们两人的个性与天才上说,可算是一样潇洒豪迈,天资聪颖,没有多大分别,但大约因为受时事与环境上影响不同,而结果稍有差异,一个竟成为女中才子,清代大词家之一;一个竟成为身殉民族国家的革命先烈。但是她们两人的词都可归入豪放、雄迈的一派。不过吴藻的词在豪放的骨子里还含有婉约和温柔;而秋瑾的词在豪放中竟带有激烈和刚硬。实只有大同小异之可分。所以如果说吴藻是女性中的风流名士;秋瑾就可说是巾帼中的忠烈英雄了③。比较准确地概括出了吴藻和秋瑾的词风。

20世纪80年代以来陆续发表了一些研究吴藻词的论文,研究范围涉及吴藻的词学观、吴藻词中的女性意识等。蒋哲伦从吴藻所处的浙江地域人文环境进行分析,指出吴藻受到浙派影响,但在创作上博采众长,独抒性灵,无门户之见。吴藻词内容与传统闺情词区别在没有明显的情爱意识,并脱尽脂粉香艳的气息,她的人生追求并不

---

① 梁乙真:《清代妇女文学史》,中华书局,1932年版。
② 谭正璧:《女性词话》,上海中央书店,1934年版。
③ 温树:《清代二女词人——吴藻与秋瑾》,《华侨文阵》1944年第4期。

限于自身的恋爱婚姻,而是以此为支点,扩大到对人生和时代的忧患。其苦闷是天才受压、人生受困而迸发出的对现实社会的不满,远超出传统闺词吟风弄月、相思远别的狭隘藩篱,上升到了人性复苏和人生忧患的更高层次。吴藻的困惑和忧患意识,赋予吴藻词以深广的社会内容和慷慨豪迈的丈夫气概,使之高出于同时代女性作家的作品[1]。这是一篇比较重要的研究吴藻词的文章。段继红认为吴藻早期的《花帘词》有苏、辛的豪迈,兼备晚唐五代北宋婉约缠绵的阴柔之美;后期《香南雪北词》取法南宋格律,深得姜、张的清空淡雅、蕴藉深婉之致。清代浙派宗南宋,标"清空",吴藻身处浙地,受到浙派的影响。但其词却不同于整个词坛的"学问为词"的风气,不艰涩,不重浊,轻灵俊爽,有着女性诗词特有的阴柔清丽,又有豪宕悲慨的力道[2]。

此期的吴藻词研究偏重从吴藻的个性自由追求和现实束缚的思想出发,探索其词中表现出来的独特气质,固有所进步,但研究的切入点显得单一,还需继续创新。

第三节 顾春研究

顾春(1799—1877),字子春,号太清。原姓西林觉罗氏,满洲镶蓝旗人。后改姓顾,故又称西林春,或太清春,晚号云槎外史。乾隆玄孙贝勒奕绘侧室,工诗词,著有《东海渔歌》。

---

[1] 蒋哲伦:《越中女词人吴藻简论》,《海峡两岸越文化研究》(费君清、王建华主编),人民出版社,2005年版。

[2] 段继红:《清代闺阁文学研究》,南开大学出版社,2007年版。

顾春词《东海渔歌》清末未见流传,1914年,况周颐将沈善宝《名媛诗话》所载顾春词五阕辑为《补遗》,与《东海渔歌》一并交付西泠印社印为活字本,其中缺第二卷,这是现在比较通行的版本。20世纪30年代,龙榆生辑顾春若干佚词为第二卷,刊于《词学季刊》。此外,日本内藤炳卿藏有《东海渔歌》抄本。顾太清词的辑注本现在主要有《顾太清诗词——东海渔歌》[1]、《顾太清奕绘诗词合集》[2]、《顾太清词新释辑评》[3]。

顾春的生平事迹研究在民国时期有苏雪林《清代女词人顾太清》[4]。新中国以来"丁香花案"成为争议点,见下文述评。此外,顾太清生平研究专著和传记,有《顾太清与海淀》[5]、《旷代才女顾太清》[6]、《顾太清全传:清代第一女词人》等[7]。

顾春是清代重要的女性词人,民国时学者对她的研究较多,评价也高。况周颐《东海渔歌序》中追溯太清词的渊源:"太清之词,得力于周清真,旁参白石之清隽。深稳沉着,不琢不率,极合倚声消息。求其诣此之由,大概明以后词未尝寓目,纯乎宋人法乳,故能不烦洗伐,绝无一毫纤艳涉其笔端。"[8]况氏指出太清词取法周邦彦、姜夔,及太清词的特点,为顾春词的研究奠定了基础。1920年苏雪林在

---

[1] 李澍田主编:《顾太清诗词——东海渔歌》,吉林文史出版社,1989年版。
[2] 张璋:《顾太清奕绘诗词合集》,上海古籍出版社,1998年版。
[3] 卢兴基:《顾太清词新释辑评》,中国书店,2005年版。
[4] 苏雪林:《清代女词人顾太清》,《妇女杂志》1920年第7期。
[5] 金启孮:《顾太清与海淀》,北京出版社,2000年版。
[6] 张菊玲:《旷代才女顾太清》,北京出版社,2002年版。
[7] 张钧:《顾太清全传:清代第一女词人》,长春出版社,2000年版。
[8] 顾春:《东海渔歌》,西泠印社,1927年版。

《妇女杂志》发表的《清代女词人顾太清》，认同了况氏的评论。她在这篇论文中对顾春家世、生平、才学等进行了详细地考察，细致勾勒出顾春的一生。苏雪林除同意况氏的"深稳沉着"的评论外，更进一步指出："渔歌中多长调，动辄百余字，这已是不容易了，而和宋人诸作，其魄力之雄厚，气度之醇雅，措词之新清秀丽，甚至突过原作。"①高度评价了太清词。对太清词的地位，梁乙真指出："太清诸词，精工巧丽，备极才情，固不仅为满洲词人中之杰出，即在二百年文学史上，其词之地位，亦不屈居蘋香秋水下也。"②还有储皖峰《关于清代女词人顾太清》③，除考察顾春生平之外，还考证了其作品的版本，有一定参考价值。

80年代以来顾春的思想和"丁香花案"较受关注，词作的研究由对顾春身世的考察转向了她的作品，学者们对顾春词的内容、艺术风格有深入的分析。

关于顾春的思想，黄嫣梨曾总结出她的性格及思想里的几个特性：(一)赋性高雅娴淑；(二)感觉敏锐细腻；(三)情感丰富烂漫；(四)宅心慈惠仁厚；(五)意识乐观开明④。并以顾太清的词来论证，这样的分法比较细致。卢兴基则认为，太清思想中儒道兼有，太清出身满族，但诗书渊源，从小接受以儒家思想为核心的文化熏陶。又性喜读书，从她的诗词看，她喜好广泛，又读了许多文史典籍和古典诗词，为她的创作打下了厚实的基础，但佛道思想对她也

---

① 苏雪林：《清代女词人顾太清》，《妇女杂志》1920年第7期。
② 梁乙真：《清代妇女文学史》，中华书局，1932年版，第259页。
③ 储皖峰：《关于清代女词人顾太清》，《国学月刊》1927年第12期。
④ 黄嫣梨：《顾太清的思想与创作》，《社会科学战线》1993年第2期。

有很重的影响。诗书礼仪之外,又染上了一层佛道的虚无色彩[1]。总体上比较准确地概括出了太清的思想。段继红认为顾太清有时代所造成的压抑和孤独的情绪,但还是有着风流倜傥、潇洒不羁、独与天地精神来往的人格魅力,也有天外飞仙的出世情怀[2]。以上学者在分析顾春的思想时,将她的词细密严整地融入其中,较有说服力。

顾春生平的另一个研究重点是"丁香花案"。冒广生《记太清遗事诗六首》曾对此事有记载,关于其事有无,从民国到20世纪80年代后,一直有争论,坚持认为"丁香花案"属子虚乌有的以赵伯陶为代表,《莫须有的"丁香花案"》[3]、《关于满族女词人顾太清的几个问题》等[4]。在这些文章中,赵伯陶否定了"丁香花案"的存在。他的观点主要有四:其一,太清夫妇与杭州籍许多官宦、文人及其眷属关系密切,他们可能与龚自珍夫妇有过交往,但龚自珍出都与太清移居间隔近半年,两事本无丝毫关联;其二,太清移居纯属荣邸家事,时人借题发挥,揣测万端,形成谣言;其三,太清移出府外并非决绝而去,年老后又移回府中,明显属家事;其四,龚自珍咏丁香花与荣邸可能相关,但难断言就是风月情怀,即使他真正心仪太清,亦属文人幻想偶寄,与其己亥出都绝无关系。否则如此不可告人之事,即便捕风捉影,而一旦被人指实,龚自珍再有胆量也不敢公然写下

---

[1] 卢兴基:《尘梦半生吹短发,清歌一曲送残阳——清代女词人顾太清和她的词》,《阴山学刊》2001年第1期。
[2] 段继红:《清代闺阁文学研究》,南开大学出版社,2007年版。
[3] 赵伯陶:《莫须有的"丁香花案"》,《满族研究》1992年第1期。
[4] 赵伯陶:《关于满族女词人顾太清的几个问题》,《社会科学辑刊》1993年第1期。

"忆宣武门内太平湖之丁香花"一语入杂诗,以坐实"己罪"了。而柯愈春从顾太清和龚自珍的词中考证,认为顾太清晚年想要改嫁龚自珍,他们之间的关系,是男女间的情种关系,他们是有情而无爱,是心灵深处的相知。他的论断根据文本得出,有片面之处①。朱德慈认同了赵伯陶的观点,也认为太清出邸与定庵离京并无因果关系,且在赵的基础上进一步论证,认为龚自珍《此游》《杂诗》《琴歌》诸诗并非写与太清恋爱,"丁香花"诗只是定庵对顾太清与自己内眷何吉云诗简往还的回忆,至多有可能是其潜意识里对顾太清的单向追慕②。断定龚、顾有恋情是站不住脚的。

顾春词的题材内容,魏鉴勋分为三类:咏怀、写景、记交游。张菊玲说其词多为咏花、题画、记游及摹写身边家庭生活之作,邓红梅《女性词史》也指出,游赏、唱酬、交游、题画、咏物、咏怀等文人士大夫作词的基本媒介和主要题材,顾春都一一尝试过③。她的词内容集中在贵族生活范围内,这点学者们比较一致。也有学者指出顾春词中有更为广泛的社会内容,卢兴基认为,封建末世的悲凉、殖民主义侵略、民生疾苦和思想解放的观念,在她的词中均有反映。黄嫣梨则在顾春的家庭观念之外,总结出其词中社会观念的五个方面:"(一)注意民情、史情和关怀社会国家的盛衰起跌;(二)洞悉社会艰辛,体恤民间疾苦;(三)襟怀磊落,气度醇雅,无阶级等级观念;(四)打破妇女深闺的迂腐观念,拓阔社交圈子,与当代异性学人时有酬唱;(五)有豪迈坚强,矢志克服社会困难的"人定胜天"的观念,并不

---

① 柯愈春:《读顾太清手稿——兼及顾太清与龚自珍的情恋》,《社会科学战线》1996年第5期。
② 朱德慈:《丁香花公案辨正》,《淮阴师范学院学报》1999年第4期。
③ 邓红梅:《女性词史》,山东教育出版社,2000年版,第459页。

如以往一般妇女的懦弱与被动[1]。

对顾春词的艺术,学者们评价较高,董淑瑞提炼出其词的三个审美特色:一、以画入词,用词构成美丽的画面,展现一个宁静、恬美、纯净的境界;二、善于捕捉艺术形象,更能由景入情,寓情于景,情景相生,情语、景语互为作用,体物细致入微,融入真挚的感情;三、由于艺术个性所决定,太清词饶有理性,情理相生,以理胜情[2]。邓红梅从顾春词的整体意境和气韵出发,总结出"格高境浑"的特点。张璋将顾春的生平分为三个阶段:坎坷的少女时期、美满的婚配期和多事的孤寡期,并把这三个阶段与她的词作相结合,比较全面地分析了顾春的词,指出其在艺术上"宋人法乳,采撷众长,问途清真,旁参白石,犹似二李(李煜、李清照)风格"[3]。这段论述与况氏相近,对顾春的评价很高。

清代女词人众多,严迪昌《清词史》将清代妇女词单独列为一章,所论及的徐灿、吴藻、顾春、熊琏、秋瑾等,这只是该词人群体的一小部分。而目前学界对清代女性词人的研究多从文学史的角度进行宏观观照,个体的微观研究还是存有较大的空白。

---

[1] 黄嫣梨:《清代四大女词人——转型中的清代知识女性》,汉语大词典出版社,2002年版,第56页。
[2] 董淑瑞:《顾太清及其词作的审美特色》,《满族研究》1990年第2期。
[3] 张璋:《八旗有才女 西林一枝花——记清代满族女文学家顾太清》,《文学遗产》1996年第3期。